福氣臨門

6 完

翦曉 著

文創風 423

目錄

第一百五十三章

顧秀茹留在這兒照應，等著裡面的人全出來，她還得把這兒還原回去，至於原本那邊，已經交代給她的心腹，人全進來後就會關上石門，水閘會拉起，池水也會自動滿回來，那些人想要發現這其中奧妙，也得花上不少工夫。

這處別院也不算小，三進三出的院子，院子外面是一片廣闊田園，在雨幕中，倒是頗有一番意境。

郭老沒有來，在顧秀茹的授意下，九月被安排在主院，祈豐年住到了東院。

顧秀茹帶著碧浣和青浣留在主院陪九月，其餘的丫鬟、僕人們自動自發地安頓下來，各司其職，並沒有因為這暫時的緊張便顯得慌亂。

「黃大哥，外面有什麼情況務必及時告訴我。」九月生怕黃錦元有消息不告訴她，特意叮囑了一句。

「好。」黃錦元也乾脆，點點頭，出去安排值守的事。

所幸，這種情況沒有延續多久，九月在別院住了兩天，這天中午便有一位將軍帶著軍隊來到別院，九月看到了大批軍士進入那個花院，顧秀茹也不見了。

天黑時，一大批人馬竟在半天內消失在別院裡。

去向，不言而喻。

這些軍士的到來，也意味著事情已經有所進展。

雨，又持續了三天，才算漸漸放晴，雨後的別院異樣清麗，天際掛出了美麗的彩虹。

碧浣知道九月這段日子一直擔心，這會兒看到彩虹忙獻寶似的向九月說道：「九小姐，快看，有彩虹。」

九月就站在廊下，聞著空氣中帶著泥土味的濕意，抬頭看看天，那彩虹，趕巧掛在皇宮的上方，倒是一個好徵兆。

「真漂亮。」九月微微一笑，沒有消息或許就是最好的消息。

「九小姐放心，您是福女，王爺是有福之人，說不定今兒下午就能回府了呢。」碧浣完全是安慰九月來著，沒想到竟是一語中的。

到了下午，黃錦元滿面笑容而來。「九小姐，叛賊伏誅、餘孽盡除，城中危機解除。」

「真的？」九月驚喜地站起來，急急問道：「他們可有受傷？」

「只有水宏受了些輕傷，卻立了大功，王爺幾人皆安然無恙。」黃錦元微有些遺憾，只恨沒能親手給那些兄弟們報仇。

聽說了消息，顧秀茹又領著眾人開始收拾，所幸他們也沒帶多少東西，收拾也不麻煩。

一行人又浩浩蕩蕩地從暗道回到王府。

只不過數日工夫，九月感覺竟有些恍如隔世。

王府裡到處一片凌亂，名貴的花瓶擺設砸得到處都是，牆上掛的名畫也被掃落在地，蝗蟲過境，也不過如此。

黃錦元等人皺著眉出去安頓。

王府的大管家領著男僕們開始收拾修復。

顧秀茹卻是雲淡風輕地帶著丫鬟們打掃逍遙居，令九月不由多看了她幾眼。

顧秀茹笑道：「當年皇上登基的時候，王爺就見過這樣的陣仗，之後家裡所有擺設都是贗品。再說了，王爺一年有九個多月在外，得了好東西也不會在這兒放著，這些算不了什麼。」

敢情人家早就防患未然了呀，九月失笑。

警報解除，消息便靈通起來，一天之內，九月便知道了事情的大概。

叛亂的是皇帝的十七皇弟魏王，他聯合京都府尹林旺，利用了林妃和林國舅，製造煙幕彈，栽贓三皇子，實則是魏王自己想坐皇位。

郭老帶著扮成侍衛的遊春進宮時，他們的布置已經開始，只不過，魏王本就交代手下務必連郭老一起拿下，所以守門的人並沒有攔下郭老，而是把他們放進去，結果卻是放進了一個變數。

郭老和康子孺一個裡一個外，運籌帷幄，加上遊春的人脈和實力、水宏等人的拚命、韋家的突然背叛，魏王等人最終成了甕中鱉、籠中鳥。

知道郭老等人皆安全，九月鬆了口氣，至於這些過程，便當成故事聽了。

成王敗寇，自古如此。

接著便是成王這一方功臣們的大封賞，有功的官員皆升一等；無官的賞金銀、賞房地、賞美人，有心願的償心願、有要求的提要求，總之，皇帝很大方。

遊家的案情也不用審了，證據確鑿，皇帝當即大筆一揮，給故去的遊大人追加官爵，返還家產。

敗寇一方自然不用說，殺的殺、誅的誅，帝王一怒，血流成河。

三皇子雖然洗去嫌疑，可林妃涉及叛亂，三尺白綾畫上了這一生的句號，三皇子的前途自然也是黯淡無光了。

魏王自恃是皇帝的親弟弟，囂張至極，被郭老一劍宰殺於人前。

當哥哥的不能殺弟弟，那麼小皇叔大義滅親、清理門戶總可以吧？

郭老手起劍落，魏王人頭落地時還不敢置信地瞪著郭老，他似乎想不通，他的小皇叔居然真的敢殺了他。

平亂之後，皇帝雷厲風行，朝中官員幾乎來了個大洗牌，韋大人乘機上表請罪，表明自己以前不該與林家走得太近，皇帝看在韋一涵護駕有功，也念他及時醒悟，便不予追究。

遊春無意朝堂，推拒了皇帝招攬為官的意思，皇帝靈機一動，給他封了個皇商，為國效力。

水宏先是破了黑風崖寶庫，帶著黃錦元等人及時揭發黑風崖的陰謀；這次又出力頗豐，當然重賞，可是水宏不想要任何封賞，只求皇帝能給他和祈喜賜婚，准他們婚後另立門戶。

祈喜也是郭老的外孫女，皇帝見水宏也是個好後生，當下准了，賜下良田百頃。

輪到郭老，皇帝便頭疼了，小皇叔已經是一人之下、萬人之上，這些年他對小皇叔也是百依百順，如今又立了功，該賞什麼呢？

官？已無官可封，除非把他的皇位給賞出去。

財？小皇叔會在意那麼點錢財嗎？

女人……呃，人家已是古稀了好不好……

孩子……小皇叔倒是無子無孫，可人家也說了，讓九月將來的孩子隨郭姓，繼承王府，想來想去，只能虛心請教小皇叔想要什麼了。

郭老卻雲淡風輕地說：「臣沒有什麼想要的，只要皇上康泰、大康國運昌隆，臣此生足矣，臣餘生只想長住落雲山，吃齋唸佛，為臣妻祈福而已。」

那日殺了魏王連眼睛都沒眨一下的人，這會兒卻說要吃齋唸佛，滿朝文武不由紛紛低頭。

「小皇叔，您想守著皇嬸，把皇嬸的墓遷進皇陵不就成了？」皇帝有些不捨。

「她一生不愛束縛，進皇陵，臣怕她不慣。」郭老謝絕。「再說孩子們也在那邊，臣想守著她們安度餘生。」

郭老打定了主意，皇帝雖然不捨，也只能同意，當朝頒布聖旨，追封周釵娘為王妃、追封周玲枝為郡主、封祈家幾個姊妹為縣主，而九月則封為福德郡主，繼郭姓，擇日開太廟祭祖載入皇家玉牒。

九月在王府也收到了聖旨和賞賜，她倒是沒有較真姓祈還是姓郭，反正便是姓了郭，郭老也不會勉強她做什麼，與平日不會有不同。

郭老等人處理完事情很快就帶著水宏回來了，遊春卻不曾出現，令九月有些失望。

「他這次折損了不少手下，這兩日還有事要處理呢。」水宏私下向九月說。他和祈喜能修成正果，這位小姨子也是功不可沒，所以水宏對九月很關心，自然也知道遊春和她的關係。

「他在哪兒？」九月看看水宏，也不掩飾。

「不知道，只聽說他在京都有不少產業，卻不知他去了哪兒。」水宏搖頭。

「康俊瑭呢？」九月問道，康俊瑭必能知道他在哪兒。

「和他一起走了。」水宏依然不知。

九月沒再問下去，她想了想，讓碧浣找來黃錦元，黃錦元也升了一級，不過依然留在郭老身邊當差。相較於朝堂上的勾心鬥角，他更喜歡跟著郭老的自由自在，甚至喜歡上了大祈村那種安逸的生活。

「黃大哥，你現在有空嗎？」九月客氣地問，她現在總算知道了，黃錦元這些侍衛有多大的來頭，那十幾個遇難的侍衛中，居然有六個是官二代。這次林旺和林國舅著實犯了眾怒，林國舅被交出去的時候，在朝堂上便有官員衝出來對他拳打腳踢，皇帝也不管不問，由著他們打夠了，才開口定了林國舅的罪。不過林國舅因為三皇子的關係，算是保住一條命，只是舅甥倆一個永久流放、一個永錮府邸，結局也不是那麼美妙。

「有。」黃錦元點頭。

「你知道康俊瑭現在在哪兒吧？」九月一喜。

「知道，他在遊公子那兒。」黃錦元忍了笑，一本正經地回答，明明就是找遊公子嘛，還繞著彎地問，不過，也是難得看到她這樣不好意思。

「那……他在哪兒？」九月被黃錦元看穿，還真有些不好意思。

「京華街的宅院裡。」黃錦元點點頭，很給面子地沒笑出來。

「帶我去看看。」九月立即往外面走，反正給他看出來了，也不怕什麼難為情了。

黃錦元快步跟上，一邊吩咐人去備馬車。

「九小姐，等等我。」碧浣和青浣忙提著裙子跟上。

等他們出了二門，馬車便等著了，蘇力和幾個侍衛在一旁等著，如今叛亂剛剛平定，他們也不敢放九月獨自出去，一切還是小心為上。

九月和碧浣、青浣上了車，黃錦元親自駕車、蘇力等人騎馬護在前後，從王府正門出去，繞向京華街。

逍遙王府所在的京雲街，是歷代王府的集居地，而京華街則是高官、富商們雲集之處。京華街分東西兩面，東街住的是官、西街住的是富商，能在這兒買下一間小屋子，都是地位的象徵了。

碧浣和青浣一人一句給九月介紹著，九月才知道遊春的實力到底有多驚人。

「九小姐，到了。」黃錦元的聲音傳過來，馬車放緩速度，停在一座宅院前。

朱門高戶……比起王府，這氣派也輸不了哪兒去。

九月掀起窗簾看了看，卻沒有動。

碧浣和青浣看她沒動，互相瞧了瞧，也沒有動。

高高的牌匾已經換上嶄新的「遊宅」兩字，匾上掛了白紗，簷下掛了兩盞白燈籠，讓人一看就知道此戶人家有喪。

卻不知是誰……九月心頭蒙上一層陰霾。

「九小姐？」黃錦元站在前邊拉著馬，見九月久久不下來，有些奇怪，蘇力等人也在一邊等候。

此時，守門人注意到這邊，正巧，有兩個人從裡面出來，守門人忙稟報情況。

那兩人抬頭看了看，卻是兩個衣著華麗的姑娘，瞧衣著也不像是丫鬟。

「請問是哪裡的貴客？可是來我們遊府弔唁的？」開口的姑娘身材高眺，柳眉，卻有一雙狐狸眼，顯得有些妖媚精明。

「逍遙王府九小姐特來弔唁。」黃錦元看看馬車，見九月沒開口，想了想主動應話，她來就是要見遊春的，到了門口不進去豈不可惜了。

「不好意思，還請貴客改日再來，我們府上如今瑣事繁忙，只怕無暇招待貴客。」誰知，那姑娘竟直接拒絕他們。

黃錦元等人一愣，蘇力更是皺眉看著這兩個姑娘。「妳們是何人？我們九小姐來，當讓妳們遊少出來迎接才是，妳如今也不回報，能作得了主嗎？」

「我們姑娘作的就是這府裡的主。」另一位姑娘開口，細看她們兩人的衣料，倒是還能看得出尊卑來。

「她能作遊春府裡的主？」

這話一出，黃錦元等人皆皺了眉，這是什麼意思？

九月在車內聽得更是不舒服，能當家作主的，必不會是普通丫鬟，她不由想起當日送遊春離開時，康俊瑭提到了繁香樓的頭牌，難道這人就是？

想到這兒，九月心裡反倒生出一股氣來，她不是普通的小姑娘，不可能因為這些事便對遊春真的生出疑心，有疑問當面問清就是了，若遊春真的騙了她，那麼她也不是非要吊死在他這棵樹上不可的。若他身邊的這些人不是她所看到的這樣，那也成，想和她在一起，那就請他離她們遠一些，別再做出讓人誤會的事來，她可不希望將來那麼長的日子要為他不停摘去爛桃花。

於是，九月便要下車。

碧浣、青浣在顧秀茹的調教下，眼力何等不凡，九月一動，兩人便明白了，立即起身掀了布簾，外面，已有侍衛放下腳凳。

這次，九月沒有隨意跳下車，而是在碧浣和青浣的攙扶下，緩步下了車，目光淡淡地看著那姑娘。「遊春呢？」

那姑娘皺了皺眉。「這位小姐，我們少主事務繁忙，只怕無暇接待貴客，妳若有事，可以告訴我，我幫妳轉告。」

這麼大的口氣？

「妳是何人？」

九月起了興趣，掃了她一眼，語氣淡淡的，她難得擺架子，如今這氣勢一出來，倒還真有些派頭。

第一百五十四章

那姑娘以為九月和以前那些纏上遊春的姑娘一樣，心裡便有了鄙夷。「我叫紅湘，少主不在時，這府裡由我作主。」

九月扯出一抹笑，打量著紅湘。「妳叫紅湘，妳和紅蕊、紅蓮兒是姊妹嗎？」

聽九月提到紅蕊和紅蓮兒，紅湘眸中流露一絲驚訝，不過還是沒有退步。「這位小姐，府中繁忙，實不宜招待客人，小姐請回吧。」

「妳可想清楚了？」九月的語氣淡到極致，就好像說著天氣不錯似的。「我今兒也不是非要進這個門不可，不過妳最好去問問遊春，若他也是這個意思，那他家的門，從此不進也罷。」

語氣中的意思，黃錦元等人聽得明明白白，九小姐這是生氣了。

「這位姑娘，妳最好還是先去稟過你們家少主，要不然得罪我們家小姐事小，惹怒了你們家少主，事情就大了。」黃錦元冷眼看著紅湘提醒道。

「我們家少主說了，這府裡一應由我們姑娘作主，沒什麼稟不稟的。」紅湘身邊的那位姑娘很有底氣地說。

「喂，妳們可別後悔啊。」碧浣的脾氣比較急，聽完就衝著那姑娘開炮了。「今兒擋了我們家小姐的駕，他日就是你們家少主求到我們王爺那兒，也休想再見我們小姐一面！」

紅湘身邊的姑娘接著碧浣的話便駁了回去。「王爺有什麼了不起的？這京都城裡，天子腳下，王爺可多了，前些日子還宰了一個呢。」

聽到那姑娘居然把他們家王爺跟那個逆王相提並論，蘇力等人都氣憤不已，正要說話，便見那邊又出來一個人，這次來的卻是老魏。

老魏是出門辦事的，一出來就看到這邊的情況，他忙跑過來，笑容滿面地對九月行禮。「祈姑娘，妳可總算來了，我們家少主可記掛著呢。」

「多謝你們家少主百忙之中還能得記小女子。」九月淡淡地應道。

老魏一愣，這又怎麼了？他疑惑地看向紅湘。「紅湘，怎麼回事？妳怎能讓祈姑娘在門口站著呢？」

「魏爺，這位小姐是來弔唁的，可是靈堂還沒布置起來呢，事又多……」紅湘見老魏如此對待九月，開始覺得不妙。

碧浣看到紅湘對老魏也是恭恭敬敬的，心裡已有了底，說話更不客氣。「這位紅湘姑娘說，她能作得了遊公子的主，不讓我們家小姐進門呢。」

「誤會，這是誤會。」老魏粗中有細，忙笑著打圓場，這紅湘，少主讓她留守京都，她是越來越沒眼力了。

「她還說我們王爺沒什麼了不起，這京都城裡，天子腳下，王爺可多了，前些日子還宰了一個呢。」碧浣得理不饒人，手一轉又指向紅湘旁邊的姑娘。

「哪個不長眼的說的？」老魏眼一瞪，對著那姑娘就喝道：「能這麼說嗎？妳知道逍遙王爺是誰嗎？那是我們的大恩人，我們未來主母的外祖父！」

紅湘心裡大為震驚，驚訝地看向九月，眼神極為複雜。

這些年她替遊春打理這宅院，遊春雖然從沒有對她表示過什麼，卻也沒有說過重話，回到這兒，有什麼事也是好聲好氣地交代，漸漸地她便起了心思，以為遊春如今不說，是為了報仇，待大仇得報，終有一天她會成為這宅子真正的女主人。

這兩天她不知道多高興，行事便有些張揚起來。沒想到，今天剛出門就迎來這麼一尊大神，還把人給得罪了，這樣一來，她會不會連個妾室也占不住了呢？

「魏叔。」九月沒理會紅湘幾人。「府上的喪事中，可有我相識的人？」

老魏偏頭想了想，搖搖頭。「都是底下的兄弟……喔，還有紅蕊。」

「紅蕊？」九月驚訝了。

「九小姐，紅蕊姑娘那天替八姑爺擋了一掌，受了重傷。」蘇力那日也參與剿逆，倒是知道這事。

「那日她受了重傷，倒還沒事，是撤離的時候，她……」老魏說到這兒，看看九月，猶豫了一會兒才繼續說道：「替少主擋了一枝暗箭，誰知那箭上綁了火藥……唉，她那樣愛漂亮的一個人，如今卻面目全非了。」

九月心裡一緊，他險些受傷了？再想到紅蕊，先救了水宏，後又救了遊春，她是不是該祭奠一下？

被紅湘激起的氣惱隱隱有些好轉。

「還愣著做什麼？還不去稟報少主說祈姑娘來了？」老魏看了看九月，心裡跟明鏡似的，這事情的根源還是在自家少主那兒，今天要是自家少主不出來，只怕以後想見佳人都難了。當下，瞪了紅湘身邊那姑娘一眼，又轉向九月笑道：「少主本來昨日想去看妳呢，結果家裡出了這些事，死了二十幾個兄弟，他也是無奈，只好先回來了，妳別誤會少主，他的心思妳應該是最明白的。」

九月撇嘴，臉上卻沒有笑容，先是紅蓮兒，這會兒又是紅湘，加上之前的紅蕊，事不過三呀，好歹也得給個交代吧？

那姑娘被老魏這一番吼，哪裡還敢逗留，腳不沾地的跑去通報了。

「祈姑娘，這兒也沒個坐的地方，不如先進前廳坐坐？」老魏變著法子哄九月進門。

「老魏，你們這遊府門檻太高，我們邁不過去呀。」黃錦元涼涼地應了一句。

「黃兄弟，你這話說的……那王爺府上的門檻，我們還不得飛過去了？」老魏呵呵一笑，心裡卻直罵紅湘。

「我們王府可從來沒有門檻一說。」黃錦元咧咧嘴，看了紅湘一眼，不過一個小丫鬟，囂張什麼？

「魏叔，替我給紅蕊上炷香，我先回去了。」九月站得有些累，轉身往馬車走。

老魏忙上前攔下九月，笑呵呵地說道：「都來了，何必這樣著急呢？」

「九兒！」就在這時，大門大開，遊春幾乎是用輕功掠出來，驚喜地看著九月，他身後還跟著康俊瑭、齊孟冬、齊天、魏藍等人，一個個笑嘻嘻的，像看好戲似的。

吧。

老魏看到遊春出來，明顯地鬆了口氣，拉著黃錦元到了一旁，幫腔的人還是先避一避

「怎麼不進去？」遊春眼角瞟都沒瞟一下紅湘，滿眼滿心都是九月，伸手攬住她的肩，柔聲問道：「自家門口，難道還要人請嗎？」

九月沒好氣地白了他一眼。「這不是我家。」

「說什麼傻話，忘記我說的話了？」遊春無奈地搖頭，拉著她往門口走。「都說了，我的就是妳的，這兒不是妳家是哪裡？」

九月伸手一拍，打落他的手，瞪著他說道：「別跟我油嘴滑舌的，你還欠我一個交代。」

遊春見她沒有像上次一樣漠視他，心裡一鬆，笑道：「想讓我交代什麼？妳說，我都聽妳的。」

「什麼叫我想讓你交代什麼？」九月瞇著眼，冷哼一聲。「紅蕊、紅蓮兒、紅湘，事不過三，你已經湊成三了，你不覺得該解釋一下嗎？」

「她們只是替我做事。」遊春安撫地握住她戳著他胸口的玉手，目光柔情似水。

「做事需要貼那麼近嗎？」九月抽手，卻沒有成功，只得沒好氣地瞪他，說著還嗅了嗅他身上的味道，嫌棄地說道：「還說自己身邊都是小廝呢，這些人也是小廝？啐，哪家小廝會讓主人身上留下一身脂粉味。」

「哪有什麼脂粉味，我只聞到好大的酸味。」遊春低低地笑了，手一伸攬住她的肩，想

攬著她進門。她能這樣對他說話，他徹底放心了，至於交代，唔，哪能當著這麼多人的面交代呢？私下慢慢聊不就好了。

「我不進去。」九月推著遊春，彆扭地拒絕。剛剛她還想著要不要去祭一祭紅蕊，看到遊春，心裡居然跟變天了似的，酸水直冒，又見他這樣不爽快，就跟敷衍她似的，更讓她不舒服。

「為什麼？」遊春低頭看著她。

大門口，齊孟冬等人也笑盈盈地等著，魏藍更是誇張，也不知道從哪裡抓了瓜子，就這樣倚在齊天身邊，邊嗑瓜子邊看戲。真是難得啊，府裡人的目光終於可以從她和大師兄身上移開了，這麼多年，遊春可沒少嫌棄她和大師兄，如今好了，風水輪流轉，輪到遊春自己了，君子報仇，十年未晚，如今輪到她看好戲了。

「你家門檻太高。」九月瞥了那不過一尺的石檻，冷哼著說道。

「嗯，改天砸了它。」遊春若有所思地點頭。

九月無語，轉身就走。「那我改天再來。」

「不用呀。」遊春忙把人拉回來。「有我在，妳還怕邁不過去嗎？」

九月瞪他，什麼意思？

緊接著，她馬上明白了。

遊春身子一彎，竟直接將她打橫抱了起來。「這樣不就行了？」

「喂！放我下來。」九月大窘，這人什麼時候變得這樣不正經了？還這麼多人看著呢，瞧瞧人家都笑成什麼樣了！她掙扎著想要下來。

遊春抱得更緊，不理會她，大步走往大門處。

康俊瑭衝著遊春直豎大拇指，樂得嘴都歪了，這小子，終於開竅了。

紅湘則是震驚地看著這一幕，沒想到她今天得罪的人……他何時對哪個女人如此過？

「可看到了？我們家小姐不是妳能得罪的人。」碧涜經過紅湘時，輕描淡寫地扔下一句話，和青涜一起跟上去，黃錦元等人自有老魏招呼著安頓。

「祈姑娘。」遊春抱著九月來到大門前，魏藍熱情地朝九月揮手打招呼。

九月從來沒這樣羞赧過，臊得整張臉通紅，一抬頭又看到魏藍等人的笑臉，更是羞得無處可躲，只好把臉轉向遊春，惡狠狠地瞪了他一眼。

「新媳婦進門嘍。」魏藍唯恐天下不亂似的大喊一聲，隨即哈哈大笑。

「喂。」九月急了，忙掙扎，卻被遊春緊錮在懷裡。

「這裡不過一處宅院，今日我抱妳進門，他日，八人大轎抬妳過的必是我們的家。」遊春看出她的小彆扭，低低笑道，長腿一邁，便抱著九月進了大門，往裡大步走去。

這一路，府上眾人簡直把眼珠子都瞪出來了——他們少主竟然抱個女人?!

眾目睽睽之下，遊春抱著九月大步進來，惹來無數人圍觀，偏偏他還沒有自覺，一副想直接抱她回後院的架勢。

「快放我下來。」眼見靈堂越來越近，九月紅著臉忙催促道，這樣未免太不莊重了。

「不放。」遊春拒絕，他有多久沒像現在這樣接近她了？

「喂，他們都看著呢。」九月都不敢抬頭了。

「嗯，他們遲早會習慣的。」遊春順口回道，此時，他們已經到了大廳前。

「快放我下來啦，前面就是靈堂了，這樣不好。」九月只好放軟聲音勸道。「快放我下來，我自己能走。」

「我放了妳不逃？」遊春睨她。

「我本來就是找你來的，是你的人不讓我進門好不好？吃了閉門羹，我還死乞白賴地賴上門啊？」九月伸手戳著他的肩。「快放我下來，不然我真生氣了。」

遊春才依依不捨地放她下來，扶著她的腰低聲說道：「我會處理好她們。」

「跟我有關係嗎？」九月冷哼一聲。「跟你說的一樣，不過就是處宅子，況且，過些日子我就回去了，眼不見為淨。」

「妳不留在京都？」遊春皺眉。

「不。」九月抬抬下巴，拍開他的手，逕自走向靈堂。

職業使然，一踏入這靈堂，她的態度便端正起來。為生者感動、為逝者流淚，身為禮儀師，她深深敬重每一位往生者，每個人都該受到尊重地離開。

如紅湘所說，靈堂還沒有布置起來，供桌倒是擺了，白布也掛了，可桌上空空的，只放著一個香爐。

白布後面，擺放著密密麻麻的棺木，棺蓋都還沒有蓋上，露出無數蒼白的容顏，有些臉上被劃得皮開肉綻，有些還帶著中毒的黑氣。

九月皺了皺眉，一個一個看過去。

碧浣和青浣一開始還跟著，到後來卻受了驚嚇遠遠避開，只剩下遊春幾人跟在後面。

「別看了。」遊春見她皺眉，伸手拉回她。

「怎麼不幫他們修飾一下？」九月輕聲問道。

遊春看看她，沒說話，久在刀口上討生活的人，活著的時候也不曾講究過；死了……誰會想得到這些呢？

「連個靈堂也不弄好，你都幹麼去了？」九月很不滿意地瞪著他。

「今早剛剛才尋回來，還有些兄弟……還在找。」遊春低低解釋，聲音裡滿滿的無奈。

九月瞪著他，過了一會兒才轉頭喊道：「碧浣、青浣。」

「九小姐。」碧浣和青浣立即走過來。

「去準備香案供品。」九月吩咐道，又看著遊春問道：「請問遊少，我能暫時作個主嗎？」

遊春挑眉，看著九月不說話，目光深邃。

九月被他盯得不由扯了扯嘴角，當作沒看見，轉頭繼續吩咐碧浣準備東西，白布白紗、筆墨紙硯、胭脂水粉、清水布巾，報了一大堆。

老魏等人自然不可能真讓碧浣去尋，馬上領了任務下去。

「紅蕊在哪裡？」九月又問。

「後堂，紅蓮兒守著。」遊春平靜地回答，心裡卻一緊，不會又要找他算帳吧？

「我聽黃大哥說，是她救了八姊夫，還替你擋了一箭？」九月輕聲問道。

「嗯，箭上綁了火藥。」遊春看看她，點了點頭。「面目全非……妳還是不要見了。」

「你不想讓我見還是覺得我會害怕？」九月挑眉，不客氣地問道。「面目全非……所以你會一直記著她是不是？」

「九兒，我沒有。」遊春意識到不對勁，忙解釋道：「我只是擔心妳看了會不舒服。」

「好歹她救了八姊夫，也……救了你。」九月撇嘴，避開他的目光嘀咕一句。「看在這份恩情上，我替她修復原貌好了，省得你老記著人家面目全非。」

「九兒，妳說什麼？」遊春驚訝地看著她。「修復原貌？」

「嗯。」九月點頭。「怎麼？不信我？」

「信。」遊春心裡雖然懷疑，面上卻是不顯。

「……信才怪。」九月盯著他看了好一會兒。

好吧，不信就不信，本姑娘做給你看。

沒一會兒，老魏等人便送來九月需要的東西。

第一百五十五章

九月記得齊孟冬的藥箱裡總備有手套，便向他要了一副，至於衣服，她低頭看了看，直接讓碧浣回去給她取一套回來，等一下弄髒了也好替換。

靈堂如何布置，九月交代給老魏等人，他們的行動力其實極好，就是沒個懂行當的人指點，加上匆忙，才弄得這樣凌亂，紅湘這會兒倒是識趣了，見遊春沒理她，很自覺地跟著老魏下去安排。

九月把要來的東西全部攤開，讓青浣用個托盤端著跟在後面，魏藍則自發地跟在後面幫忙。

除了身為禮儀師，遺體化妝、修復的經驗她也是有的，她從事殯葬業多年，各項業務都極熟練，也曾無數次協助警方修復屍體。各種各樣的慘狀，什麼沒見過？比起那些，眼前這些都是蝸角蠅頭了。

這些人的衣服已經都換過了，頭髮梳過，臉上的血漬也清洗過，可是以九月專業的角度來說，還遠遠不足，頭髮、衣服也就算了，九月只針對遺容進行修整。

先是絞了布巾清潔一遍，接著便是上妝，傷口便用齊孟冬的針線細細縫上，再添上色彩，很快的，變樣的容顏變得栩栩如生。

「妳好厲害……」魏藍親眼看到昔日兄弟恢復原樣，佩服得一手拍在九月肩頭。

九月猝不及防，手中的筆沒來得及收回，紅紅的胭脂便在那遺容唇邊落下一撇，顯得很猙獰。

「齊夫人。」九月無奈地嘆氣，收起筆正色對魏藍說道：「這兒每一位都值得尊重、體面的離開，妳……」可想想，人家才是一家人呀，她說這些會不會反客為主了？

「呃，不好意思、不好意思，我只是……一時激動。」魏藍也看到了那一撇，不好意思地吐吐舌頭。

「我來吧。」遊春心疼九月，見小師妹這樣搗亂，忙上前接下她手裡的水盆。

「換盆水吧。」九月拿布巾拭去了那一撇，重新補了補。

等到水換過新的，遊春卻不讓她動手了，自己撩了布巾去給下一位兄弟拭面，剛剛九月做的時候，他就在旁邊看著，雖然是死人，可他心裡還是不怎麼舒坦，兄弟也是男人呀……

九月並沒有多想，兩人似又回到當初在小草屋裡的合作，一個負責清潔、一個負責修整上妝，很快地把二十幾具遺體都修整了一遍。

九月也累得額上出了薄汗，遊春伸了伸手，又縮回來，他的手還沒洗過呢。

青浣看到，忙掏出手帕替九月拭去汗水。

齊天等人也聚集過來，看過九月創造的神奇，一個個竟濕潤了眼眶。老魏最是直性子，直接往九月面前一站，眼紅紅地抱拳說道：「九小姐大義，老魏佩服，以後老魏願聽九小姐隨時差遣。」

「魏叔，敢情你之前聽我差遣都是不願意的呀？」九月失笑，她懂他們的意思，不過她不喜歡這麼沈重，便開了句玩笑話。

「不是不是，那個……」老魏急了，撓頭搔耳也想不到該說些什麼，只好瞪著眼睛說道：「反正我老魏以後就心甘情願聽妳的……我老魏是個粗人，不會說什麼好聽的，妳明白就好了，咬文嚼字的，我老魏可不會。」

「魏叔，一家人不說兩家話，你也別提什麼差遣不差遣的，我做這些也是應該的。」九月微微一笑，轉向遊春問道：「紅蕊呢？」

「在裡面。」遊春這會兒才領會她說的修復原貌是什麼意思，看向她的眼神越發溫柔。能讓兄弟們走得體面，他當然欣慰，而她，所做的這一切都是因為他。

她剛剛便曾說——因為紅蕊救了他……

九月也不洗手，跟著遊春去了後面，青浣跟著送上東西，魏藍也沈默了，拉著齊天一起跟進，齊孟冬和康俊瑭兩人則在那二十幾副棺木前徘徊，時不時地交換一下意見，看向九月的眼神充滿探究和疑惑。

紅蕊的情況果然比外面那些人嚴重，箭射穿了肩胛骨，火藥炸開後，傷到頸間大動脈，那兒已是血肉模糊、一片焦黑，原本漂亮的臉也受到了波及。

紅蓮兒守在紅蕊身邊，已經哭成淚人兒，一雙妙目又紅又腫，她還在給紅蕊不斷拭著血跡，血，已變得有些微黑。

「你別進來。」九月只瞧了一眼，就堵住遊春，讓他出去。

遊春不解地看著她。

「好歹她也是個姑娘。」九月沒好氣地瞪了他一眼。「你出去，讓人送些金瘡藥來，還有針線、熱水和糯米粉。」這兒沒有修復材料，想來想去也只有糯米粉有黏性了。

「嗯？」遊春聽到糯米粉，不由驚訝了一下。

「快去啦。」九月催他。「還有你沒戴手套，一會兒出去先用熱水洗，再泡烈酒，洗完了用檀香熏一熏。」

「好。」遊春暖暖地看了看她，點頭出去了。

沒多久，九月要的東西都送了進來，送東西來的卻是紅湘，她沈默地把東西放到九月身邊，便在一旁候著。

九月只是看了看她，也沒說什麼。

「妳要做什麼？」紅蓮兒不解地看看九月，她一直待在屋裡，不知道九月在外面的所作所為。

「幫她修復。」九月指指紅蕊，心裡也是一陣難過，想起頭一次見到紅蕊的樣子，那時的紅蕊那般鮮活，可如今卻是沒有任何氣息地躺在這兒。人已死，過去的點滴也就化為煙塵。

紅蓮兒迷茫地看著她，不懂什麼是修復。

紅湘倒是知道，對紅蓮兒點點頭，垂頭看著紅蕊，眼角滑落一行清淚。

九月直接走到紅蕊身邊，青浣已經送上一張竹凳，又送上九月要的東西。

九月沒有多說，替紅蕊清理起來，紅蕊肩膀的皮肉整整卸了一片，洗淨後，灑上金瘡藥，止住實際上沒剩多少血的傷口，再用糯米粉調成麵團，捏成肩膀模樣填上去。裂開的傷口用針細細縫了起來，焦黑的部分實在洗不去，便用剪刀剪去些許。

九月的眼裡只剩下紅蕊，甚至連康子孺走進來也沒有發現，她只專注地用豐富經驗去修復紅蕊的美麗，填補完、縫合好，她把手洗乾淨，拿起筆，調色、上彩、描繪，憑著她的記憶一點一點地還原。

巧笑嫣然的紅蕊，那麼美豔，美得讓她第一眼便打翻了醋罈子。

此時想來，那時的點滴竟也讓她頗為懷念。

筆勾勒最後一點嫣紅，昔日的紅蕊回到了眼前。

做完這一切，九月熟練地給紅蕊拉上衣服、繫好衣襟，才站起來退到一邊。

紅蓮兒和紅湘忘了哭泣，呆呆地看著彷彿只是睡著的紅蕊，不敢相信自己的眼睛。

「小姐。」青浣簡直用崇拜的眼神看著九月。「您太厲害了，下次幫我化個妝。」

「瞎說什麼？」九月皺眉，瞪了青浣一眼，摘下手套。

前世時，她這雙手從來不給活人化妝，哪怕她的化妝術也算一流了，或許也是因為她自卑，才會覺得別人都會怕、會顧忌，她甚至連自己的臉也沒有化過妝。

這一世，原本是可以乾乾淨淨的，可是，當她看到這些曾經鮮活的生命毫無生息地躺在那兒，她就不能忍住那份衝動，她記起曾經的使命。

而現在，她不後悔。

「見過康大儒。」九月這時才發現康子孺，坦然地行禮。

「來，我有話問妳。」康子孺是跟著碧浣過來的，看到剛剛那一幕，他看向九月的目光頓時大亮。

「康大儒，請容許我沐浴更衣。」九月倒是沒拒絕，看到他出現在這兒，她就知道自己少不了要解釋一番，她可以說是向周師婆學的，可是他親眼看到了，她若只是向周師婆學的，萬不會這樣熟練，在這個時代，她去哪兒找屍體練手？所以，這個謊圓不過去。

「好。」康子孺爽快地點頭，也跟著出去了。

外面，遊春等人已經等得有些焦慮，九月已經進行大半個時辰了，這會兒才剛剛出來，遊春馬上上前想扶她。

九月退後一步，笑了笑。「我想洗洗。」

「嗯，去竹居。」遊春點頭，轉頭看了看，也沒個丫鬟，小廝又不方便，便轉頭看向魏藍。「師妹，麻煩妳陪一趟。」

「不麻煩、不麻煩。」魏藍領命，陪著九月去竹居，碧浣拿著個包裹和青浣跟上。

竹居，是遊春住的地方。

魏藍一邊走一邊打量九月，暗示道：「九月呀，那竹居可是連我都不能進的呢，四師兄居然安排妳去那兒沐浴，嘿嘿，妳該明白是什麼意思吧？」

九月臉上也禁不住一熱。「興許是他覺得別處不方便吧。」

「那倒是。」魏藍嘿嘿一笑，看了看她。「我聽說妳在金殿上承認我四師兄是妳未婚夫婿？妳決定啥時候嫁過來呀？這滿院子的都是男的，只有紅蓮兒幾個，平日也不在這兒，我可無聊了呢，連個說話的人也沒有，妳要是過了門，我就有伴了。」

九月笑了笑。「過幾天，我就回康鎮去了。」

魏藍的話她不是不明白，這是拐著彎地告訴她，這兒沒別的女人呢。

「啊？」魏藍愣住了，她以為九月還在生氣，加上她也是真心喜歡九月，便急著替遊春說好話。「九月，我四師兄真不是那種胡來的人，妳也知道他的生意裡有一種很……美女如雲，可他一向不沾的。紅蕊負責消息傳遞、紅蓮兒管著繁香樓、紅湘一直打理這宅院，畢竟我們也不是時常在這兒的，總要有個人看著。她們……或許有些想法，可是我敢保證四師兄他絕對沒有，他對妳是真心的，我還從來沒看過他對哪位姑娘這樣上心呢。方才小翠回來通報，他臉色都變了，直接輕功出去的，生怕妳誤會不理他呢。」

魏藍如竹筒倒豆子般，嘩啦啦地往外倒，也不給九月說話的機會。

「那天在大牢裡的事，我也聽說了，妳別信俊瑭那死小子瞎說，他是自己對人家有意思，結果紅蓮兒不理他，他吃醋來著，這才故意帶妳去牢裡，讓妳看到紅蓮兒和四師兄親近，想讓妳出手把紅蓮兒趕走，這樣他就有機可乘了。事實上紅蓮兒那樣做也是為了傳遞消息，要不然怎麼掩人耳目呢？還有她們有時候為了傳遞消息，就必須得扮演某種身分，她和四師兄之間純粹是作戲，絕不是真的，四師兄那人可悶著呢。」

九月不由失笑，她當然知道情報人員是什麼樣子。

「我還是第一次看到四師兄對一位姑娘這般用心。」魏藍還在繼續。「他以前老是笑話大師兄對我好，現在呀……欸，妳那次是不是來了癸水腹痛？他還請教孟冬好多事呢，這事我們都知道了。」

九月頓時鬧了個大紅臉，她現代人的靈魂，也招不住這熱情如火又直白的魏藍了。

「這也沒什麼好難為情的，有個男人如此為妳用心，就足以證明他對妳的心思，對不對？」魏藍說得興起。「有這樣一個疼妳憐妳寵妳的男人，此生還有什麼不滿足的？」魏藍邊說邊走。

這時，青浣扯了扯九月的衣袖，指了指旁邊一座院子。

九月抬頭，匾上書寫「竹居」兩字，再看看魏藍，明顯不在現實狀況中，不由莞爾一笑，喊道：「師嫂，竹居是不是這兒？」

「啊？」魏藍回過神，轉身看了看九月手指的方向，瞬間臉紅了，嘿嘿地笑著跑過來。「我說得入神了，就這兒，走吧走吧。」說罷，掩飾地跑在前面。

九月笑著搖搖頭，帶著碧浣和青浣進去。

「這位姊姊真有意思。」青浣輕聲笑道，和碧浣交流意見。

「是呢，比之前那兩位好太多了。」碧浣還記著紅湘的可惡。

九月回頭瞧瞧她們。

碧浣和青浣被九月這一看，自覺地低了頭，表示知錯。

九月也沒揪著不放，對她來說，不日便要回去了，碧浣、青浣也不會跟著她太久，那調教丫鬟的事也不用浪費工夫去做了，再者，她不認為她做得會比顧秀茹好，這兩個丫鬟還是很知禮的。

「九月，快來。」魏藍在裡面大呼小叫地招呼。

九月一笑，走了進去。

竹居，顧名思義，自然處處是竹，一進院子，便是鬱鬱蔥蔥的竹，圍出最中間一方空地，空地上什麼也沒有。

「這是四師兄的練功場。」魏藍見九月駐足打量，笑著解釋。「來，熱水已經送過來了，妳再慢吞吞的，水都要涼了。」

九月點點頭，跟著進去。

正中間的屋子裡，居然是竹排鋪地、竹排為牆，一應家具用的都是竹……

「妳不知道，四哥那次回來，也不知道怎麼了，把屋裡全部換成竹子。」魏藍不知實情，拉著九月往洗漱間走去，一邊吐槽。

「從那之後只要他在這兒，就不允許任何人進來打掃，他不在家，也只能由小廝阿川看顧，我好奇，才偷溜進來幾次，嘻嘻。」

九月沒說話，心裡卻頗有感觸。

「喏，這兒這兒。」魏藍總算還記得自己的任務，招呼九月進了洗漱間。「妳慢慢洗，我到外面等妳。」說罷，一蹦一跳地走了。

九月含笑看著她帶上門出去，如魏藍所說，浴桶裡已經倒上熱水，水中什麼都沒有，是她平時喜歡的清水。

浴桶旁，擺放著香胰子。
屏風邊上的小几還放著一個小小的香爐，香爐裡正燃著香。香味，是她喜歡且熟悉的合香，出自他的手。

第一百五十六章

小半個時辰後，九月重新穿戴起來，碧浣和青浣才進來處理接下來的事，一個倒水收拾浴桶、一個幫著擦拭頭髮。

這些事，都是慣做的，用不了多少工夫，很快，屋裡恢復了原貌，九月也收拾得清清爽爽。

帶著一抹浴後的清香和紅潤，九月走出房門，魏藍正坐在廊下，手中拿著一枝新鮮竹枝無聊地揮著。

「這麼快？」魏藍看到九月出來，驚訝地跳起來。「我還以為要等很久呢。」

「只是洗洗而已。」九月真心喜歡魏藍的性子，笑容也濃了許多。「走吧。」

「好。」魏藍點頭，手拿著那段竹枝搖著晃著，側頭看了九月好幾眼。「九月呀，我剛剛才想到一個問題呢。」

「什麼？」九月好奇地側頭看她。

「妳方才好像叫我師嫂來著，這是不是表示，妳同意嫁給四師兄了？」魏藍彎著眼睛壞壞地問。

九月忍不住抽了抽嘴角，這反應慢了多少拍了？她都洗完澡了，才想起來？

「欸欸欸，妳就不能痛快些給個說法啊？」魏藍瞪大眼睛，拉著九月不依不饒地撒嬌。

「說啦說啦，到底願不願意啦？」

「師嫂，妳覺得我配得上妳四師哥嗎？」九月被她的孩子氣逗笑，也開玩笑地問。

「當然配，絕配。」魏藍立即如雞啄食般地點頭。

「有點誇張了。」九月笑出聲來，遊春說得對，他這小師妹大師嫂果然是個開心果，表情如此豐富。

「可是我不明白。」魏藍盯著九月看了一會兒，又皺起眉，納悶地問道：「妳明明願意的，為什麼不留在京都，還要回康鎮去呀？千里迢迢的，迎親也不方便呀，直接留下不好嗎？王府離這兒也不算遠，京都又這麼多人，多好玩。」

「師嫂。」九月搖搖頭，輕聲說道：「每個人想要的生活都不一樣，京都的繁華確實不是別處能比的，可是京都重地，天子腳下，出門逛個街，都可能遇到幾品幾品的大員，說不定在大街上一不小心得罪一個人，都是皇親國戚。」

「噗──」魏藍笑出聲來。「妳可不就是皇親國戚？妳是福女，有個小皇叔外公，還有個皇帝舅舅，妳還怕他們啊？」

「話不是那麼說的。」九月搖頭，挽住魏藍的手，緩步走在鵝卵石小道上。「正因為我有個皇帝舅舅、有個有權有勢的外公，我才更不能隨心所欲，再加上那福女名頭，妳覺得我留在京都，盯著我的人會少嗎？一舉一動都要想這個考慮那個，說不定與人交往還要戴上面具，多累，換作是妳，妳高興不？」

「被妳這樣一說，還真的怪嚇人的。」魏藍眨眨眼睛，點頭，接著又搖頭。「不對，等妳嫁給四師兄，外面那些事有他頂著，妳只管天天闖禍都沒事，有他收拾著。」

顯然魏藍這話說出她自己的心聲，她就是那個天天闖禍有人收拾的人。

「相比起京都，我更喜歡田園生活。」九月莞爾一笑，看了看魏藍，難得說起自己的真實想法。「有一個自己的莊園，日出而作，日落而息，一生一世一雙人，相夫教子……妳是不是覺得我沒出息？人家只想著往上爬，做人上人。而我，只想著清清靜靜地過平平淡淡的小日子。」

「誰說這叫沒出息啦？」魏藍翻了個白眼。「妳說的這些我也想，不只是我，三師兄、魏叔他們也想，四師兄肯定也想，這些年一直忙忙碌碌，賺錢、布局、尋找線索、被追殺……唉，我們早就想安定下來了。再說四師兄的錢多得是，就是養我們這些人十輩子不幹活都是夠的。買莊園，沒問題啊，妳想要多大就多大；想生幾個娃就幾個娃。」說到這兒，魏藍朝九月擠擠眼睛，賊兮兮地笑道：「一生一世一雙人嘛，更沒問題啦，遊家有祖訓嘛。」

九月看著這不靠譜的師嫂，有些後悔了，她幹麼說這些呀，現在好了，魏藍倒覺得她擔心遊春沒錢似的。

「我可跟妳說好喔，將來給我們留個房間，我也要帶大師兄和你們一塊兒住去……不對不對，妳想過清靜日子，肯定不喜歡別人打擾……」魏藍得了九月這兒的口信，開始自說自話。「嗯，這樣好了，我讓大師兄也買院子，就在妳和四師兄的隔壁，將來串門子也方便，等孩子們大了，嘿嘿，結個娃娃親，成親還方便呢……」

九月頓時無語了，這也……扯太遠了吧？

碧浣和青浣在後面低頭憋笑，不過對魏藍的好感卻是直線上升。

「丫頭，怎麼去那麼久？我還以為妳逃跑了呢？」所幸救星很快就出現了，康子孺等得急了，站在院門口往裡張望，看到九月的身影，立即大聲喊起來。遊春站在後面，含笑看著九月，目光帶著歉意和柔情，似乎是為康子孺的言行抱歉。

九月看到康子孺，不由笑了起來，忙迎過去，她突然覺得，面對不靠譜的魏藍，康子孺一下子變得可靠多了。

「不好意思，讓前輩久等了。」九月福了福身，稱呼也起了變化。

「來來來，我有話問妳。」康子孺也不帶她去哪間屋裡談，四下看看，逕自朝院中最空曠的地方走去，一邊招呼九月，一邊揮退旁人。「你們都退後、退後，不許偷聽。」

遊春有些擔心地看了看九月，也不知道康子孺要說什麼，正想要跟上，魏藍快步走了過去，一把拉住遊春的胳膊往另一邊拽去。「四師兄，走，我有話跟你說。」

得，一人被一個拽到一邊去了，只剩下碧浣、青浣兩個站在原地，互相看了看，還是決定原地等待。

九月被拉到一個空曠處，四下沒有花草也沒有建築，倒是個說話的好地方，至少不會有隔牆有耳的事發生。站定後，她笑盈盈地開口問道：「康大儒，您有什麼事這樣急呀？」

儘管她已經猜到康子孺拉她過來說話的原因。

「我問妳，妳那遺體修復的本事是誰教妳的？」康子孺咄咄逼人地盯著她。

「您就問這個？」九月笑了，隨即奇怪地問道：「康大儒，您為什麼對這事這樣上心呢？九月實在不解。」

康子孺複雜地看著她，好一會兒，才嘆了口氣。「我只是想知道一些消息而已，沒別的意思。」

「康大儒想知道什麼消息？很重要嗎？」九月打量著他，她是真的好奇他為什麼執著要證明她是「同鄉」，這種事不是應該越低調越好嗎？他怎麼還巴不得誰都知道一樣？不怕人家當他是妖怪啊？

「我……」康子孺一開口又頓住了，他哪知道他想知道什麼……

九月眨眨眼，笑盈盈地等著他回答。

「我……」康子孺又張了張嘴，漸漸露出苦澀的笑容，他能問什麼？問了又能怎麼樣？無端惹禍而已。來到這兒已半生了，經歷了這麼多，步步為營、處處小心，才有了今天的成就，居然還是沒能消去當年那浮躁氣，反不如一個小丫頭鎮定了，當年他不也是提心弔膽的怕人家發現他的秘密？

想到這兒，康子孺心情豁然開朗，罷了，有消息了又能怎樣？他現在有家有室、有子有孫，又何必再糾結於虛無？

九月只是笑，她在等，這康子孺既然能成為大儒，必有其過人之處，她雖不知道他是怎麼利用本身的長處，但應該也不是鼠目寸光的人才對。

康子孺沈吟半晌，神情漸漸開朗起來，一抬眸便看到安靜等待的九月，頓時朗聲大笑。

「是我一時魔障了。」

九月微微一笑，放心了。

「不過妳真不能私下透露？我不會說出去。」康子孺笑罷，又看看九月，神情間早沒了之前的迫切。

「您知道禮儀師嗎？」九月眨眨眼。

康子孺眼睛一亮。

「我就是。」九月說罷，朝康子孺福了福身。

康子孺笑了，他果然沒有猜錯，真的是她，而不是她外婆。當年，他也是見過周釵娘的，並沒有發現特別之處。可看著九月，他總有種說不清的親近。這小丫頭居然一直想瞞著他，不過想想也對，小心駛得萬年船啊。

「啥時候來的？」康子孺揮揮手，陪九月慢慢往回走，漫不經心地問。

「二〇一三。」九月睨了他一眼。

康子孺看看九月，又低頭看看自己滿是皺紋的手、長鬚，嘆了口氣。「二〇一〇我才二十歲，虧大了。」

「噗——」九月忍俊不禁，是虧了，按著前世的年紀算，他二〇一〇年二十歲，唔……比她還小十歲啊，可現在她還是青春少女，他卻已是垂暮之年。

「妳教我遺體修復，我就不計較吃個虧，認妳這個孫女。」康子孺眼珠子一轉，笑嘻嘻地說道。

九月直接翻了個白眼，理都不理他，直接往遊春那邊走去。

「等等我啊，妳這丫頭怎麼不敬尊長呢？」康子孺在後面喊。

九月頭也不回。

「怎麼了？」遊春已經從魏藍那兒知道九月剛剛說的話，心裡正柔情滿懷，看到她過來，他那沒有名分的師傅在那邊跳腳，不由驚訝地上前，攬住九月的腰。

「沒什麼，年紀大了，上火。」九月忍著笑，回頭看了看康子孺。「不早了，我該回去了。」

「這就回去？」遊春皺眉，有些不情願。

「我出來這麼久了，都沒和外公交代呢。」九月一抬眼，看到紅湘，斂起笑容。

「讓黃兄弟他們回去稟過就是了。」遊春許久未見她，如今見著又沒有好好說話，心裡火熱熱的。

「我只是來弔唁的。」九月瞪了他一眼。

「那……」遊春也是無奈，只好退一步。「我送妳。」

「不用了，你這兒還一攤子事。」九月搖頭，這麼多兄弟犧牲了，他身為少主哪能走得開？

「我只是送妳回去，送到就回來。」遊春緊了緊放在她腰間的手。

「真不用。」九月手按在他手臂上，含笑說道：「我明天再過來。」

「好吧。」遊春應得很委屈。

「小丫頭，要回去了？」康子孺走過來，捋著鬍鬚，笑咪咪地看著他們。「我也正好要去王府，一起走吧。」

九月聽罷，就知道他還沒死心，朝遊春癟癟嘴。「我們先回去了。」

遊春雖然好奇，卻也沒有多問，鬆了手送他們出來。

此時，紅蕊也被裝入棺中抬到前廳，邊上正圍著齊孟冬等人，三爺等人也回來了，正看著紅蕊說著什麼，這時看到他們出來，目光齊刷刷地朝九月掃過來。

九月嚇了一跳，這是咋了？

「祈姑娘，多謝。」三爺眼微紅，抱拳行禮。

「別謝我，應該的。」九月尷尬地笑了笑，更想早些離開，她又沒做什麼，值得他們這樣鄭重道謝嗎？

在眾人的相送之下，九月飛快地鑽進車廂，剛坐下，遊春便撩著簾子凝望著她。「明兒我去接妳。」

「好。」九月點頭，微微一笑，一抬眸，又看到紅湘，不由撇撇嘴，微抬下巴，對遊春說道：「沒下次了啊。」

遊春一愣，順著她的目光一看，明白了，轉回頭來，淺笑著應了一句。「嗯，我會處理。」

「再有下次，真不理你了。」九月哼了一聲。

遊春會心一笑，退開。接著康子孺便走過來，朝後面的康俊瑭揚揚手，喊道：「孫子，回去告訴你奶奶，我今晚不回去了。」

九月被他這一嗓喊得心裡暗叫不好。

康子孺卻不在意，坐在她對面。

碧浣和青浣都沒有上車，九月掀開布簾瞧了瞧，只見兩丫頭都上了康子孺的車，便又放下布簾，朝康子孺調侃道：「您這是不撞南牆不回頭呀。」

「我就是好奇。」康子孺笑咪咪的。

「您想知道的，我已經給了答案。」九月斂了笑，盯著他看。

「小丫頭，別這麼緊張，我又不會害妳。」康子孺失笑，擺擺手。「我剛來到這兒，第一個認識的就是妳外公郭晟，我和他的交情是鐵打的，出生入死多少次，這份情誼早已超過尋常親兄弟，要不是他，我也不會有今天了。還有遊春，這小子極有天賦，我認識他十年，教了他許多事，同樣他也教了我很多，我和他之間情同師徒，只不過沒有名分罷了，其實這樣也挺好，他敬我如師，我待他也不薄，名分啥的不重要。」

康子孺這番話，無疑是在告訴九月，她是郭晟的外孫女、是遊春心上人，與他都有著莫大的關係，他怎麼會對她不利？

九月聽罷，安靜了一會兒。

「我也不問別的，就是想學一學這遺體修復的手藝。」康子孺認真地看著九月。「我以前是醫學系的學生，祖上幾代都是行醫的，這些年我別的大事也沒幹，就是治過不少人，開了些醫館、教了些徒弟。現在麼，皇帝看重，讓我管著一家書院，專門教導醫術的學院，我這大儒的名頭就是這樣來的。我這人呢，別的優點沒有，唯獨對醫術有點興趣。」

「遺體修復跟醫術有啥關係嗎？」九月忍著笑問道。

「當然有關係了。」康子孺眼一瞪。「我學西醫的時候，也是學過大體解剖的，這不是和『遺體』有關係嗎？」

這也行？這也太能扯了吧？

「還有妳那修復術不是和整容差不多嗎？這整容……嘿嘿，妳懂的。」康子孺頂著一頭白髮，捋著一手白鬚，卻偏偏對九月擠眉弄眼，頓時令九月滿頭黑線。

好吧，她承認整容跟這件事有那麼一丁點的關係。

「我並不精通，只怕沒什麼可教您的。」九月想了想說道。

「那沒關係，我們共同進步。」康子孺連連點頭，興奮得很。「首先要怎麼做？嗯，是不是先弄具屍體回來？」

九月看著他的笑，頓時一陣雞皮疙瘩，他不會是想打遊春那些兄弟們的主意吧？

第一百五十七章

回到王府，郭老看到跟著回來的康子孺絲毫沒有半點意外，只問了一句今晚是不是要住在這兒，便讓人去安排了，乾脆、俐落，顯然康子孺住在王府也不是一、兩次的事了。

頭一天，康子孺倒是沒來打擾九月，而是陪著郭老下了大半夜的棋，可是第二天一大早，九月剛剛起來，康子孺就在外面等著了，看到她打開門，笑咪咪地問了一句。「丫頭，今天該開始上課了吧？」

九月只好點頭。「行。」

「來吧。」康子孺從懷裡掏啊掏，居然掏出一本他自製的線裝筆記本，還有一枝炭筆，坐到九月面前，好整以暇地看著她。

「我還沒吃飯呢……」九月頓時滿頭黑線。

康子孺立即收起紙筆，乾脆地點頭。「嗯，那先吃飯。」

於是，九月去吃飯，後面跟著康子孺，郭老對他的出現，一點反應都沒有，顯然康子孺不靠譜的事情多了，郭老已習以為常。

用過飯，遊春親自來接九月，康子孺又積極地跟在後面，把遊春給鬱悶的，看著九月的眼神無比幽怨。他今天特意坐了馬車來，就是想和九月好好溫存一番，結果跟著碧浣、青浣不算，還跟著個康子孺，這下，他真心沒辦法了。

九月看著遊春，不由暗笑，這可不是她的錯。

到了遊府，康子孺根本不理會遊春的招待，纏著九月問這問那，連喪事怎麼辦都問了，九月見遊春這兒也確實沒個能主持的人，便勉為其難講了講，康子孺頓時來了興致，現學現賣地指揮起遊府的人，倒是很快便把喪禮給撐了起來。

「丫頭，我聽說妳在康鎮弄了條祈福巷，裡面就有包攬喪禮主持的事？」康子孺看著一切按他的指示周全起來，很有成就感，這會兒正跟著九月紮紙花圈，也不知怎的就想到了祈福巷。

「衣食住行生老病死，都有，不僅是喪禮的事，現在只怕也有喜事的主持了。」九月點頭。

「好主意。」康子孺摸著下巴，眼珠子轉了轉，打了個響指。「丫頭，有沒有興趣在京都也弄條街？」

九月頓時無語了，京都呀，當然想，可她手上沒錢呀。

「如何？」康子孺雙眼發亮。「妳出人出技術、我出錢，我們一人一半。」

「聽著不錯。」九月看看他，突然又沒什麼興趣，她是窮人，這樣太被動了，還是一步一步來吧。

「死腦筋，我找遊春去。」康子孺瞪了她一會兒，掃興地拍拍手走了。

沒一會兒，康子孺拉著遊春又興沖沖地回來了。「丫頭，妳家相公同意了，快走，我們去街上逛逛，看看哪兒合適。」

她家相公？九月手上的紙花險些掉落，有這麼不靠譜的嗎？這麼大聲嚷嚷。

「走啦走啦。」九月沒理會康子孺，結果康子孺卻不想放過她，一手拉著遊春，一手拉著九月就往外走，一邊大呼小叫。「孫子欸，快備馬！齊天，這兒交給你們了！」

「小姐。」碧浣和青浣忙跟上。

「妳們倆也別來了，在這兒把花紮好，晚些我們就回來。」康子孺回頭瞅了她們一眼，直接打發兩人回去。

「行了，我們去就是了，別拉拉扯扯的。」九月趁著他停下，抽出手。力氣這麼大，疼死了，她揉了揉手腕，還沒好氣地白了遊春一眼。這人，就顧著傻笑。

遊春很高興，康子孺之前霸占著九月，讓他很鬱悶，可這一句「妳家相公」說得他心裡熱呼呼的，也就由著康子孺折騰了。直到這會兒，看到九月白眼，他才留意到她的手腕，當下忙掙脫康子孺的手，伸手握住九月的手，低頭一看，果真紅了，不由歉意地看看她，替她揉了起來。

九月不領情，一掌拍開他，嘟著嘴跳上了剛剛駕過來的馬車，康子孺跟著進去，遊春自然不會落下，也跳了進去。

駕車的是康俊瑭，他這幾天也一直在這邊幫忙，今天被康子孺一折騰，原本凌亂的事情也順了，他也能抽出空來緩緩氣，聽到康子孺說要上街，就乘機跟了出來。

九月坐在車裡，馬車布簾沒有放下，一轉頭就看到一身紅衣的康俊瑭，此時斜坐在車轅一邊，漫不經心地拿著馬鞭趕車，而他們的馬車被無數大姑娘小媳婦圍堵，不由抽了抽嘴角，轉向康子孺問道：「前輩，您確定讓您孫子趕車，能順利走完一條街嗎？」

康子孺很認真地盯著康俊瑭看了看，好一會兒才一本正經地點頭。「確實有危險，這孩子長得像我，唉，太受歡迎了……孫子，你回去吧，找個車夫來駕車就是了。」

「爺爺，我……」康俊瑭一聽，幽怨地回頭看著康子孺。

「快去，耽擱爺爺做事，當心讓我兒子你老子揍你。」康子孺眼睛一瞪，吹了吹鬍子。

康俊瑭無可奈何地停了馬車，跳了下去，此時馬車也沒出去很遠，沒一會兒，老魏就跑過來，接替車夫的任務。

九月古怪地看看康子孺，自從知道他前世比她還小，她就敬重不起來，一看到他這雞皮鶴髮的模樣，就覺得好笑，偏偏人家是貨真價實比她老了四、五十歲呀。

「丫頭，妳笑什麼？」康子孺自從知道她的身分後，就一直丫頭丫頭地喊。

「沒什麼。」九月避開他的目光，掩飾了一下。

「妳倒是和我說說，那祈福巷有什麼鋪子？」康子孺沒去過康鎮，不知道那兒的真實情況，這會兒有心想仿一個，便問起詳情。

這是正經事，九月倒是沒有拖沓，把每個鋪子都介紹一遍。「具體細節我也不懂，我就是出個主意，實際操作都是我四姊夫和吳伯在做，他們比我做得好多了。還有喪禮這些事，也都是張義在做，我頂多就是管管香燭鋪子裡的新樣品。」

「瞧不出來妳走的是技術流。」康子孺聽了一遍，就明白了個大概，讚賞地朝九月點頭。

「您太誇讚了，我只想當個米蟲。」九月開玩笑似的說道。

「那還不簡單？」康子孺隨手一指。「讓妳家相公養妳。」

九月一側頭，就看到遊春的灼灼目光，臉上一紅別開頭，裝作沒聽見。

遊春倒是大方，含笑看著九月接話道：「我倒是想，她不願意。」

「那倒也是。」康子孺並不意外，那才是現代女性啊。「有事情做做也不錯，省得閒著無聊了。」

「我不反對，只要不累著，愛做什麼就做什麼。」遊春看著九月道，就像以前對她表白時說的那般，含情脈脈。

康子孺笑咪咪的，樂見其成。

馬車開始繞著大街小巷穿行，花了大半天的工夫，九月看中了南坊市集邊上的一條小巷。

京都有四個坊市集，分別坐落在東西南北四個角上，其中東西兩個坊市集離皇城最近，周圍官員府邸多，所以店鋪也較高級一些，而南北兩個坊市集則平民多。

九月看中的，就是南坊市集到東坊市集的這條小巷，幾乎縱貫了大半個京都。

「這兒？」馬車順著這條小巷走了一路，康子孺目露懷疑。「這邊的平民能有多少油水讓妳刮？」

「康大儒，您覺得這世間，富人多還是窮人多？」九月自己就是個窮人，對康子孺這話深表不滿。「您也看到了，這條路從窮到富，多勵志呀。」

遊春並不明白「勵志」是什麼意思，不過他一向無條件支持九月的決定，再加上他也覺得這條巷子有可做性，當下點頭。「很不錯。」

「她說什麼你覺得差的？」康子孺翻了個白眼，摸著鬍子沈吟道：「縱貫東南……要不乾脆東西、南北、西北，四條巷子全做起來，到時候……嘿嘿，銀子嘩啦啦地來呀。」

九月頓覺滿頭黑線。

這兒可是京都，是你想買就能隨意買的？知道京都的地多少錢嗎？

「既如此，便不能自己做了，尤其是東西兩市，中間有多少官宦人家？」遊春居然也一本正經地思考，和康子孺兩人你一言我一語地開始討論。「得稟報皇上，要是皇上能支持，再分一杯羹給他們，此事便能成了。」

「皇上那兒，找王爺去；至於那幾家麼，我都熟，交給我了，餘下的事你們來操作。」康子孺三言兩語就定了局。

「那個……」九月還有些沒在狀況中。「房子要重新翻修嗎？」

「看情況吧，像方才那條肯定要翻修的。」遊春微笑地看著她。「妳有想法？」

「是有點。」九月訕訕一笑，眨了眨眼。「我和十堂哥、五姊夫還有柳師傅一起組了一個施工隊，要是翻修的話……」

「妳這丫頭竟然還插足房地……」康子孺瞪著眼嚷嚷道，說到一半，及時住了嘴。「我也要參加。」

「您還缺錢嗎？」九月撇嘴。

「妳缺？還是他也缺？」康子孺指著遊春，吹鬍子瞪眼，跟個老小孩似的耍賴。「不管，我也要參加。」

「好吧。」祈稷等人要是有康子孺罩著，自然最好，九月當然不會反對。「我們快回去吧，我立即寫信讓他們來。」

當下，馬車調頭回遊府。

回到遊府，九月就讓人找了筆墨開始寫信，寫她到京都後的種種，還特別提到水宏，她想讓祈喜安心。

遊春也修書一封，連著九月的家信一起交給三爺，讓三爺安排人手送回去，並護送祈稷他們進京。

康子孺也坐不住，飯也沒吃，逕自回王府找郭老去了，他似乎忘記了之前纏著九月學遺體修復的事。九月也懶得提，她巴不得他忘記了，這樣就不用擔心他會拿遊春那些死去的兄弟們練習了。

遊春終於等到和九月獨處的機會。

在齊孟冬等人默契的配合下，魏藍牽制住碧浣和青浣，書房裡便剩下九月和遊春兩人。

九月占了遊春的位置，霸住書桌，她正在想整件事的可行性，哪條巷子安排什麼生意、哪條巷子合適什麼鋪子，都得一一設定好，只是她對這兒不熟，要想出最妥當的方案，還得多多實地考察才行。

遊春一開始只是坐在書桌邊，默默地給她研墨，一邊研一邊癡癡地看著她。

這段時日不見，她比之前消瘦了，卻也越發清麗，一舉一動流露出的怡然自得，眉宇間隱含的自信，都深深吸引著他，牽住了他的眸、牽動了他的心，這幾個月的相思之情從心底翻騰上來。

「九兒……」遊春放下墨條，起身來到九月身後，俯身擁住她，唇貼上她的耳際，聲音低低地喚道，恍如曾經耳鬢廝磨時。

在夢裡，多少次這般相擁，如今他再度體會到了。

「怎麼了？」九月身子一顫，他身上清新溫暖的熟悉味道包圍著她，讓她瞬間心安。不知道為什麼，從一開始他就能帶給她心安的感覺，她沒有反抗，柔順地任由他擁著，手上的筆也停下來。

「很想妳……」遊春把臉埋在她髮間，悶悶地說道。

「美人溫玉在懷裡時，也想我嗎？」九月心裡甜甜的，唇角早已逸出了笑，卻故意這般問道。話沒說完，頸間一痛，被他咬了一口，她伸手微推開他，瞪著他說道：「幹麼？惱羞成怒？」

「妳呀。」遊春看到她臉上的笑，才鬆了口氣，又是無奈又是寵溺地捏捏她的鼻尖嘆息了一聲，重新把她按在懷裡。「明知道我心裡只有妳，還這樣調皮。」

「我生氣。」九月撇嘴。

「我懂。」遊春鐵臂一緊，把九月抱起來，自己坐在椅子上，重新禁錮好她，才輕聲說道：「紅蕊、紅蓮兒、紅湘，她們三姊妹助我於微時，這麼多年幫我做了許多違心的事，她們想什麼，我都知道，所以這兩年，我已經在安排她們的後路了，只是我想給她們找一個好出路，才一直拖到今日，九兒，信我好嗎？我會好好安置她們的。」

九月睨著他，撇嘴。「我又沒說什麼，你想怎麼安置是你的事。」

「我不想讓妳誤會。」遊春拍了她的後腦勺一下，無奈地嘆息。「看妳不高興，我心裡難道好受？」

「反正別跟我說。」九月哼道，倚著他，手指戳了戳他的心口。「這兒，自己把那些桃花全摘乾淨，再來找我。」

「只有一朵，也摘？」遊春握住她白淨的手指，挑眉問道。

「自己想。」九月拍開他的手，臉上的笑卻掩不住了，看了看他，略咬著下唇說道：「等這邊的事了了，我就回去了，你……」

「怎麼還要回去？」遊春驚訝地問。

「你小師妹沒跟你說呀？」九月好笑地看著他，她才不信呢。

「說了。」遊春無奈。「留在這兒不好嗎？我們不是正商量著做祈福巷嗎？我沒接觸過那些生意，康爺爺那個人妳也是知道的，拋開醫術有關的，他也就只有三天新鮮度，妳不留下，誰管這些事？」

「等我四姊夫他們來了就行了。」九月笑道。「其實我也不懂，那些事都是四姊夫和吳伯在做的。」

「那等過了年，我們一起回去。」遊春只好退一步，去年他答應陪她過除夕卻食言了，今年大事已了，無論如何也該實現這個願望了吧。

「不行。」九月立即搖頭，看到遊春明顯的失望，忙解釋道：「我八姊的親事，我來之前就議好了，定在十二月呢。」

「岳父和水宏回去就是了，妳又不用這麼急。」遊春一聲長嘆，試圖說服她。

「啐，誰是岳父，你還真好意思。」九月嬌嗔地拍了他一下。

「妳爹不是我岳父嗎？」遊春瞇著眼，趁其不備，捉住她的手，湊了上去，吞噬抗議。

唔……九月的抗議被完全吞噬。

第一百五十八章

紅蕊等人停靈了五天，遊春給他們辦了個隆重的喪禮，在城外郊野一處風景極好的地方買了一塊地，把他們葬在那兒，並且在那一片地四周圍起了莊園。他們雖然走了，以後卻也不會寂寞，三爺和老魏等人都表示要搬到那兒去，陪著那些兄弟們。

紅湘也不知想通了還是被人勸說了，主動辭了這邊的事，決定去給紅蕊守墓。她們不是親姊妹，卻比親姊妹還親。

遊春如今大事已了，雖說情報網還有存在的必要，卻也不像之前那樣必須了。他交代下去，那些姑娘們要是想從良嫁人，有好出路的，送上嫁妝；沒有好出路的，會讓人安排，願意留下的就留下，反正不會虧待她們。

與此同時，他開始著手把手上的生意分派出去，三爺和齊天等人為了兄弟情誼，無怨無悔地跟了他這麼多年，如今也該是回報的時候。很快地，他家業便縮水一半，這一半都瓜分給三爺、齊孟冬、齊天、老魏等人，所有跟著他的兄弟都得到了一份。

對這些，九月並不知道，她參加完紅蕊等人的喪禮後就接到通知，十月初十，皇帝開太廟祭祖，她必須留在府中接受各項禮儀教導。

王府有顧秀茹，不過皇帝還是給她派來了宮裡的嬤嬤，還配了兩個一等宮女。

來的嬤嬤是之前九月住聚賢館時認識的顧嬤嬤，宮女也是那兩個，只是九月沒想到的是，這顧嬤嬤居然還是顧秀茹的堂妹。

顧秀茹對這位堂妹的到來很高興，她離宮幾十年了，一直跟在王爺身邊，雖說王爺也時常進宮，可她能見到這位堂妹的機會卻幾乎沒有，沒想到如今竟可以聚在一起，兩人都是又激動又感慨。

九月乘機留出了空間，讓兩人先敘敘舊，溜了出來。

她自然還是去遊春那兒了，接下來只怕沒機會再這樣自在了，那些鋪子的事也得跟他說說。

九月給自己找了個藉口，帶著碧浣、青浣拿上她畫的圖紙以及寫的方案出門了。

如今，遊府上下哪個不認識這位未來主母的？九月的馬車剛剛在門口停下，門房馬上開門，迎了馬車進去，直達前院，接著馬車自有人照料，隨行侍衛也有人照顧。九月帶著碧浣、青浣進了前廳，馬上就有人通知遊春。

「九兒。」遊春正奇怪她今天怎麼還沒到，她便出現了，心情極高興。「今兒怎麼晚了？」

「皇上派了宮裡的嬤嬤過來，要準備十月初十祭祖的事呢。」九月解釋道，把手上的東西遞給他。「可能有一段日子不能來了，喏，這是我準備的，你看看，還有十堂哥他們要是來了，你幫我安排一下。」

「放心吧。」遊春點點頭，她不說他也會安頓好這些的。

「咦？今天家裡怎麼這樣冷清呀？師嫂呢？」九月說完正事，便察覺到不對，以往她一進門，魏藍總是大呼小叫的頭一個跑上來，今天卻是連個影子也沒見到。

「他們搬走了，這兒收拾收拾，以後也留給三師兄。」遊春含笑看著她。

「啊？你們分家啊？」九月驚訝地問道。

他把手上的東西往桌上一放，上前環住她，額抵著額，笑道：「是啊，妳家相公我，如今在京都連個住處都沒有了，娘子可願收留？」

碧浣和青浣早識趣地退到外面去了，屋裡只有兩人，遊春才開這樣親暱的玩笑。

「真的假的？」九月卻瞪大了眼。

「自然是真的。」遊春凝望著她，柔聲說道：「生意上的事，我都交給三師兄他們了，以後妳去哪裡，我就去哪裡。」

九月心裡感動，她從來沒想過有個男人可以這樣對她。

前世被傷得遍體鱗傷，今生也不妄想能有多好的歸宿，可現在她都有了，看著眼前俊朗的容顏，她忽地心裡酸澀，鼻子一熱，潤了眼眶，她忙眨眨眼睛，笑著掩飾道：「之前我還想說當個米蟲呢，現在你倒是搶了我的大志向，什麼都不幹了？」

「是呀，就等著我家娘子來養我。」遊春輕笑，撫了撫她額際的髮。

「啐，還說什麼要為我撐起一片天呢。」九月玩笑似的嫌棄著。

「為娘子遮風擋雨，是為夫以後唯一的大事。」遊春低笑。「可不就得妳到哪兒我到哪兒嗎？要不然下雨了誰為妳打傘？起風了誰為妳驅寒？天寒了誰為妳暖被？嗯？」

「你什麼時候這麼會說話了？」九月睜著大眼睛很是震驚，心裡隱藏的冰冷早已被他這番話煨成了水。「又是跟康俊瑭學的？我警告你啊，跟他保持距離。」

「這還用學？看到妳，我就會了。」遊春說得順口。「至於康俊瑭，他沒空搭理我，去莊園尋紅蓮兒了。」

「他們？」九月也不意外。

「紅蓮兒為康俊瑭受了些小傷，他去照顧，應該的。」遊春洩漏了一點點內情，隨即又不高興地扳回她的臉。「妳幹麼老對那小子這麼上心？」

「誰對他上心了？」九月抗議。「那小子沒事長那麼妖孽，又老跟著你，我看著礙眼不行啊。」

「行。」遊春這才滿意地點頭。

兩人黏在一起說著無關緊要的話，混了大半天，眼見天色將晚，九月才依依不捨地離開，回到王府裡。

當天，顧嬤嬤倒是沒說什麼，她們剛剛來需要安頓，加上姊妹重逢，心情激動，一天便這樣過去了。

接下來十天，九月卻是被安排得滿滿當當，再也沒有機會溜出去。

顧秀茹帶著王府的繡娘們加緊準備九月那天要穿的衣服首飾，康子孺倒是三天兩頭往王府裡跑，不過他也沒機會和九月說什麼，每天一來就拉著郭老嘀嘀咕咕很是興奮。

但，他的到來還是帶來了好消息。

皇帝已經同意郭老建祈福巷，如今國庫雖然不虛，可哪個當皇帝的會嫌銀子多？更何況這祈福巷能做好的話，除了他能得的那兩成，朝中還能收到一大筆賦稅，又不用他親自做什麼，他當然樂見其成。

郭老也挺積極，他不缺錢不缺名，也不缺勢，他只是覺得和康子孺、和遊春他們這些年輕人在一起，做一件有意義的事很開心，再說了，這還是以他的外孫女之名建的，就算他將來不在了，也能惠澤後人。

所以，兩個老小孩又似回到了當年一起拚搏的日子，熱情地推動這件事，官員們也紛紛表示支持，很快地就把幾條巷子收攏在手裡。

很快，就到了十月初十這一天。

她是郡主，但也是福女，倒是免去穿著累贅的郡主冠服。

祭祖的時辰仍是辰時，不過卯時正，九月便跟著郭老出了門，馬車仍是之前去祈雨時的那一輛。只不過這次不是她一個人，而是陪著郭老一起同坐，郭老身著朝服，而九月，則一身勝雪白衣，淡雅如仙。

這是繼祈雨之後，九月第一次以福女的身分出現在人前。

百姓們知道福女今日要經過哪裡，早早地擠過去等著看福女。

馬車所過之處，不斷有人喊著福女，九月還看到有些門口擺放了香案，她不由冷汗都流下來了。

「人心所向，方是固國之本。」郭老留意到九月的表情，不著痕跡地拍拍她的手，輕聲說道：「大康天朝如今需要有個福女，妳做得很好。」

九月看看郭老，隱約有些明白。

「等祭過了祖，福女便留在京中建造祈福巷，至於我們，該是時候啟程回去給八喜操辦婚事了，還有遊春，如今都二十六了，妳等得起，他等不起呀。」

九月頓時眼睛一亮，郭老這意思是，她可以脫去福女的名頭，回家過安生日子了？

在熱鬧的人群中緩行大半個時辰，穿過京雲街，九月看到遊府門前站著的熟悉面孔，不由微微一笑。遊春依然那身青衣，負手而立；康俊瑭仍是一身誇張的紅，邊上站著改了一身良家姑娘打扮的紅蓮兒，兩人一個妖孽一個豔麗，倒是絕配。遊春的另一邊是齊天和魏藍夫婦，看到九月，魏藍興奮地揮著手，除了他們，遊府相識的、不相識的都出來了。

九月看了一圈，迎上遊春的目光，相視而笑。

他們之間，已經不需要多餘的言語，一笑便已知彼此心意，他在為她高興。

馬車不會因此而停下，很快地便到達太廟前，來到那第一重門前，馬車便停下來，郭老領著九月下車，卻沒有立即進去，而是等在一邊。

那兒，早有禮部的人等著了。

看到郭老和九月，馬上有人迎過來，卻是韋一涵的父親和之前那個招待九月的李大人。

「王爺、福女。」韋尚書很恭敬，絲毫沒有因為九月年輕便輕忽了她，他還記得之前的事，要不是韋一涵護送這位福女回來，就不會提前察覺遊家和逍遙王爺的關係，那麼只怕他們韋家如今也早成了林家的陪葬了。

郭老含笑點頭，九月卻不由這樣隨意，朝韋尚書和李大人福身，問了好。

「皇上已經起駕，即刻便到。」韋尚書向郭老透露道。「王爺且稍候，下官再去安排安排。」

「好。」郭老點頭。

韋尚書逕自離去，留下李大人陪著郭老和九月。

「王爺，今日祭祖，怕是要請福女登臺再跳祈福舞，到時候福女記著要選那最高的臺子方好。」李大人等韋尚書離開，才輕聲對郭老回稟道。

「知道了。」郭老一點意外的神情都沒有，反倒是九月有些奇怪，為什麼讓她選最高的臺子？

「福女務必不要記錯了，是中間的、最高的臺子。」李大人見九月一臉漫不經心，再次提醒道。

「好。」九月只好點頭，她記得李大人應該是康子孺的人，這樣看來是他們有什麼安排吧？既然外公都沒反應，她就聽著吧。

李大人這才放心，笑著站到了一邊。

皇帝很快便到了，郭老領著九月候在一邊，他能不跪，但九月卻不能。

簡單的行禮之後，皇帝和皇后並肩走在前面，後面跟著有子嗣的妃子們和皇子公主們，等他們進去，郭老才領著九月跟上。至於文武百官們，除了主持的韋尚書和康子孺，其他則是等在外面。

主持的居然是康子孺！

直到聽見他的聲音，九月才驚訝地發現，他居然在欽天監裡混了個位置，似乎還比欽天監的頭頭厲害些，康子孺似乎察覺到九月的打量，突然轉過來朝她眨眨眼。

那速度，快得讓九月以為是幻覺。

冗長的祭文之後，便是一連串的祭拜，好在皇帝也沒有例外地領頭一個一個拜著，九月心裡才稍稍平衡了些。

祭完後，皇帝親上了祭文，請出皇家玉牒，在上面親筆落下周釵娘等人的記錄，寫上郭福的名字。

九月被正式賜為郭姓，成為大康朝的福德郡主，她又少不了一番磕頭謝恩。

好不容易，她才瞅個空歇了口氣，便聽一妃子溫柔提議道：「皇上，今兒是福德郡主認祖歸宗之日，也是她頭一次祭拜先皇祖宗們，何不讓她再舞祈福，佑我大康江山永固、百姓長寧呢？」

「德妃說得有理。」皇帝笑著點頭，對九月說道：「福德可願意？」

能說不願意嗎？九月腹誹，卻也不得不上前接旨。「能為大康效力，是九月的福氣，豈有不願意之說？」

皇帝龍心大悅，又是一番口頭讚賞。

接著，便有人上前來引九月去跳舞的高臺，到了那兒，九月才明白什麼叫最高的臺子。

在太廟大殿前，立著五個臺子，如臺階般高低不一，最中間那個，看著只比祭天壇矮一點點。祭天壇有十幾層樓高，這臺子便有八、九層高了。

那李大人也不知道是什麼意思，矮的不讓選，偏讓她上最高的。

九月仰頭看了看，無奈地提著裙襬上前，所幸這次沒讓她三步一叩，她不用那麼辛苦了。一步一步地攀上頂端，上面的平臺比祭天壇還小些，周圍也只有半公尺高的圍欄，九月目測了一下，暗暗算著自己的舞步，見不會離外沿太近，才算鬆開眉頭，不過她也不敢大意。

剛剛在臺子中間站定，便聽到鐘鼓齊鳴，一聲莊嚴的號角響了起來。

九月往下看了看，見皇帝等人都退出太廟，遠遠地坐在看臺看著她，心知那是通知她開舞的提示。

真是的，也不早些通知。九月撇嘴，暗罵了那個李大人一句，開始收斂心神起舞，地方不大，她必須小心，要不然從這麼高的臺上掉下去，她就真的嗚呼哀哉了。

整個祈福舞跳下來，需要半個時辰，這次倒是沒有讓她跳上一整天，九月便舞得認真了些，畢竟皇家人盯著，又是這樣小的臺子，她不認真也不行啊。

跳到一半，她隱隱約約聞到了檀香味，不由有些驚訝，不過她不敢停下來，一個不小心，就可能造成上次的「悲劇」。

她不知道的是，此時此刻，一朵極大的蓮花正從她腳下匯聚，由淡到濃，漸漸地清晰起來，在別人眼裡，她就似站在蓮花雲朵上舞動一樣。

下面的文武百官們紛紛驚呼，皇帝更是驚得站了起來，激動問道：「之前林國舅所奏的福瑞居然是真的?!」

郭老淡淡地瞥了一眼一旁的康子孺，康子孺朝他咧咧嘴，上前一步。「回皇上，想來應該是真的。」

「只是，為什麼上次祈雨沒有呢？」皇帝看著那蓮花，心裡又起疑問。

「回皇上，上次沒有焚香，今兒已焚了香。」康子孺笑著解釋道。

「這香朕也不是沒焚過，從來不曾見過這樣的景象啊。」皇帝很驚訝。

「皇上是天子，不是福女。」康子孺又回了一句。

就在這時，也不知道哪裡射來的金光照在九月身上，只一瞬間，那高高的臺上，九月的身後出現無數的佛象，金光燦燦，極為壯觀。

「這……」皇帝已經說不出話來，他直接往前走了幾步，衝著那金光照耀之處，便是一揖到地。

皇帝尚且如此，文武百官們更是不敢怠慢，紛紛行禮。

康子孺卻衝著郭老擠擠眼，裝模作樣地躬了身。

郭老瞪了他一下，無可奈何地垂頭，就知道是這老小子惹的事！

第一百五十九章

九月在高高的臺上，被那光一照，便有些明白了，不過她只以為是康子孺要造勢，也沒有多想，認認真真地跳完舞，收勢站好，那光便消失了。她瞇著眼睛看了看，遠遠地看到不遠處有好幾個人影迅速撤離，她才收回目光，提著裙子緩步下了高臺。

這時，那蓮花已經漸漸隱去，九月也沒回頭，並沒有看到那一幕。

「稟皇上，祈福舞已畢。」九月來到皇帝面前行禮回稟。

還沒等皇帝說免禮，後面就有一個老臣撲通跪倒，對皇帝激動地說道：「皇上，以老臣之見，當建福女宮，請福德郡主入主福女宮，早晚祈禱，以求上天佑我大康江山永固、百姓長寧！」

九月嚇了一跳，怎麼回事？什麼福女宮？什麼早晚祈禱？她又不是尼姑、道姑……

「皇上，萬萬不可。」郭老聞言，頓時一驚，立即出來駁道：「九月只是凡人，方才神蹟不過是她誠心一舞，感動先皇先輩們罷了，因此而興福女宮，勞民傷財，有礙九月福德啊。」

「皇上，臣以為劉大人所奏可議。」接著，後面又冒出來一個中年文官，附議剛剛的老臣。

「此事回去再議。」皇帝也動了心思，不過九月也不是別人，是小皇叔的親外孫女，剛剛又認祖歸宗，這會兒要是賜她入住福女宮，豈不是斷了小皇叔的香火？雖說可以過繼一個，可看小皇叔的態度，唉，只能三思而後行了。

皇帝說回去再議，此時必還有可議之處，於是那些文臣們紛紛轉動起小腦筋，反觀武將們倒是什麼也沒表示。對他們來說，神靈可敬，卻也不能盲目相信，國之安穩，要是寄託在那虛無的東西上，那敵軍來襲時，他們這些軍士們還用得著賣命嗎？請福女出來跳一支舞就行了唄？

「你搞什麼鬼？」等到眾人離開，郭老狠狠地瞪了康子孺一眼，低聲斥道：「你惹出來的事，你給我擺平了，要不然我讓遊春找你算帳去。」

康子孺摸摸鼻子，咧了咧嘴，嘟囔道：「我只是想給祈福巷造造勢，你想，福女這樣好本事，傳出去以後，那些百姓們還不都要爭著來光顧生意啊？誰知道劉老頭多事……」

「哼，你最好想個辦法，不然過幾日我們就跑路，爛攤子歸你收拾。」郭老冷哼一聲，招呼九月離開。「九月，我們走。」

「喔。」九月聽得有些明白，似乎，事情大條了？

出了太廟，立即有小太監過來請郭老進宮，郭老立即拽上康子孺跟著小太監去了，把九月交給李大人，讓他送回王府。

李大人這會兒也是一頭霧水，不過他隱約猜到了什麼，方才康子孺讓他把寶鼎放進臺子下，還讓他安排人焚香，他敢篤定，那蓮花與寶鼎脫不了關係。當然，他也不會亂說，康子孺於他有莫大的恩情，他為康子孺效力也是應該的。

安排了自己的心腹原車送九月回王府，李大人折返回去，取回寶鼎藏到他自己的馬車上，之後，李大人便去了康府。

九月回到王府，立即便去洗澡換衣服，十月雖然天已微寒，可她剛剛那一番舞動，整個人都出汗了，加上頭上的玉冠，束縛得她難受。

舒舒服服地泡過熱水澡，九月換上衣裳，拭乾頭髮，編了簡單的麻花辮，她才感覺到整個人都緩過來了。

直到用過了飯，又歇了一覺，再起來時已是未時末，剛起來，青浣便輕聲細語地告訴她，郭老回來了。

九月也掛心之前的事，便匆匆拾掇一番，趕去見郭老。

郭老一個人在書房待著，連顧秀茹也被拒在門外。

九月倒是沒有被拒，進了門，便看到郭老負手站在周師婆的畫像前。這一刻，再次彰顯了他的蒼老，無論他是不是天之驕子，也逃不過歲月的摧殘。九月放緩腳步，走上前輕聲問道：「外公，出什麼事了嗎？」

郭老動了動，緩緩轉過身來，雙目有些茫然地看著九月。

九月有些驚心，愣愣地又問了一次。「出什麼事了？」

好一會兒，郭老才漸漸恢復過來，看著九月低聲問道：「九月，如果……讓妳留在宮裡，妳願意嗎？」

九月的心頓時沈了下去，郭老這樣說，一定是有事情發生，連他也挽回不了，她略略沈思了一會兒，輕聲說道：「如果這是外公的意思，我可以。」

「那，妳願意陪著外公放棄一切回歸田園嗎？」郭老深深地看了她一眼，第一次伸手撫上她的臉。

「願意。」九月這次答得沒有一絲猶豫。「外公，其實我一點兒也不想要什麼福女、福德郡主的頭銜，我只想過清靜平凡的安穩日子，可無奈世事不如人願……如果有選擇，我寧願當回那個災星，那樣就可以留在落雲山上，一個人，總比如今的紛亂強。」

郭老縮回手，目光露出一絲笑意。「晚上陪我一起吃飯，叫上妳爹，還有水宏。」

「好。」九月點頭，又擔心地看看他。

「放心，我不會讓妳過不願意過的日子。」郭老慈愛地拍拍她的頭，那一次，他退讓，失去了一輩子；這一次，他不會讓他和釵娘的外孫女再受同樣的苦。

九月張張嘴，最終還是沒有說什麼，點頭退出來。

所到之處，所有見到九月的人都躬身行禮，她卻沒有一絲歡喜，只是淡淡地點頭，快步去了祈豐年的住處，水宏如今也住在這兒。

兩人正無聊地坐在一起閒聊，說著大祈村的事，一老一少兩個大男人也想家了。

「爹。」九月走了過去，從出了書房到現在，她才算露出笑容。「水大哥，在聊什麼呢？」

「九月。」祈豐年和水宏看到她都極高興，站了起來。祈豐年問道：「妳的事都了結了？」

他問的是今天去太廟的事。

「我中午前回來的呢，累了就歇了會兒。」九月點頭，還是在家人面前輕鬆自在啊。

「事情結了，那我們什麼時候回去？」祈豐年有些心急。

「爹，您在這兒住得不舒服嗎？幹麼急著回去？」九月試探著問。

「這兒是舒服，可不自在，想出門也不方便。」祈豐年苦笑，他來到這兒後，除了作證那會兒，就再也沒有出去過。

「沒錯，又沒什麼事可幹，閒得都快發霉了。」水宏也附和著，雙目亮晶晶地看著九月，他巴不得現在就飛回去和祈喜成親。「九月，我們什麼時候能回去？要不，我先走吧。」

「快了，過段時日，四姊夫和十堂哥他們可能就到京都了。」九月沒有說今天的意外，事情還沒有到最糟的時候，她也盼著能和他們一起回去，要是真到了那無路可走的時候，那麼她便留下，讓他們先離開，她就當作在京都裡做生意好了。「等見過他們，我們再回去不遲。」

「他們來做什麼？」祈豐年不解地問，他知道九月要建祈福巷，可是他不知道九月攬下建房子的事。

「建房子。」九月簡單地說了一下，閒聊了半晌，九月才想起來這兒的目的，忙把郭老的話帶到，許久不見他們，她一時高興，險些就忘記帶話。「外公說晚上一起吃個飯，讓你們一起來呢。」

「喔，好。」祈豐年愣了愣，點頭，之前他對郭老就有種敬畏，知道他是皇帝的小皇叔之後，他更是拘謹。

到了晚飯飯點，九月才和祈豐年、水宏一起回了逍遙居。

郭老還在書房裡，顧秀茹笑著招呼九月等人在偏廳落坐，讓丫鬟們上了茶，她自己去書房請郭老。

一家人圍桌而坐，郭老很快就過來了，入座後拿起筷子朝拘謹的祈豐年和水宏說道：「都是自家人，別這麼拘束，要不然老頭子我哪裡還敢跟著你們回去頤養天年？」

「岳父，您也要回去？」祈豐年吃驚地看著郭老。

「怎麼？不歡迎我老頭子？」郭老呵呵笑著。

「不是不是，我只是意外……」祈豐年連連搖頭，看了看九月。他不在京都當王爺，跑到那窮地方做什麼？

「我老了，說不定沒幾年就要去見你岳母了。」郭老依然笑著，拿起酒壺給他們倒酒，九月忙接過去，他也不阻止。「我如今僅餘的願望，就是看到你們好好的，在我有生之年，和你們一起過幾年清靜日子，沒有別人，只有我們一家人。」

九月聽得有些觸動，猶豫著問道：「那皇上那兒？」

「皇上那兒，我會安排。」郭老笑笑，似乎胸有成竹。「你們收拾收拾，最晚不過十天，我們就回去。」

「真的？」祈豐年一臉驚喜。「太好了，我在這兒待得骨頭都快生鏽了。」

「我這王府就這樣不好嗎？」郭老好笑地問。

「好是好，只是沒家裡自在。」祈豐年這會兒倒也放開了，說了大實話。

「我在這兒住的日子，一輩子全加起來，也不過寥寥幾年。」郭老環顧了一下屋子，笑著說道。

知道了歸期將近，祈豐年和水宏很高興，郭老也沒有要求他們稟承「食不言」的規矩，邊吃邊說笑，倒也其樂融融。

飯畢，祈豐年和水宏在小廝的帶領下回去，九月回了自己屋裡，郭老卻召集老管家和幾個心腹，在書房裡商議了大半夜才散。

第一百六十章

翌日，九月起來便聽說郭老早早地上朝去了，這對王府來說也是件奇事。郭老不理朝政，在京都的日子，不是在府裡自娛自樂，就是去宮裡陪陪皇帝，從來不會在早朝的時候出現，這次回來，卻是破例太多。

王府裡似乎也忙碌許多，唯有九月，在顧嬤嬤那兒學完宮中禮儀後，便回屋沐浴更衣，帶著碧浣、青浣去了外院，找門房要了一輛馬車趕往遊府。

只是遊春不在，府裡也沒見著魏藍他們，九月只好留了口信，無奈地回轉。

「找個地方停下吧，我想去轉轉。」馬車來到十字路口，九月看著熱熱鬧鬧的街道，突然改變主意。

碧浣點頭，掀簾探身出去，和駕車的車夫說了兩句。

沒一會兒，馬車便停在街角僻靜處。

九月帶著碧浣和青浣下車。

「你且在這兒等等吧。」青浣對車夫吩咐道，九月只是笑了笑，也好，一會兒買了東西也有地方放。

帶著一分新鮮、幾分期待，九月開始她在京都的第一次逛街行動。

「妳們說，什麼樣的東西送人拿得出手？」九月緩步走著，突然有些苦惱。

「小姐想送給什麼樣的人？親戚？還是好友？」碧浣和青浣頓時來了精神，紛紛出起主意來。

「對了，我八姊快要成親了，是不是該給她帶些綢緞回去？可是她穿這個會不會太招眼了？」九月看著那綢緞莊，心裡一動，這次回去祈喜就得辦親事了，哪怕給她帶一件嫁衣也是不錯的。

「小姐說哪兒的話，幾位小姐如今都是縣主，這衣服自然穿得。」碧浣很快明白了九月的意思，笑著說道。「再者，這鋪子裡能拿出來賣的，自然也不會是什麼違制的，小姐只管放心好了。」

九月點頭，朝著那綢緞莊走去。「走，給我八姊挑一身漂亮的嫁衣。」

「小姐自己不備一套嗎？」青浣抿唇笑道。

「我？」九月看看她，煞有介事地點頭。「唔，有道理，那一會兒也挑一套。」

綢緞莊裡，各色布疋琳瑯滿目，分門別類排放在架子上，穿著體面的夥計個個清清秀秀的，此時，正笑容滿面地招呼客人們。

九月甫一進門，便迎上來一眉清目秀的夥計，客氣問道：「姑娘需要什麼？」

「我們家小姐要看嫁衣，你們這兒可有上好的錦緞？」碧浣嘴快，說出目的，青浣在邊上攔都來不及，說完碧浣才覺得失禮，小心翼翼地看了看九月。

九月卻沒覺得不對，本來就是看嫁衣來的呀？難不成古人都不看婚紗的？

碧浣看她沒什麼表示，才暗暗鬆了口氣。

「有的，請問姑娘要什麼料子？是訂製還是現成的？」夥計又問。
「快些帶我們去看就是了。」青浣受不了這夥計的溫吞，沒看到已經有人往這邊看過來了嗎？
「那姑娘請雅室稍坐吧。」夥計忙應道，他也是想弄清楚客人需要什麼，好領她們看什麼嘛。
九月點頭，在夥計的引領下進了一間雅室，這兒倒是和遊春那個成衣鋪子有些相似，待客的桌椅、換衣服遮擋用的半圍屏風。
夥計給三人上了茶，就退出去準備了。
「小姐恕罪。」碧浣向九月跪下認錯。
「快起來。」九月無語地看看碧浣。「我們本來就是來看嫁衣的，沒什麼見不得人的。」
「謝小姐。」碧浣臉紅了一下，站起身乖乖地站在一邊。
「跟我一起別這麼拘束，弄得我也緊張兮兮的。」九月無奈地搖搖頭。
「是。」碧浣連連點頭，和青浣對視一眼，總算是放開了些許。
九月也不理她們，自顧自地坐著喝茶，等著夥計回來。
「妳可知道，朝上今天吵成一團了呢。」這時，隔壁突然傳來隱隱的說話聲，一句話就吸引了九月的注意力，隔壁說話的也是個婦人。
「知道，我們老爺今天回家，滿肚子不高興，發了好一頓火呢。」另一個婦人接著說道。「我們家練武場的大樹都給劈了，他呀，直罵那些迂腐書生不開竅呢。」

「是呀，我家將軍也是，一回來飯也不吃，沈著臉，我還是問了問才吐了口的。」第一個婦人嘆口氣。「妳說人家福女好好的姑娘，他們怎麼就想得出讓她入主福女宮呢？敢情那不是他們家閨女才這樣狠心？氣得我家將軍呀，連嘆那些個書生不靠譜，也不想想建福女宮要多少銀子？有那銀子還不如多充軍餉，讓將士們多領些銀子好安頓家裡，這樣他們才能安安心心地為朝廷效力不是？造這個、建那個他們倒是挺歡喜的，一說到發軍餉，一個比一個還悶葫蘆。」

「可不是。」另一個婦人也嘆氣。「想想福女也夠可憐的，才十六歲的姑娘家，就要讓她入主福女宮，唉，這一進去，還能出來嗎？」

「自然不能了。」第一個婦人壓低聲音。「逍遙王爺怎麼可能看著外孫女受這份苦？聽說他在朝上奏請皇上，要讓皇上削他為平民呢，這不是明擺著抗議那些文官們的提議？還有康大儒居然也提出辭官歸隱，要不是他們這一鬧，那些文官還不肯甘休呢。」

還有這樣的事？九月皺起了眉，碧浣和青浣兩個也是大氣不敢出一下，屏氣斂息地聽著隔壁的對話。

隔壁兩個婦人似乎是武將的家眷，說話也沒有顧忌，不過她們所知也不多，漸漸地，從逍遙王爺和康大儒身上轉到了那些文官身上，說的也不過是她們的丈夫對文官的種種牢騷話。

九月聽到後面，也沒了興致，一想到郭老自請貶為庶民，她坐不住了，也不等什麼嫁衣，站起來就往外走。

在門口，遇到剛剛取來兩套嫁衣的夥計。「姑娘，出什麼事了？」

「動作這麼慢，不看了。」青浣隨意給了個藉口。

夥計頓時垮下臉，他冤枉啊，剛剛可是腳不沾地的去取了，這話要是讓他們掌櫃的聽到，他就死定了，當下焦急地攔著九月解釋道：「姑娘、姑娘，小的真的沒有偷懶，小的剛剛就是取衣服去了，只這些衣服取的時候難免不便，小的動作慢了些，姑娘請恕罪。」

九月看看他，有些訝然，她只是想早些回去罷了，不過好歹她也有錯，人家去給她取樣衣了，她說也不說就走，確實不妥，想了想，便說道：「這衣服不用看了，改日讓你們裁縫帶上圖紙去逍遙王府一趟。」

「逍……逍、逍遙王、王府？」夥計頓時驚愕極了。

「還不讓開？我們郡主有急事要回府，你敢擋路？」碧浣察言觀色，忙輕斥一聲，斥退了夥計。

「福女！福德郡主！」鋪子裡並不是只有他們幾個人，夥計的呆樣已經吸引掌櫃的注意，這時被碧浣這一聲斥喝，他頓時認出九月，扔下手裡的算盤，匆匆跑出櫃檯，衝著九月就跪下去。「草民王水生拜見福德郡主！」

這動靜，頓時提醒了所有人，嘩啦啦就是跪了一片。

九月眼皮子直跳，可是又不能避開，只好回禮，請他們起來。

這時，屋裡兩位婦人也聽到動靜，走了出來，看到九月，兩人都有些錯愕。

「福德郡主駕臨小店，小店真是蓬蓽生輝。」王掌櫃興奮至極。「不知郡主需要什麼？草民這就派人送到王府去。」

「掌櫃的，是這個。」剛剛那夥計忙示意了一下手上的嫁衣。

那兩位武將夫人見了，互相遞了個眼神。

「嫁衣？」王掌櫃愣了愣，福女要成親了？

「我八姊婚期將近，我想送她一套嫁衣。」九月無奈，當著這麼多人的面還是解釋一下比較好。「王掌櫃，我有事要回府，改日你找個手藝好的裁縫，帶上圖樣去王府一趟，若式樣好、做工好，自不會虧了你們。」

「是是是，草民一定會請最好的師傅！」王掌櫃連連點頭。

九月點點頭，轉身出門，沒辦法低調，便只能擺著架子了。

一路上收穫恭敬行禮無數，九月的微笑也維持得險些臉抽筋，總算，她熬到了那馬車前，一下子鑽了進去，這才揉揉自己的臉。她現在才意識到自己也是明星一般的人物了，只是明星雖然風光，卻也太累人了，她還是省了這逛街的心思，有什麼讓碧浣、青浣去做好了。

想到這兒，九月心裡一動，放下手輕聲喚了一聲。「碧浣。」

碧浣這會兒正懊惱呢，她就是管不住自己這張嘴，一出王府就這樣大意，累得自家郡主被人認出來，聽到九月喊她，忙跪下應道：「奴婢在。」

九月無語，她就煩這樣動不動就跪的，不過她這會兒什麼也沒說，只是淡淡吩咐道：

「妳想個辦法，散布個消息出去。」

碧浣一聽不是罰她，心裡一鬆，忙問道：「什麼消息？」

九月招手讓她過來，在她耳邊說了幾句悄悄話。

碧浣領命而去，沒一會兒就混進人群裡。

九月等碧浣離開，便帶著青浣先回了王府，直奔書房而去……

「外公。」九月來到郭老的書房門口，敲了敲門。

「進來吧。」郭老對待九月一向溫和慈祥。

「聽說您向皇上自請降為平民？」九月走進去，直截了當地問。

「妳怎麼知道的？」郭老驚訝地抬眼看她，卻沒有迴避。

「我今天去街上，本來想給八姊挑件嫁衣的，結果就聽到了。」九月從他眼中得到答案，心裡微微有些酸澀。「您何苦呢……若是皇上執意，我也不是不可以去福女宮的，又何必……」

「我不想我和釵娘一輩子的遺憾再發生在妳和遊春身上。」郭老打斷她的話，笑著起身。「今日陽光甚好，陪我到園中走走吧。」

「好。」九月真的感動了，可不知道該怎麼說感謝的話，便只好不說，斂下微紅的眸點點頭，上前扶著郭老出門。

郭老也任由她扶著，事實上，他打小練功，如今這把年紀了，身手依然不錯，走幾步路哪需要人扶？可他沒有拒絕。

就像尋常人家的祖孫般，九月扶著郭老徐步到了花園中，走在鵝卵石鋪就的小徑上，看著園中美景，說著家長裡短的閒話。

「外公，皇上能同意您的請奏嗎？」九月最終還是忍不住，把話題繞了回去。

「他不會同意的。」郭老笑道。「皇上宅心仁厚，這些年待我情深義重，我能雲遊四海去尋找妳外婆，皇上給了我太多支持。再者，當年的事，皇上也是心懷愧疚，所以這件事，妳大可不必擔心，待朝中風向稍變，皇上便會有公斷的，如今不過是造造勢罷了。」

他說得輕描淡寫，九月卻沒有輕易相信，朝中風向，豈能說變就變的？

「另外，我只是不想再像以前一樣，走到哪兒都有那麼多侍衛跟著。」郭老繼續說道。「錦元他們都有一身好本事，他們當去報效朝廷，保家衛國才是他們的責任，我一個糟老頭子，又有什麼好看的？再說了沒有他們，不是還有遊春嘛。」

「我是怕您委屈了。」九月輕笑。

「我有什麼好委屈的，能守著釵娘、守著你們，我就開心了。」郭老笑著搖頭，看了看九月，打趣道：「只是，你們可別嫌棄我這個糟老頭子礙眼喔。」

「誰敢嫌棄您，我頭一個饒不了他。」九月配合地回應道。

「哈哈——」郭老朗聲大笑，在湖邊站定，看著那湖心亭，感嘆道：「當年遇到釵娘，她也是妳這般年紀，那時是在昭縣的街頭上，她拿著一把桃木劍，把一個江湖術士追得雞飛狗跳；第二次遇見，是在昭縣的城郊，一個叫凌風渡的渡口，她擺著祭壇拿著桃木劍大跳祈福舞，我笑她之前還打得江湖術士滿街跑，這會兒卻自己在那兒充當神婆，結果被她一口朱砂酒噴了個沒頭沒臉……那時候我還笑話她，這樣潑皮的女子，誰娶了她便是誰倒楣……唉，後來我才知道，誰能娶得她才是誰的福氣啊。」

「噗——」九月被郭老的描述逗笑，外婆一向爽朗潑辣，那種事還真的做得出來，她自己便是師婆，可她卻痛恨那些騙人錢財的江湖術士，據說這樣的事她還沒少幹，只不過到了落雲山的那十五年，她便再沒有下過山做過師婆了。

郭老回頭看著九月，長長一嘆。「妳和她，真的很像。」

「我跟著外婆的時日最久，總會耳濡目染的。」九月點頭。

九月陪郭老且行且說，她看得出郭老的興致很高，便也把這些年外婆的一些趣事挑出來說給他聽。

這一說，便是大半天工夫，日頭西移，直到有人尋來稟報康子孺到了，郭老才停下。

郭老沒有讓九月跟著一起去見康子孺，她也就沒跟著去書房，一起回到逍遙居後，她便回了屋，碧浣已經回來了。

「郡主，您說的都辦好了。」碧浣自覺今天做得不妥，態度也極小心。

「好。」九月點頭。

碧浣便把自己如何混到人群裡，把「福女即將入主福女宮、不能再為百姓祈福」的消息散布出去，眾人的反應如何，都細說一遍，看到九月真的沒有不高興，她才安心了些，退了下去。

事實上，九月壓根兒沒把碧浣今天的小事記在心上，用過晚飯後，得知康子孺已經離開，她也沒有再出去，洗漱一番便歇下。她不習慣有人在邊上照應，所以屋裡一向不留人，碧浣和青浣都睡在耳房，也不用值夜守著她。

九月躺了一會兒，仍了無睡意，郭老說皇帝宅心仁厚，可自古帝王心，讓她覺得此事並不如郭老所說的那樣平靜。

「九兒……」突然，九月聽到遊春的聲音，她愣了一下，撐著頭瞧了瞧外面，又躺了下去，當自己幻聽。

第一百六十一章

「九兒。」遊春無奈了，他都站到她床頭前，還喊她了，她居然一點警戒心都沒有，當下身形一晃，掀開幔帳，探身上去擁住九月。

「啊……」九月看到他的瞬間，下意識地尖叫，被他及時摀住嘴。

「別喊，是我。」遊春苦笑，做人做到他這樣算不算失敗？來見見自己的心上人還得跟賊一樣的進來。

九月睜大眼睛看著他，她認出他的眼睛，也聞到他身上清新的熟悉味道，整個人才鬆懈下來，伸出手一把揭了他臉上的黑布巾，拍開他的手，低聲罵道：「你有病啊，穿成這樣來嚇我。」

「是呀，我病了，相思病。」遊春也不生氣，腳一蹬脫去鞋子，鑽進了被窩，伸手擁住她悄聲說道：「我剛回府就聽人說妳今天去找我了，也沒說什麼事，我擔心妳，就來看看。」

「看看不會走正門啊？府裡這麼多侍衛，你這樣子進來，被人誤會多丟人呀。」明明可以光明正大地見面，偏要弄成這樣，不被人笑話死才怪呢，九月不滿地戳著他。「快起來，這樣不好……唔……」

這兒是王府，遊春當然也不會過分到哪兒去，兩人互倚著悄聲說話，九月把郭老的決定還有她的想法都告訴遊春。

「嗯，我去安排行程，放心吧，我不會讓妳去什麼福女宮的。」遊春的臉色隱晦不明，擁著九月低低承諾。就算是皇帝，也休想與他搶人。

「你該回去了。」九月說完事情，不滿地睨著他。「下次有什麼事，白天走正門，別這樣嚇人。」

「走正門就抱不到妳了。」遊春嘀咕一聲，總算也是個理智的，鬆開了她。

九月跟著起來。

「好好睡著。」遊春把她按了回去，在她額上落下一吻，掖好被角，自己起來整理好夜行衣、穿好鞋，還替她理好了幔帳，仍從窗口飛越而去。

九月支著耳朵聽了好一會兒，也沒聽到什麼動靜，這才安心睡下。

接連幾天，朝中的消息不斷變化，郭老也不再上朝，康子孺倒是跑得勤了，看到九月依然笑嘻嘻的，同時說起那些事也不避諱九月在一旁，九月倒是知道了不少事情。

皇帝沒有表示，文武百官分成了兩派。

文官中大多支持建福女宮，覺得福女就當潔身自好入住福女宮祈福，為大康朝百姓犧牲貢獻。

所有武官則認為那福女之說完全鬼扯，江山永固、百姓長寧靠的不是虛無的福澤，而是大康朝本身的實力才對，民強則國強，國強則民安，與其有閒錢去建福女宮，不如充作軍餉，加強兵士們的武器盔甲，再有戰事起，也算是為保家衛國作出貢獻。
接著又有消息傳來，說是京都無數百姓湧到皇城前，請求皇帝不要把福女錮在福女宮，應該讓她走進百姓中，把福氣帶給百姓們。
後來，又有京都附近幾個縣的百姓聯名上表，請求不要把福女拘在宮中。
其間，那個綢緞莊的王掌櫃帶著兩個裁縫和圖樣來到王府，九月反覆比對，給祈喜訂了一套，才知道那綢緞莊的裁縫在京都也算得上是數一數二的人物。
第四日，皇帝的決定還沒有下來，遊春帶著楊進寶、楊大洪、祈稷、祈稻等人來到王府。
九月聽到通報匆匆跑出去，到了前院時，除了楊進寶等人，她還看到祈喜。
祈喜整個人簡直瘦了一大圈似的，還梳著婦人髮型。
「八姊！」九月嚇呆了，這是出什麼事了？
「九月——」祈喜看到九月，撲上來就是一陣大哭。
「妳……怎麼回事啊？」九月驚疑不已，看了看楊進寶等人。
「你們走了沒多久，我們就得到消息，說水宏不在了……」祈稻嘆了口氣，看了看祈喜，解釋道：「八喜知道後，把自己關在房裡三日，我們請示了族長，到水家退婚，八喜她……不同意退親，還硬是鬧著……抱著公雞成了親。」
「八姊，妳！」九月頓時愣住了，又是心疼，又是恨鐵不成鋼地嘆氣。「妳笨死了。」
「阿喜！」這時，祈豐年和水宏也得了消息迎出來，看到祈喜，兩人也是一愣，水宏頓了頓，飛快跑了過來。

祈喜聞言，這才鬆開九月，改投入水宏的懷裡。「宏哥！」

以為再也見不著的一對人兒重逢，相擁而泣。

九月冷著臉看著眼前這些，忍不住別開頭，無語望天。

「她有她的堅持，妳別想太多了。」遊春退到她身邊，含笑安撫道。

「我沒想很多，就是覺得她傻。」九月撇嘴。

「如果是妳，妳會怎麼做？」遊春好笑地看著她。

「如果是我……哼，你最好給我好好活著，否則我必定找個更好的男人，以最快的速度嫁了，讓你哭去。」九月拒絕去想。

「妳沒機會。」遊春抬手敲了她的額頭一下。

楊進寶等人笑盈盈地看著她。「見過郡主。」

「別……」九月頓時無語。「我還是習慣你們喊我九月，兩位姊夫、兩位哥哥要是喊什麼郡主郡主，我會錯亂的。」

「家裡都好嗎？」祈豐年也走過來，由著祈喜和水宏哭個夠。

「都好，只是之前因為水家的事，石娃和水家的人起了衝突，受了些輕傷，到這會兒還沒完全好。」楊大洪說起家裡的事，又看了看楊進寶，笑道：「不過四姊有喜了，二姊那邊也傳來好消息，陳家因為二姊受封縣主，陳夫人自請降為平妻，說是待岳父回去後，擇日擺宴扶正，二姊也算是熬出頭了。」

九月有心想問問石娃的事，不過看到水宏也在，也不方便說他們家人如何，便忍下了，決定晚上找祈喜好好聊聊。

眾人在前廳一番寒暄，水宏和祈喜兩人才算控制住情緒，看到眾人在等，祈喜瞬間紅了臉。

「外公在逍遙居。」九月這才帶著他們前往後院，偌大的王府，也就逍遙居熱鬧些，其他幾個院都是空的。

郭老等在逍遙居的花廳，看到幾人倒是挺高興，問了一番近況，他也留意到祈喜的不同，不由多問了一句，知曉祈喜的決定，他只是多看了水宏一眼，叮囑道：「以後，好好過日子便是。」

「是。」水宏鄭重點頭，緊了緊祈喜的手。

「等回去，重新辦個婚禮吧。」水宏之前的表現，郭老還算滿意。

水宏自然求之不得，連連點頭。

當晚，郭老讓老管家把晚飯擺在逍遙居。

一家人坐了一桌，遊春坐在九月身邊，他問道：「王爺，不知這次回去您想走水路還是坐車，我好去安排。」

「水路吧。」郭老點頭，嘆了口氣。「皇上那兒遲遲不決，也不知道是什麼決定，總之……你做事謹慎些，二十那天，我們就走。」

「岳父，這樣走了沒事嗎？」祈豐年自然也聽到風聲，這幾天王府上下都在暗地裡議論這件事呢。

「能有什麼事？」郭老笑著搖頭。「事情是康鐵牛捅出來的，讓他收拾去，我們該幹麼就幹麼去，我已經讓老管家在京凌街那邊買下一套三進宅子，你們幾個留在京都的，到時候就搬到那邊去吧，出入辦事也方便些，也不會引人注意。有什麼需要，儘管找遊春的人去辦，他好歹也是祈福巷的東家之一，又……呵呵。」說到這兒，郭老看了看九月，笑得頗有深意。

「這是自然，我大師兄和三師兄都會留在京都照料，稍後我會帶姊夫和哥哥們去安頓好。」遊春這一句姊夫、哥哥們倒是喊得順口。

「只是可惜，我們怕是喝不到九月的喜酒了。」楊進寶打趣道。

「那就等你們回來。」九月眨眨眼，一點忸怩也沒有。「反正我不著急。」

眾人頓時大笑，妳不著急，人家遊春急啊。

遊春也只能睨了她一眼，無奈地苦笑。

當夜，楊進寶等人都被安排在祈豐年他們住的那個院子，至於遊春，雖然有心想留下，可沒人開口，他也不好意思，再說了，留下也不能私下見到九月，便和楊進寶等人約好明天來接他們，就回去了。

祈喜當然是和九月一起，等到祈喜洗漱完後，姊妹倆擠了一床，互敘別後種種。

九月還沒有開口問，祈喜就不好意思地道歉了。「九月，對不起。」

「說什麼對不起？」九月反倒不好說她了，只好嘆氣。「妳有妳的想法，有自己要走的路，妳沒什麼對不起我的。」

她這樣一說，祈喜反而更加不安，側身躺著看她，眼眶紅紅的。「我以為他真的……我這輩子也不可能有別的人，公爹又生了病，我就想著……替他盡孝也好。」

「妳到水家幾天了？」九月又嘆了口氣，祈喜的路，她總不能強迫人家選吧。「他們對妳還好嗎？」

「挺好的。」祈喜連連點頭，生怕九月不信似的。「公爹什麼都不讓我做，婆婆也跟換了一個人似的……」

「她換了一個人？是在妳封了縣主之後吧？」九月不信地撇嘴。「要真的好，妳為什麼會瘦成這樣？」

「夜裡睡不著……就這樣了。」祈喜笑了笑，結果卻擠出眼淚。「我不在乎什麼縣主，只要他活著就好。」

「別傻了。」九月無奈地伸手替她擦眼淚。「妳沒看錯人，水宏立了功，皇上要賞賜他，他卻什麼也不要，只為妳求了一道旨意，以後你們可以堂堂正正地分出來單過了，他還被賜了田地，只要你們夫妻齊心，日子不會差到哪兒去的。」

「他真傻。」祈喜聽了又是一番水漫金山。

「妳就不傻？」九月受不了了，雙手合十道：「八姊啊，拜託妳別哭了好不好？怎麼才一段時間不見，妳就變成愛哭鬼了。」

「我是高興。」祈喜被她逗笑，伸手抹了抹淚，關心問道：「我們在路上聽說妳要留在什麼宮裡？」

「福女宮，現在還不知道呢。」九月不在意地說道。「反正過幾天我們就回去了，管他什麼宮。」

「那就好，我還擔心妳呢，妳一個人留在這兒，萬一遇到事情怎麼辦？是人總有個病了的時候，妳要是病了，身邊也沒個人照顧……」祈喜伸手拉著九月的手。「九月，妳可不能答應留下喔，我們家雖然沒有皇宮好，可是，一家人在一起不是比什麼都好嗎？」

「我沒應呢。」九月笑了，沒有說這留不留並不是她能決定的，她怕祈喜擔心，當下安撫了一番，又問起祈老頭。

「三姊帶著孩子們到家裡去住了，三嬸她們也說了會天天過去，不會有事的。爺爺現在也好多了，說話清楚多了。」祈喜絮絮叨叨地說起家裡情況，說著說著便沈沈睡了過去。

九月失笑，伸手替她拉好被子，也閉上眼睛休息。

楊進寶等人的到來，讓九月等人的行程變得有些緊湊起來，離二十只有三天，他們必須在這幾天把祈福巷都交接完畢。

遊春帶著楊進寶等人去見齊天和三爺，把事情交代下去，又派人去收拾京凌街的宅邸，好讓楊進寶等人快些住進去。

九月則陪著祈喜在王府裡遊賞，又讓人去催了王掌櫃過來，給祈喜重新量了尺寸。原先祈喜不在，是按著她的尺寸來量的，這會兒祈喜瘦了這麼多，居然比她還要纖細了。

郭老沒有提讓祈喜去見皇帝的事，九月落得輕鬆，也不去問，她巴不得皇帝把他們一家都忘記了。

然而皇帝是不可能忘記她的，這一天宮裡來了人，召福女進宮覲見。

九月無奈，只好換了祭太廟時穿過的那一身。

「帶上祈喜吧，向皇帝問個安。」郭老笑著叮囑九月。

「啊？我也要去？」祈喜頓時手足無措起來。

「王爺，聖上只召見福德郡主一人。」來傳話的太監和郭老很熟，當下輕聲提示道。

「哦？可知是為了何事？」郭老眸色一緊。

「自然是為了福女一事。」太監笑呵呵的，倒不像是什麼壞事。

郭老看了他幾眼，點點頭，吩咐老管家看賞。

那太監倒是不客氣，坦然地接了賞，領著九月出門，門外，居然還有皇帝派來的馬車。

九月多少有些忐忑，一路胡思亂想，很快地車子便停下來，又換了軟轎，直接抬往御書房。

御書房裡只有皇帝一人，九月被宣進去之後，定了定心，上前行禮。

皇帝便放下筆，笑著對她說道：「起來吧，妳也不用拘束，就當作是外甥女和舅舅說話，可好？」

「謝皇上。」九月道謝起身。

「都說了叫舅舅。」皇帝站起來，朝九月示意，一邊往窗邊的椅子走去。「來這邊說話。」

「舅舅。」九月從善如流，既然讓她不要拘束，那就自然些吧，她直接坐在皇帝對面。

「好。」皇帝被她這一聲舅舅取悅，他並不是沒有外甥，可是從來沒有一個外甥像她這樣在他面前如此隨意，這讓他也覺得輕鬆。

「舅舅找九月來，可是有話要說？」九月直接問道。

「確實有些話想問問妳。」皇帝笑了。「妳想不想留在宮裡？」

「不想。」九月搖頭，半點掩飾都沒有。

「妳就不能婉轉點？」皇帝笑出聲來。

「是您讓我不要拘束的，又要不拘束又要婉轉，還真有點難度。」九月眨眨眼睛。「或許舅舅您想聽什麼，直接告訴我？」

皇帝擺擺手，笑著繼續問道：「妳為什麼不願意留在宮裡？宮裡不好嗎？」

「皇宮再好，也不是我的家。」九月謹慎措詞。「我離家那麼多年，只跟著外婆住在落雲山上，最渴望的就是和一家人在一起，快快樂樂地過平平淡淡的日子。」

「舅舅也是家人。」皇帝深深看了她一眼。

「舅舅是家人，可是，舅舅又不是我一個人的，您是大康百姓的。」九月搖頭。「九月很貪心，想得到家人更多的關愛，您給不了我。」

「我可以給妳無上的榮耀。」皇帝笑笑，語氣卻有些沈了下來。

「舅舅，您是想勸我留下來入主福女宮嗎？」九月嘆了口氣。「難道舅舅也覺得，小小的宮殿可以護佑大康嗎？」

「為何不可以？」皇帝饒有興趣地看著九月，他想聽聽這個小小村姑能如何說服他。

「若僅靠一座宮殿就能護佑江山永固，那麼您又何必養那麼多軍士？」九月想了想，決定賭一賭。「您只消養我一個就好了，哪兒出了事，我往那祭天壇上一登，一場祈福舞就能解決，您信嗎？」

皇帝果然沒有生氣，反而笑呵呵地說道：「妳這丫頭，這是在調侃舅舅嗎？」

「不敢。」九月沒有鬆懈，繼續說道：「舅舅，我也沒看過多少聖賢書，不過我知道一句話，民富則國富，您與其讓我守著冷冰冰的宮殿，何不放我回去呢？我可以和遊春一起做生意，生意大了，您的賦稅不就多了？賦稅一多，您不是能多養兵士多備馬匹糧草了？兵強馬壯的，誰還敢小覷我們大康？這樣的福女，總比只會跳祈福舞的福女強吧？」

「妳這丫頭，好好的一句『民富則國富』被妳解釋成這樣。」皇帝哈哈大笑。

「我解釋得對不對？」九月追問。

「嗯，也有點道理。」皇帝點頭，不再繼續這個話題。

第一百六十二章

隔了一天，便有確切的消息傳出來，皇帝駁回福女宮的意見，同時也駁了郭老自請降為平民的奏章，理由是——小皇叔都成了平民，那他這個皇帝也不用做了。

這個結果，雖然文官們還想要再試，可大多數人都大大地鬆了口氣。

郭老帶著九月和祈喜進宮謝恩，並告訴皇帝二十這天出京的事，皇帝瞪著他看了許久，最終無奈地嘆氣，原來小皇叔早有主意了，就算他不作決定，也留不住了。不過如今這決定倒還算是不錯了，至少留住小皇叔的根，不怕他以後有事時，小皇叔不會回來助他。

祈喜的緊張一直從進宮維持到出宮，這倒是襯出九月的淡然，讓皇帝越發欣賞，臨行還賜下玉珮一塊，讓她回去之後多四處走動走動，廣傳大康天朝的福澤。

郭老回到府裡，便召集王府上下所有人，公布他的決定——他要跟九月回去養老，有生之年也難回來幾次了，他不願意耽誤府裡上下所有人的前途，有願意離府的，都可以去跟老管家說；丫鬟們滿十八歲的，都可以放出去配人；侍衛們想從軍、想歸鄉、想做官的，都可以提，他還有些薄面給他們爭取一下。願意留在王府看守的，他也不會虧待了，相信以後九月也不會虧待。

九月這次也算是正式地接掌王府，儘管她也不會留下，可是只要皇帝一天不收回逍遙王府，那她就一天是這個王府的小主人了。

「王爺，屬下願跟王爺歸隱。」

黃錦元第一個出列，他跟著郭老也有十年了，這些年行走在外，雖然責任重大，可是卻也自在，而且在大祈村的那些日子，他也喜歡上了那種自由自在的田園生活。

接著出來的是蘇力，他有些歉疚，不過還是向郭老坦白。「王爺，屬下想去軍營。」

「好。」郭老大方地說道：「你想進哪個軍營，可持我名帖去尋那位將軍，我希望你能用你的才華，為國為民效力。」

「屬下定當謹記王爺教誨！」蘇力單膝跪地謝過郭老，卻沒有立即起身，而是臉微紅，猶豫著看了看九月的方向。

九月奇怪地看著他，又看看自己身後的碧浣、青浣，卻也沒有發現異樣。

「可還有什麼要說的？」郭老一看蘇力就明白了，笑著問道。

「屬下……」蘇力臉更紅了，不過還是果斷開口。「屬下請王爺成全，屬下想求娶郡主身邊的碧浣姑娘。」

這話一出，碧浣的臉瞬間變成了大紅布。

九月和青浣齊齊回頭看著碧浣。

「碧浣，妳可願意？」郭老也有些意外，不過他還是樂見其成的。

碧浣的臉幾乎能滴出血來，可是面對郭老的問話，她又不敢不回，便垂著頭使勁地捏著手指上前兩步，偷偷地瞄了蘇力一眼。

「碧浣，妳要是願意，也不用怕難為情，應了就是；妳要是不願意呢，我們也不會勉強的，這是妳自己的終身大事。」九月對蘇力還是挺有好感的，要是碧浣能同意，她也替蘇力高興。

「奴婢……」碧浣朝郭老跪了下去，不過聲音倒也清脆。「願意。」

「好。」郭老朗笑。「老管家，替我備兩份禮，一份是給蘇力的賀禮、一份是給碧浣的嫁妝。」

「謝王爺。」蘇力大喜，喜孜孜地看了看碧浣，兩人齊齊向郭老磕頭答謝。

「青浣，妳呢？」九月私下對青浣擠擠眼睛，笑盈盈地悄聲問道：「可有心儀的人？我替妳作主。」

「郡主。」青浣臉一紅，搖頭。「奴婢想跟郡主一起走。」

九月生怕青浣是不好意思才這樣說，又問道：「真沒有？這事不用難為情的。」

「奴婢真沒有。」青浣搖頭，羞紅了臉看著九月，咬了咬下唇說道：「奴婢想跟郡主一起回去，等以後要是郡主有合適的人，再替奴婢作主牽線……」

「讓我牽線？我認識的可都是村夫喔。」九月有些意外了。

「村夫並不比任何人差。」青浣大著膽子，說出自己的想法。「奴婢……極羨慕王爺對王妃的執著，奴婢沒有王妃那樣的福氣，不過也想找個知冷知熱的依靠，就知足了。」

「說得好。」九月朝青浣豎起大拇指讚了一下。

這會兒工夫，所有人都有了決定，有一大半的人想留在王府，餘下的不是家中的期待便是有了出路的，郭老一一首肯，也不多問。

倒是老管家，有意舉家跟著郭老，卻被郭老拒絕。「你跟著我一輩子了，如今也是有子有孫的人，就繼續留在王府裡替我看好家，等以後九月若是想回京，你就替我好好輔佐她，她性子隨意，身邊也得有個老人幫著些。」

老管家這才含淚應下。

當天下午，老管家帶著人開始處理這些事，離府的、留府的，都要一一記錄好，顧秀茹則決定與堂妹相攜回鄉。

郭老又讓人去京都最大的酒樓，決定明日在那兒擺席宴請賓客。

這是逍遙王爺生平第一次宴客，只怕也是最後一次，京都的權貴們、大小官員們、自覺有臉面的富商們紛紛聞風而動，所幸郭老包下了整座酒樓，倒也安排得過來。

九月和祈喜跟著郭老赴宴，這次也算是九月第一次以郭福的名義出現在眾人面前，又是福女又是福德郡主，眾人自然是客客氣氣的，眾女眷也是熱情地圍繞著九月打轉。而祈喜，作為逍遙王爺的另一個外孫女，又是福女的親姊姊，自然也是被照顧的重點。

好在，祈喜很快就不再緊張拘束，這孩子性子純善，又加上九月的淡然影響了她，很快就變得落落大方起來。

熱鬧散盡，又是離開的時候。

十月二十，清晨。

逍遙王府前便停了十幾輛馬車，這些都是與郭老相交甚好的老友，像康子孺、黃錦元的爺爺之流，也有郭老的子姪輩們，皇帝也派了四十多歲的太子和十七歲的皇太孫前來送行。

遊春安排了十輛大馬車來接郭老等人。

楊進寶、楊大洪、祈稻、祈稷跟著來送行，他們得留下處理祈福巷的事，不過他們買了些東西讓九月捎回去。祈稻是被祈稷拉進施工隊的，祈稷打小就喜歡這位堂哥，兩人也談得來，以前在康鎮接的活兒不多，他也沒有多說什麼，這次一接到九月的信，他就起了心思，想要拉一把這位大堂哥。祈稻對此則很是感激。

京都有齊天和三爺的照應，九月倒是不擔心他們，再說了，有遊春的情報網，他們傳遞消息也方便得很。

那個綢緞莊的王掌櫃也及時送了趕製的嫁衣過來，除此，他還送上十幾疋在京都很暢銷的錦羅。用他的話說，福女那日光臨他的小鋪子，如今鋪子裡的生意好了不知多少，這些是給福女的一點謝禮。

九月推託不掉，在郭老的示意下接下，裝上了車。

熱鬧了半天，總算，幾人登車離開。

郭老身邊除了黃錦元和兩個同樣跟著郭老的侍衛，再沒有別人，他把文太醫還給了太醫院。

倒是九月身邊多了青浣、藍浣，祈喜和她們三人坐了一車，水宏和祈豐年還有遊春一車，其他車子裡，捎回去的禮物占了多數，皇帝的賞賜又占了餘下的多數，剩下真正是郭老和九月等人的行裝反倒只有一點點。

馬車離了七里亭，沿著官道走了一個時辰，來到京郊的淩風渡，在這兒轉水路。

九月一下車，就看到兩條大船停在那兒，齊孟冬、康俊瑭、紅蓮兒、齊天、魏藍、老魏、三爺以及遊府一些相識的人笑容滿面地在船上向他們招手。

「九月。」魏藍看到九月，飛快地跑過並不短的搭板撲向九月，拉著她的手埋怨道：「妳也真是的，這麼久也不來找我玩，現在好了，又要走了。」

齊天在後面看得一陣心驚膽顫，急急地追上來。「妳當心些。」

咦？九月驚訝地打量著魏藍。

魏藍臉一紅，手撫了撫小腹，甜蜜蜜的沒有一點羞澀地說道：「我有寶寶了，可說好了，等寶寶出來，妳得當寶寶的乾娘。」

「好。」九月不由莞爾，也就魏藍這性子，才會當著這麼多人的面這樣說話吧。

「太好了。」魏藍喜得兩眼彎彎。

「藍兒，不許無禮。」齊天把魏藍扯回去，朝郭老歉意地行禮。「拙荊失儀，讓王爺見笑了。」

「無妨。」郭老捋著長鬚笑道。「九月的乾兒子，就是老夫的曾孫了，到時候可別忘記帶來讓老夫也見見。」

「謝謝王爺。」魏藍樂得直接道謝，累得齊天在邊上一個勁兒地拉著她。

「時辰不早了，船上已備了午飯，王爺請上船。」三爺等人也走過來，向郭老行禮。

「以後就喊郭老爺子便是，你們都是遊春的兄弟，都快成一家人了，何須這樣客氣。」

郭老一點架子也沒有，擺擺手，指向康俊瑭。「瑭小子，你也要跟著走嗎？你爺爺可知道了？」

「郭爺爺，是我家老頭子把我踢出來的，他嫌我留在京都會禍害廣大小姐的脆弱心靈。」康俊瑭在郭老面前還是笑嘻嘻的。「所以我就乘機帶著我的紅蓮兒出來啦，江山如此多嬌，嘿嘿，反正老頭子不差幾個錢，我們就當是替他遊歷天下、造福百姓去了唄。」

聽著康俊瑭東一句西一句的，九月頓時啞然。

康俊瑭一番笑鬧倒是沖淡了眾人的拘謹。

郭老跟在三爺身後先上了船，祈豐年等人也有人安排引著上船，九月落在後面。

「來，我帶妳過去。」魏藍以為她是害怕那不短卻有些窄且軟的搭板，自告奮勇地就要扶九月。

「有妳什麼事？」齊天把她拉到身邊，再不敢鬆手了。「船要開了，妳想跟著去？」

「為什麼不能去呀……」魏藍嘟嘴。「人家也想和九月一起去，買個莊園，種種田種種地，養養小雞什麼的，多好呀。」

「等以後我再帶妳去。」齊天無奈，伸手撫了撫她的頭頂。「妳現在不宜遠行。」

「好吧。」魏藍低頭看了看自己的肚子，又可憐巴巴地看著九月。「九月啊，妳可不能在我生孩子之前和四哥成親喔，要不然我就喝不到你們的喜酒了。」

遊春聽罷，嘴角直抽，這還是他家師妹嗎？有這樣當師妹的嗎？

「好。」九月忍笑，睨了遊春一眼，瞧吧，有這麼多人盼著她晚嫁呢。

「來不了我可以寄一車酒給妳。」遊春黑著臉伸手一拉，把九月拉離魏藍的範圍，省得被這個不靠譜的小師妹給影響了。

「誰稀罕酒啦，人家是想看新娘子，九月打扮起來，肯定是最美的新娘子。」魏藍嫌棄地白了遊春一眼，又朝九月嚷嚷道：「九月，妳可答應我了，我現在才兩個月，嗯，十月懷胎，生完孩子還得坐月子，那就得……嗯，等孩子稍大些，大概也就一年吧，一年之後，我去找妳，那時候妳再成親也不遲喔。」

遊春的臉越來越黑。

他還沒說什麼，就聽到九月笑著說道：「好，反正我也不急。」

遊春忍不住伸手環住九月的腰，狠狠地瞪了魏藍一眼。

魏藍理都不理他，躲在齊天身後說得更起勁了。「他要是急，妳可別理他，找別人就是了，像孟冬啦、俊瑭啦，都不錯的。」

咳咳……九月險些被嗆到，這小姑奶奶也太……

腰間傳來的力道，讓她清晰地感覺到遊春的不悅，還好，她還不像魏藍那樣大膽地挑戰遊春的底線，他要是真生氣了，她會很慘的……

「妳來不來又有什麼打緊？」遊春見九月沒回應，總算滿意了一點點，瞇眼看著魏藍說道：「妳想看新娘子，到時候我讓人給妳畫個十張八張送來就是了，酒要多少有多少，妳人到不了，禮金送到就是了。」

說罷，直接拉著九月上船。

魏藍衝著遊春的背影扮了個鬼臉，不怕死地在後面喊道：「九月，妳可答應我了喔，等我一年啊——」

九月想回應一句，遊春似乎察覺到她的想法，握著她的手警告似的加重力道，不過，速度卻是緩了下來，這會兒正處在搭板中間，邁一步都會顫，他倒是沒事，但九月未必不會害怕。

「等誰一年？」剛踏上船，齊孟冬好奇地湊過來，卻換來遊春一記冷冷的白眼，然後就拉著九月往船艙去了，齊孟冬莫名其妙地看看他，又回頭看了看岸上的魏藍，疑惑不已。

船要起帆，三爺等人要留京的都告辭下了船，齊孟冬站在甲板上送他們下去。

「孟冬，我想了想，你還是留在京都吧，或者回齊家看看老爺子也行。」遊春突然出現，面無表情地對齊孟冬說道。

總之，在九月答應跟他成親前，他得把這些不錯的人選都給支開。

「啊？」齊孟冬詫異地看著遊春。

「不是說好了嗎？郭老這次連太醫都沒帶，我得隨行啊。」

「就是呀，文太醫都回去了呢，我外公這麼大年紀了，這麼遠的路哪能沒個大夫？」

九月在遊春身後出現，忍笑忍得痛苦。可憐的齊孟冬，肯定不知道自己怎麼得罪了小氣的男人。

九月一開口，遊春更加不高興了，皺著眉盯了她幾眼。

「不是說水路得走半個月嗎？我還沒坐過這樣長日子的船，也不知道會不會暈，沒個大夫多不安全，還有我八姊他們。」九月眨眨眼，上前拉住遊春的胳膊。「京都有大師兄他們了，等我們到了家，再讓孟冬去看望家人不遲嘛，還有大祈村那些大姑娘小媳婦們，一定也想念齊大夫了。」

遊春一聽，若有所思地瞟了齊孟冬一眼，說得也是，路上不能沒有大夫，那就等到了家，再把這小子踹回去讓他家人給他安排相親好了。

齊孟冬一頭霧水地看看遊春，又看看九月。「你們誰能告訴我是怎麼回事？」

「沒事沒事，什麼事都沒有。」九月訕笑著擺擺手，把遊春往一旁拉。「走啦，我都餓扁了，外公他們也等著呢。」

船上的艙房夠多，九月和祈喜也一人分到一間，九月便讓藍浣去照顧祈喜，青浣留下來和她作伴。

第一百六十三章

中午飯後，遊春和齊孟冬被郭老抓去下棋，康俊瑭纏著紅蓮兒去甲板看風景，祈豐年也在甲板上散步消食，水宏拉著祈喜跟在後面，他們還是第一次走這麼遠的路，以後也不知道還會不會出來，所以他們對這次的旅途都很珍惜。

唯有九月，她發現自己似乎烏鴉嘴了，她居然有暈船症狀出現，不過她怕說出來讓人擔心，也沒吭聲，和青浣說了一聲，就回艙房休息去了。

青浣也沒注意，她五歲來到王府，長這麼大最遠就只走到京都的幾條街，這次還是第一次離開京都，藍浣也是如此，所以兩個小丫鬟都高興極了，做完了事情，兩人相伴著到甲板玩去了。

九月也不知睡了多久，醒來時，艙房窗外透入一抹紅，她剛睜開眼睛，冷汗就冒了出來，胃裡一陣翻騰，她忙側身撐到床邊，便「嘔」了出來，這一嘔，便是翻天覆地般的吐。

「郡主！」青浣見九月睡了這麼久，便過來看看，沒想到一到門口就看見這一幕，不由失聲驚叫道：「郡主吐了！」

這一聲，頓時驚動了眾人。

遊春扔下手裡的棋子便掠了過來，反倒搶在青浣前面進了艙房。「九兒！」

九月吐完之後，正要說話，聞著那味兒又是一陣嘔。

「齊孟冬！還不快點！」遊春坐在九月身邊，心疼地拍著她的背，一邊衝著外面吼了一聲，心裡慶幸自己沒有真把那小子趕下船。

「來了來了。」齊孟冬就是慢了一步而已，便聽到遊春這聲吼，害得他無奈地嘴角直抽。

「這屋味道太衝，得給她換個地方，不然還得吐……」

話沒說完，遊春見九月停止嘔吐，拉過被子把她裹住，連人帶被子抱了起來。「去我屋裡。」他的房間就在隔壁，之前是想離她近些，現在倒是方便了。

他們一走，青浣和藍浣捏了鼻子，忙進去打掃房子。

郭老和祈豐年等人也過來了，看到遊春抱著九月換房間，倒也沒有過來添亂，而是站在外面等著。

九月倚在遊春懷裡，臉色蒼白，不斷冒著冷汗，所幸，噁心想吐的感覺倒是沒了。

齊孟冬也不耽擱，上前給九月把脈，很快便又放開了，皺著眉問道：「妳最近是不是沒有好好歇息？」

「好像是……」九月無奈地點頭。

「我去煎藥，吃幾帖就沒事了，不過妳得多多休息，我讓人給妳準備些補氣養元的藥膳吧。」齊孟冬很識趣地站起來，到外面和郭老等人彙報去了。

知道九月沒事，郭老等人進來叮囑遊春好好照顧九月便都離開了。

房裡只剩下遊春抱著九月坐著，眉心深鎖。

「我這嘴，好的不靈壞的靈……早知道就不攔著你趕齊孟冬了。」九月虛弱地笑了笑，見遊春仍沒有反應，只好伸手拉拉他的衣襟，討好地看著他。「幫我倒杯水好不好？嘴裡難受。」

遊春低頭看了她一會兒，伸手拉過枕頭，又拿過他的被子疊起墊在後面，才小心翼翼地把她放下去，起身去倒了一杯水回來，同時還端了一個空木盆。

九月漱了幾遍口，才感覺舒服些。

遊春把這些東西都踢到一邊，重新給她倒了一杯。

這時，青浣端著熱水來到門口。「公子，八小姐讓我來送水給郡主洗洗。」

「放著吧。」遊春指了指桌子，頭也沒回，扶著九月喝了些水，眉頭依然皺著。

青浣猶豫地看看九月，最終還是聽從遊春的話，把盆子放到桌上便退了出去，不過她也沒敢走多遠，守在外面等候使喚。

「還是讓青浣來吧。」九月有心緩和，偏遊春一副臭臉沒有一絲緩解，她有些無奈，只好這樣說道。

遊春皺眉瞥了她一眼，起身把杯子放回去，伸手去端盆子。

這時，九月嘀咕了一句。「唉，真悲哀，生病了還得看人臭臉……」

遊春一頓，嘴角忍不住扯了扯，心裡卻還是軟了，他只是生氣她沒照顧好自己罷了，哪裡給她臉色看來著？

九月被這樣一折騰，自己也沒有精神多說什麼，嘀咕完就閉上眼睛。兩輩子加一起，她這還是頭一次暈船，果然難受得要命，冷汗後的無力、嘔吐後的空虛，折騰得她不想動彈，這會兒閉著眼睛，她還覺得一陣一陣的暈。

遊春在身邊坐下，她察覺到了，卻懶得動。沒一會兒，耳邊傳來擰水的聲音，接著額上一熱，九月在心裡笑了，她就知道他捨不得。就像在草屋，她不舒服的那些天，他就是這樣溫柔細心地照顧她，什麼也不讓她做，為她淨臉擦身洗手，為她掖被暖腹。

想到那時的溫柔，九月微微一笑，睜開眼睛，剛好迎上他的眸。「不生氣了？」

「再睡會兒吧。」遊春無奈地伸手撫了撫她的臉。

「剛睡醒呀。」九月微微搖頭，手指前伸點住他的眉心，揉了揉。「大事都辦好了，你怎麼反倒愛皺眉了？我又沒事，只是暈船而已，休息一下，喝些藥也就好了。」

遊春反握住她的手，一邊拉高被子給她蓋好，嘆著氣說道：「九兒，我們回去就成親吧。」

小氣的男人，還記著之前魏藍的話？九月莞爾道：「你上次請的那個媒婆也太不靠譜了，不算喔。」

「請媒婆還不簡單？」遊春看著她，認真說道：「三媒六聘也不用拖上一年那麼久啊，我想早些娶妳過門，那樣我就能日夜照顧妳。」

「我又不是病入膏肓了，還日夜照顧呢……」九月好笑地反駁，說到一半，便看到他的臉又沈下來，趕緊轉口。「再說了，我幾個姊姊可不看好你喔，你要是能讓我幾個姊姊都同意我們的話，我就答應。」

「妳說的。」遊春的目光在她臉上掃來掃去，拇指滑過她的手心，語氣低沈。

「嗯，我說的。」九月點頭，其實她也只是給自己一個藉口罷了，前世那前夫的影子已經淡去，可她對婚姻的不信任卻依然殘留著。她怕成親後，屬於彼此之間的一切美好會走味……想到這兒，她眉間不自覺流露一絲憂慮。

遊春注意到了，凝望著她輕聲問道：「在想什麼？」

「沒。」九月回過神，笑了笑，沒說實話。

「九兒，回去以後，陪我去祭我爹娘好不好？」那抹憂慮，遊春看在眼裡，可是她不想說，他也不去勉強，便轉了話題。「岳父說，他知道我爹娘被葬在哪兒，到時候妳和我一起去好不好？我想讓我爹娘知道，他們的兒子長大了，還給他們找了個好媳婦，將來他們還會有孫子孫女，他們九泉之下也可以安息了。」

「好。」九月沒有猶豫地點頭，祭奠麼，是她應該做的，不過她好像忘記告訴他一件事了？「我是不是有件事沒和你說過？」

「嗯？」遊春有些驚訝。「何事？」

「我入了皇家玉牒，皇上賜我郭姓，以後我們的第一個兒子得姓郭呢。」九月一直注意著遊春的神情。

「好。」遊春盯著她笑了，他們的孩子，多好聽的話啊，他突然有些期待起來。

「你笑什麼呀。」九月突然覺得有些不對勁。

「沒。」遊春學她之前的口氣。

九月瞪著他，撇撇嘴，還學得挺快的。

「公子，藥煎好了。」青浣再次出現，手裡端著熱騰騰的藥。

這一次，遊春依然打發青浣出去，擺出一副不用她們幫忙的樣子。

青浣多看了九月幾眼，抿著笑走了。

「妳怎地帶了兩個丫鬟出來？」遊春吹著藥湯的熱氣，一邊漫不經心地問。

九月一時起了促狹之心，眨著眼問道：「你覺得她們倆給我作陪嫁的話，你滿意嗎？」

遊春手一頓，隨即輕飄飄地扔給她一句。「不滿意。」

「為什麼呀？」九月追問。

「不需要。」遊春冷哼一聲，有他在，有她們什麼事？說罷，就著碗含了一大口藥湯，俯身堵住還欲說話的紅唇。

齊孟冬的藥很管用，喝過之後，九月便覺得舒服多了，又或許是因為遊春細心呵護，轉移了她的注意力，接下去幾天，她沒有再出現暈船的症狀。

這些天，她就住在遊春的艙房裡，遊春在一邊擺了張小榻，也沒有去別處住，郭老和祈豐年看到什麼也沒說，別人更不會說什麼了，反正在他們眼裡，遊春和九月早晚是一對。

對此，九月覺得很無奈，這兒好歹也是古代，就不能讓她矜持些？不過遊春也只是為了方便照顧她，倒是沒有任何動作，頂多就是在監督九月吃藥膳喝藥的時候「下嘴」。

這一日，船行到清溪縣附近，康俊瑭攜著紅蓮兒來看九月，一進門就朝遊春擠擠眼。

「九月，前面就是清溪縣了，妳要不要去看看妳二姊？」

「我二姊家在清溪縣嗎？」九月驚訝地問，她還真不知道。

「不會吧，妳連妳二姊家在哪兒都不知道？」康俊瑭鄙視地看著她。

「又沒人告訴我。」九月撇嘴。「中途停靠，方便嗎？」

「沒什麼不方便的，到清溪縣轉馬車，或是到昭縣轉馬車，接下來去康鎮的路都差不多了。」康俊瑭聳肩，隨意地說道：「唯一麻煩些的就是我們，在昭縣換車我們就方便了，不用轉。」

「你要去昭縣？」九月一頭霧水。

「我就住在昭縣。」康俊瑭被打敗地摀住臉，看著遊春說道：「遊少，你到底有沒有告訴她你的家業有多大？她怎麼一點都不知道呢？」

紅蓮兒也好奇地打量著九月。

九月聞言，目光立即掃向遊春，心頭的陰影再一次竄上來，她只覺心頭一陣一陣發緊，卻不想被人看出來，當下故作輕鬆地說道：「二姊家這麼近，我都沒去過，我去問問外公要不要去看看。」說著就站起來要往外走。

遊春警告地瞪了康俊瑭一眼，及時伸手把九月攬回來，也不顧忌康俊瑭和紅蓮兒在面前，直接把九月按在他膝上，語氣輕柔地哄著。「先把飯吃完。」

「不吃了。」九月嫌棄地推開，中午這道是苓歸烏雞盅，她能喝這麼多算不錯了。

「就剩這麼點了。」遊春端著那瓷盅看了看，繼續哄著。

「再吃要吐了。」九月連連搖頭。「你不知道我原來吃素的呀。」

遊春看看她的臉色，想起她以前不沾葷腥的習慣，便妥協了，把餘下的往一邊一放。

「晚上讓青浣準備別的。」

「青菜豆腐。」九月忙說道。

「妳又不是姑子，吃什麼青菜豆腐呀。」康俊瑭拉著紅蓮兒坐在對面，興致勃勃地看著九月和遊春兩人。

「我修行不行啊？」九月沒好氣地白了他一眼。「我在落雲山住了那麼多年，青燈禮佛，日子也就比姑子好一點點，現在想想，那樣的日子也是挺不錯的。」她想起了外婆，很自然地嘆了口氣，她懷念那時候，沒有如今這些紛擾，多好。

「胡扯。」遊春心裡一緊，擁緊她。「有我在，妳就收起那些心思，什麼姑子什麼修行？想都別想。」

「只是說說而已。」九月見康俊瑭和紅蓮兒直盯著他們看，有些不自在地扳了扳遊春的手臂，卻沒成功。

「不是說去清溪縣嗎？還不去問？」遊春瞪了康俊瑭一眼，這小子就是唯恐天下不亂，也不想想他求親未成，一個不小心，嬌妻會飛的好不好？

康俊瑭忍著笑，還待說什麼，就被紅蓮兒拉起來。「走啦，我們去找王爺問問，人家小倆口要親熱，你搗什麼亂？」

「說得是，看著沒意思，還是我們倆自個兒親熱去。」康俊瑭說罷，衝著九月拋了個媚眼，摟著紅蓮兒走了。

「九兒。」遊春等他們一走，伸手托起九月的下巴，定定看著她說道：「那些生意，我只是想等妳處理好大祈村的事以後，找個機會帶妳去看看的，並非要瞞著妳。」

九月心裡稍稍舒服些，前世的欺騙影響她太深，讓她心裡種下多疑的種子，別看她平時多開明、多有主見，可一旦涉及婚姻感情，她便變得很沒有自信。

看著遊春眸中的認真，她突然覺得有些累。

「怎麼了？」遊春從她的眼睛裡看到憂慮，他緊了緊手臂，決定這次一定要問出個結果來。

九月卻主動倚進他懷裡，雙手環著他的頸，閉上眼睛，靠著他的肩低低說道：「我信你，只是有些事，我更希望我不是從第三個人那兒知道，我只想聽你說。」

「等我們成親了，我帶妳去每個地方轉一轉。」遊春的吻落在她眉間，柔聲應道。「只有成親了，我帶著妳，才不會讓妳清譽有損，知道嗎？」

九月睜開眼，瞪著他。「你在乎？」

「我在乎妳，不想任何人說妳的不是。」遊春微低了頭，看著她的眼睛。「昭縣是康爺爺的老家，那兒也是我和俊瑭合作生意的根本，他一直在那兒守著，那兒的紅樓原是紅蕊打理的，我在那兒還有座宅子，清溪縣也有。此外，往南的每個縣鎮，都有大大小小的落腳點。等我們成親了，我們一起送我爹娘的遺骸回漳城老家好不好？樵伯他們都在那兒養老，等爹娘的事處理好，我們就順著這條路去每個地方看看。妳要是有興趣，可以把祈福巷開遍每個地方；妳要是想回大祈村，以後康鎮和大祈村就是我們做生意的重點，好嗎？」

「啊？」九月聽罷，猛地坐直身子，瞪著他。「每個縣鎮都有生意？你……那以後不得累死啊……」

遊春聽到她這話，不由笑了。「每處都有專門的人管著，又不須妳我多做什麼，就算去了，我們也只消查核一下帳本，過問一下生意罷了。」

「每一處……都有你說的那個紅樓嗎？」九月點點頭，這樣還好，不過她又好奇另一件事，目光怪異地打量遊春。

「你每次去，是不是也要巡看那些紅樓？查帳本？」還是查姑娘？

「妳想問什麼？」遊春挑眉。

「看你願意說什麼我就問什麼。」九月忍笑。

「每一處都有人負責，我不用親自去，去了她們也不認識我。」遊春無奈地捏捏她的鼻尖，實話實說，他不想她誤會，也捨不得讓她胡思亂想黯然神傷。

「這還差不多。」九月拍開他的手，滿意地點頭。「以後只能我陪著才能去。」實際是她自己好奇紅樓是什麼樣的地方。

遊春不置可否。

「公子、郡主，王爺說要去看望二小姐，讓你們做好準備。」藍浣出現在門口，看到兩人姿態，慌忙背過身子，紅著臉飛快說道。

「知道了。」九月應了一句，就看到藍浣匆匆跑了，她不由失笑，這些小丫頭啊。

「等回去，找個合適的對象把這兩個丫鬟配人了吧。」遊春想起她說的陪嫁，就皺眉。「妳有我就好，用這些丫鬟做什麼？」

「那你呢，不得有人伺候？」九月笑了，他還記著陪嫁的事呀。

「為夫自然是娘子妳來伺候了。」遊春瞇著眼看了她好一會兒，突然湊近她的耳邊輕咬了一下。「難道，妳還想讓別的女人來伺候妳夫君？」

「你想得美。」九月半邊身子一酥，臉一紅，扯開他的手臂跳下來，嗔怪地看著他。「別忘記你們家的祖訓，哼。」

遊春低笑，站了起來。「那妳還說什麼陪嫁，妳懂陪嫁的意思嗎？與其耽誤人家，不如早早地配了出去，也是好事一件。」

「要你說？在京都就說好的事。」九月說不過他，只好坦白。「我覺得青浣可能是看上黃大哥了，藍浣卻不知道，要是可能，葛大哥也是不錯的，肥水不落外人田。」

「這麼說，妳是故意的？」遊春看著她，表示懷疑。

「沒有，就那麼一說。」九月已經退到門邊，理了理自己的頭髮和衣衫，朝他揮揮手。「走啦，他們在等呢。」

說罷，就跑了出去。

遊春看著空空的門口，笑意漸濃，明明是個醋罈子，偏偏還拿這些事來試他，真是……

到了門口，看看外面的天色，遊春又退回來，拿起給九月準備的披風，才緩步走了出去。

第一百六十四章

得知祈願離此不遠，郭老便點頭同意在清溪縣停留，康俊瑭和紅蓮兒自去安排。

九月到了甲板上，便看到祈喜克制著高興，站在祈豐年身邊，她不由多看了幾眼，一下子便看出祈豐年的不對勁來。

郭老也注意到了，他隨意地走到祈豐年身邊，笑道：「這些天一直在船上，也無聊了，聽說清溪縣不錯，我們去逛逛。」

「好。」祈豐年點頭，掩起心底的難過，他也想看看祈願這些年過的是什麼日子。

「二姊之前來信說陳夫人自降平妻，說陳府近日會擺宴請客呢，也不知道我們來得是不是時候。」祈喜輕聲說道，她之前不懂什麼叫平妻，還是偷偷問了祈巧才知道的，陳夫人是把大老婆的位置讓出來了。「九月，我們到時候是不是要送禮呀？」

「自然要送的。」九月看看祈豐年，笑著點頭，這也算是他們家頭一次上門，自然不能空手。

祈喜嘆著氣，唏噓道：「二姊苦了這麼多年，總算熬出來了。」

祈豐年的神情越發黯了下來。

「九兒，披上這個。」遊春趕了上來，把披風繫到九月身上。

祈喜在邊上盯著他看，突然開口問道：「遊公子，你也是有錢人，你以後不會也要娶三個妻子四個妾吧？」
「噗——」九月忍不住噴笑，挑眉看著遊春。
郭老和祈豐年等人也齊齊看向遊春，笑等他的回答。
「八姊放心，我遊家沒有那等規矩，此生必只有九兒一人。」遊春無奈地苦笑答道。
「也就是說，你家要是沒有那祖訓，你就有可能娶那麼多嘍？」祈喜眨眼，她其實早就知道他家那個祖訓了，這會兒就是想問問。
「不會。」遊春乾脆地應道，伸手攬住九月的肩，態度認真很多。「能遇到九兒，是我的福氣，我必珍之惜之，怎麼會做讓她傷心難過之事？再者，我遊家雖有祖訓，卻也不是白紙黑字寫就的，是歷代先祖們自束其身做出來的，代代口口相傳至今，無論富貴貧賤，都是如此。」
九月看著他，有些感動，她一直以為他們家的祖訓是白紙黑字記錄下來的，沒想到居然不是，如此，這樣的家庭在這個時代當真值得她敬重，更值得她託付終身了。心底的那絲陰影也在這一刻慢慢消散，得夫如此，何嘗不是她的福氣？
「對妻子敬之愛之，堂堂男兒自當如此，然，妻賢夫禍少，八喜、九月，妳們倆以後也要謹記這幾個字，夫妻相處，當互相寬容、互相體諒、互相照顧，切不可使小性、刁鑽蠻橫。」郭老欣賞地看著遊春點頭，轉而教起祈喜和九月。
「是。」九月和祈喜各自看看遊春和水宏，齊齊點頭。
說話間，船緩緩地接近清溪縣東埠，康俊瑭站在船頭，手一揮，一道紅影竄上了天，砰的一聲綻放開來，在天空盛開一朵花，瞬間便又消失不見。

「哇，真漂亮，那是什麼？」祈喜抬頭驚訝地問。

「那是訊號，在清溪縣看到此訊號的人自會來接應。」遊春解釋了一句。

「你在清溪縣也有認識的人？」祈喜瞪大眼睛，這未來妹夫是什麼人呀？

「這邊有自己的車馬行。」遊春笑笑，沒有細說。「方才俊瑭應該已派人去收拾宅子了，一會兒我們直接過去就好。」

「還有自己的宅子？」祈喜咋舌，不過她也沒有多想。「你家在這邊嗎？」

「他的家業，不是妳能想像得到的。」此時，郭老笑著打趣道。「要不然，皇上又怎麼會動了心思想招他為駙馬呢？」

「還有這事？」九月驚訝地看向遊春，卻見他也是一臉錯愕。

「結果妳在金殿之上搶先說了遊春是未婚夫婿，又有我這層這關係在，皇上自然不好意思再提這事了。」郭老若有所指地看著遊春。「皇上看中的是你的才華，你能從當年一逃難少年成長到如今擁有這般龐大的家業，除了你那些兄弟們的支持之外，更多的是你自己的能力，他自然想收你為己用，只希望你今後莫讓皇上失望才好。」

「是。」遊春聽進去了，不過，他更在乎的是九月曾在金殿上承認他是她的未婚夫婿……

「也虧得皇上是個仁君，要不然這丫頭免不了要走敲登聞鼓、滾釘板的規矩了。」郭老狀似隨意地說道，卻把九月在金殿上為遊春所做的都說了出來。

「外公，好好的說那些做什麼。」九月有些尷尬，這又有什麼可炫耀的。

遊春卻聽在耳裡，記在心裡，他懂郭老的意思，敲登聞鼓、滾釘板，那不是常人有勇氣做到的，就是他，也想著不到最後一刻不走那一步，而九月，卻敢在金殿上為他這樣出力。

這時，船已經靠岸了，纜繩繫好，船板也搭上了岸，埠頭上已經停了六輛馬車、四輛載貨的車，幾個掌櫃模樣的中年人也已站在那兒等候，康俊瑭和紅蓮兒先行下去，齊孟冬也去了後面那船安排事情。

九月看到老魏也在後面的船上。

「走吧。」遊春伸手握住她的手。

祈豐年扶著郭老走在前面，水宏拉著祈喜，青浣和藍浣也笑咪咪地看了九月一眼，走在前面。

九月主動扣住他的手，輕聲問道：「你知道我二姊家在哪兒嗎？我想備些禮過去看看她。」

「知道。」遊春點頭，拉著她緩步往前。「放心吧，我已讓人去送帖子了，這等事交給為夫就好。」

九月好笑地白了他一眼，這人，倒是為夫為夫的上癮了，只是，他什麼時候去準備這些事了？她怎麼一點也沒印象呢？

在船上久了，這會兒站到平地上，九月反而有些不習慣了，下意識地伸手挽住遊春的臂膀，才算淡去了那種搖晃感。

「少主。」那幾個掌櫃的已向郭老等人行了禮，這會兒等著遊春和九月下來，齊齊上前。「祈姑娘。」

「免禮。」遊春淡淡地一抬手，倒是擺出了幾分氣勢。

九月朝幾人福身算是還禮，便安靜地站在遊春身邊，看著他和這些人對話。認識他這麼久，見慣了他對她的溫柔，也見慣了他和齊天等人在一起時的隨意，從來沒有想過，他也有這樣淡漠的一面。

他此時像極了郭老上朝時面對百官的樣子，她不由轉頭看看郭老，從郭老眼中，她看到了濃濃的笑意和欣賞，顯然，郭老對遊春的表現很滿意。

「少主，宅院都安頓好了，各鋪子的管事們也都在等著召見，您看，何時讓他們過來？」其中一個年紀大些的掌櫃多看了九月幾眼，他們早已經知道未來少夫人的存在，當然也知道這位未來少夫人如今的身分，不過今日卻是頭一次見，不免好奇。

「不忙，先讓王爺和我岳父回府歇息，另外，持我名帖去南街陳府，請陳老爺明日中午攜眷往聚饈樓赴宴。」遊春吩咐道。

幾個掌櫃的在康俊瑭的引見下已跟郭老等人見禮，可是康俊瑭卻沒有說祈豐年的身分，這會兒聽到遊春這樣一說，幾人頓時驚訝地看向祈豐年，心裡也更看重了幾分。他們知道自家少主還沒有成親，可他此時口稱岳父，必是這門親事將近了，幾個都開始盤算著回去就準備禮物，到時候少主大婚，他們也好不落人後。

話不多說，遊春吩咐完後，就請郭老等人上了馬車，郭老和祈豐年、水宏坐了一輛，黃錦元坐在車夫身邊，其他幾個侍衛也有康俊瑭安排妥當，九月和祈喜以及青浣、藍浣一輛，送她們上了車，遊春體貼地和九月交代道：「我去前面照應，妳要是不舒服，就讓車夫喊我。」

「嗯。」九月順從地點頭，她又不會暈……咳咳，烏鴉嘴，不能說。

馬車緩行了小半個時辰，穿過清溪縣的主街道，從東埠到了北苑，這一片，有知縣衙門和富商們聚集的宅院，遊春的宅子就在其中。

從外面看，除了那上面的「齊府」兩字，朱門高牆與旁邊的宅子也沒有什麼區別。

此時，大門洞開，兩排僕人齊刷刷地從裡排到門外，一個老管家模樣的人快步迎出來。

遊春受了禮也沒說什麼，便回頭來扶郭老，和康俊瑭說了幾句，康俊瑭笑嘻嘻地接過招待郭老和祈豐年等人的任務，在前面引路。

九月和祈喜幾個站在後面，本想跟在最後低調地進去，誰想遊春竟站在那兒，微笑著朝九月伸出手。「九兒。」

九月的臉頓時紅了，他這樣的舉動，就是擺明在眾人面前宣告她的身分，這個……

郭老幾人也笑盈盈地停在那兒，回頭看著九月。

好吧，忸忸怩怩的不是她的作風，那就大大方方的吧，九月雖然臉上發燙，可心裡甜著呢，拉著祈喜走過去，青浣和藍浣跟在後面偷笑。

「你幹麼？」九月靠近他身邊，低聲問道。

「抱妳進去呀。」遊春笑著朝她眨眨眼，趁她還沒回神，一彎腰就打橫抱起她。「以後每到一處宅院，都抱著妳進去，如何？」

九月大窘，這小氣的男人還記得之前她那句「他家門檻太高」的話呢？她有些慌亂地抬眸，只見郭老他們笑看了幾眼，便跟著康俊瑭進門了，連祈喜幾個也偷笑著跑進去，就扔下她一個了，那些僕人們雖然驚訝，可這會兒更多的還是好奇的目光。

「快放我下來，這麼多人看著呢，多不好。」九月低著頭輕聲說道，語氣多少還帶著顫音。

遊春一愣，反倒緊了緊手臂，邁著大步進了大門，兩邊僕人齊齊行禮，他低笑道：「這兒真沒有一個丫鬟喔，妳低著頭瞧不清楚，可別冤枉我。」

「我有這麼小氣嗎……」九月克制住悸動，平復了下心情才抬頭瞪他，但微紅的眼眶依然洩漏了她的心情。

遊春盯著她看了好一會兒，卻沒有戳破她，低笑道：「我小氣，怕妳說我家門檻太高不肯進來，只好用抱的。」

「現在都進來了，還不放我下來。」九月嬌嗔地看著他。「這麼多人看著，讓我怎麼面對他們呀？」

「面對我就好了，面對他們做什麼。」遊春嘴上說著，不過還是放下她，與她十指緊扣進了大廳。

「我當你們兩個不進來了呢。」康俊瑭看著九月打趣道，這會兒，郭老幾人連茶都喝上了。

九月更是臉上火熱，瞪了康俊瑭一眼，抽出手，低頭站到祈喜那邊，也不說話，她還從來沒有像今天這樣難為情過……

一路舟車勞頓，晚飯時，遊春也沒有累著他們，直接讓人做了飯送到郭老、祈豐年等人房裡。九月和祈喜等人一個院子，他也不便過來，只讓紅蓮兒送過來，還附帶一張紙條，告訴九月他今晚還有事要處理，不能陪她一起吃飯云云。

九月在紅蓮兒和祈喜等人的打趣中藏起紙條，嘴角卻是掩不住的笑意。

送來的飯菜裡有著九月之前要求的青菜豆腐，這是他的心意，九月倒是乖乖地吃了不少。

姊妹兩人也沒有多坐閒聊，略略走動消了食，便回屋睡下了。

次日一早起來，梳妝洗漱，一頓雜事之後，早餐便到了，依然是藥膳粥，九月被祈喜大大地笑了一回，幾人分食完，在院子裡轉了轉，也沒敢走遠。

紅蓮兒來來回回幾趟，這回剛剛出去，又回來了，笑盈盈地看著九月說道：「郡主，少主有請。」

九月看到青浣和藍浣偷笑，瞪了她們一眼，才問道：「有事？」

「說是備了給陳家的禮物，想讓郡主看看還有什麼缺的。」紅蓮兒也忍笑，這等小事，用得著這樣鄭重其事地商量？分明就是不便來這院子裡才找的藉口。

「哦。」九月想了想，點頭。「他在哪兒？」

「在主院書房。」紅蓮兒應道。「我帶郡主過去，八小姐也準備準備，一會兒該出門了。」一句話就把祈喜給撇下了。

青浣、藍浣見狀，也識趣地留下陪祈喜。

紅蓮兒領著九月穿過遊廊，七轉八轉的到了一處院子前，她便停下來，笑看著九月。

「郡主，少主就在裡面，請。」

九月看看她。「妳不進去？」

「少主的院子，下人們不能隨意進入的。」紅蓮兒眨眨眼，朝她福身退了出去。

紅蓮兒退下後，偌大的院子竟沒有一個人出現，九月順著路往前，剛走到院子中間，也不知道從哪兒吹來的風，花瓣漫天風舞落向她的所在。

九月驚訝地抬頭，順著風向，她看到右邊屋頂上趴著兩個人，正使勁搧著風，她忍不住失笑，這種爛招式，只怕又是康俊瑭那個狗頭軍師才想得出來的，也不想想那搧風的人累不累。

不過，這是遊春的心意。

帶著微笑，九月緩步到了簷下，她看到門上插著一朵花，正要伸手推開，眼角餘光又瞟到不遠處還有一朵，她頓了頓，左右瞧了瞧，發現只有左邊有，於是她把花收起來。順著路一朵一朵的收，一朵一朵的數，直到一間屋子門前，她手裡已經收足了四十朵。

若是玫瑰，這個數的花語是「至死不渝的愛情」，只是不知道，康俊瑭真的懂嗎？九月忍著笑，伸手推開門。

這兒果然是書房，紅蓮兒沒有騙她，不過見過這麼花俏的書房嗎？到處是花，地上還排了字……

九兒，嫁給我！外面還有一顆心。

這足以證明是康俊瑭的爛招了。

遊春有些侷促地站在書桌前，凝望著她，看得出他有些緊張，好一會兒才開口說道：「九兒，嫁給我，好嗎？」

九月瞪著他，突然之間忍不住笑意，用花朵擋住自己的臉，笑出聲來。

遊春有些尷尬，瞇著眼睛看她，不過到底沒捨得說她，只挫敗地嘀咕道：「我就知道那小子不靠譜。」

九月忍著笑，走上前，直視著他的眼睛說道：「子端，比起這些，你昨日抱進門時說的那番話，更讓我感動。」

遊春不好意思地看著她。「我以為妳不高興了，才……」

「才想著讓康俊瑭那狗頭軍師出這樣的爛招？」九月接過話，睨了他一眼，斂起笑，認真地說道：「你我之間經歷了這麼多，你的心意我懂，我的心意，難道你還不明白嗎？我們之間又何須這些？」

「妳的心意，我自然也懂。」遊春伸手攬過九月，低低說道：「只是，我看妳不高興。」

「我哪有不高興，我只是感動好不好？」九月好笑地捶了他一下，仰頭看著他，朝他揮了揮手裡的花。「知道這是什麼意思嗎？」

「俊瑭說妳們姑娘家都喜歡花。」遊春疑惑地看看花，他哪知道什麼意思。

「我數過了，四十朵。」九月倚在他懷裡，打趣地說道：「如果是四十朵玫瑰的話，就代表至死不渝的愛情，他應該還告訴過你什麼吧？」

「他說……」遊春的臉騰地紅了，康俊瑭自然是說過的，只是那話讓他怎麼說得出口？但想到康俊瑭的話，他又猶豫了一下，暗下決心，無比艱難地開口。「九兒……我……」

「什麼？」九月等著。

「我……」遊春有些狼狽。

「嗯？」九月眨著眼，等著他的話。

第一百六十五章

「我愛妳……」遊春終於說了出來，說完後，心頭一鬆，不過很快他又提起一顆心，不安地看著她，怕被她笑話。

我愛妳……這一句在現代堪稱「氾濫」的告白，九月不是沒聽過，可是這一刻，從遊春嘴裡說出來，依然重重地擊中她的心，她發現自己變得好脆弱，鼻子發酸，心口有種東西似乎要炸開了。

「怎麼了？」遊春看到她的眼睛又紅了，有些慌亂地撫上她的臉，緊張地問道，是他哪裡說錯了嗎？

「沒事。」九月埋首在他胸前，放任這一刻的脆弱。

「妳是不是不想聽這些？那我以後不說了。」遊春不知所措，只好擁著她低聲哄著。

九月只是搖頭，她哪裡不想聽這些了？只是他突然來這麼一句，讓她失控了好不好？她本打算一個人過的，沒想到居然還能遇到他，前世的委屈、今生的期待，都被他這一句給激發出來。

「別哭了，我再不說了，嗯？」遊春嘆了口氣，心裡暗罵康俊瑭那小子，盡出餿主意。

九月一聽，不幹了，她又不是這個意思，當下克制住心情，抬頭瞪著他，帶著些許小女兒嬌氣的語氣嘟囔道：「我又沒說不想聽，只是除了這一句，我最想聽的，還是另外三個字。」

另外三個字？

遊春愣住了，康俊瑭沒說呀。「什麼？」

「那就是，在一起。」九月臉上還掛著淚，卻笑道：「一輩子在一起。」

遊春凝望著她，笑了，這也是他的願望好不好？

當下鐵臂一攬，緊擁她入懷，唇貼著她耳際，清晰而又輕柔地許下承諾。「好，一輩子在一起。」

相擁許久，遊春才鬆開手，溫柔地拭去她的淚，輕聲說道：「不哭了，一會兒還要去見妳二姊呢，這樣讓她們看到，一定會以為我欺負妳。」

「你還擔心這個？」九月笑了。

「自然擔心，她們是妳的姊姊，如果她們不滿意我，妳心裡肯定也不會舒服，我不想妳以後存著心結。」遊春真摯地說道。「我希望妳能沒有任何顧慮地嫁給我。」

真真切切地聽到她的答案，遊春反而不急了，她那麼看重家人，如果他硬是不顧她家人娶她過門，或許她的姊姊們也不會為難他，只是他更期待一家人在一起的時光，不是客客氣氣，而是如同真正的一家人那般融洽，如此她才會真的開心吧？

「嗯。」九月重重地點頭。「我們一起努力。」

兩人相視而笑。

眼看赴宴的時辰快到了，遊春擁著九月出來，外面屋頂的幾人已經不見了，他帶著九月進了正中間的屋子，親手去打了水，擰了布巾給她淨臉敷眼睛。

「看妳，多大了還哭鼻子。」遊春站在一邊取笑她。

「還不是你惹的。」九月自己想想也覺得不好意思，她來到這兒後，小時候也沒落過淚，這會兒都是大人了，卻又哭又笑的，想到這兒，沒好氣地瞪了他一眼。

「是是是。」遊春連連賠禮，笑道：「是為夫錯了，不該惹娘子掉金豆子。」

九月沒想到他居然也有這樣逗趣的時候，不由笑罵不已。

「走了，外公他們怕是等急了。」遊春看她洗好，把布巾放回去，拉著九月就要走。

「你不換件衣服嗎？」九月不動，反手拉著他，指了指他的衣襟，那上面還有她的淚痕呢。

遊春低頭一瞧，笑了。「那妳等我一會兒。」

「嗯，我到院子裡等。」九月點頭，揮著手出了門。

遊春動作很快，再出來時已經換上一件藏青色隱繡竹紋的錦袍，髮冠也重新梳過了。

兩人攜手出門來到前廳，郭老、祈豐年他們果然等著，看到他們出來，目光在他們互握的手上停了停，便不約而同地轉開。

車早已備好，禮物也都送上了車，當下，九月也不耽擱，鑽進車廂。

遊春說的這家聚饈樓是清溪縣裡最好的一家酒樓，是他和齊孟冬、康俊瑭三人與一位富商合開的，占的分額並不多，卻也是收入可觀。中午他要設宴，自然是得到了關照，留下了最豪華的頂樓。

康俊瑭沒有來，齊孟冬也有事要處理，所以遊春便不能單獨陪著九月，而是走在前面，引著郭老等人往四樓走去。

四樓上，倒不像是座酒樓，布置雅致，簡潔大方，夏季時，兩邊窗戶全開，垂下薄紗重重，是清溪縣裡才子才女們結詩社的最愛。

「這兒倒是不錯。」郭老到了樓上，滿意地讚了一句。

此時，屋裡燃起火盆，卻看不到火盆的影子，只有靠牆的案几上擺著香爐，一縷檀香裊裊而燃，一屋子淡淡的香味。

九月卻皺了皺眉，她不喜歡在密閉的空間點香，這味道太悶了。

「把窗打開透透氣吧。」遊春沒有錯過她的一絲表情變化，只一轉眼便明白了，吩咐跟著上來照應的侍從去開窗。

那邊角落開了一扇，果然，屋裡就舒服許多。

「二姊什麼時候才到呀？」祈喜坐不住，站到樓梯那兒張望了一番。

「應該快了。」九月走過去，今天來的只有他們自家人，連青浣和藍浣也被留在家裡，這也是九月的一點小心思，顧及了祈願的面子。

遊春替郭老和祈豐年斟上茶，轉頭朝那侍從問了一句。「陳府的陳老爺可到了？」

「已經到了有一會兒，正在二樓雅間候著。」侍從躬身回道。

「有請。」遊春點點頭。

侍從正要退下，九月自告奮勇。「我去找二姊。」

「我也去。」祈喜早想給祈願一個驚喜了，見九月這樣說，忙跟在後面。

九月和祈喜跟著侍從到了二樓左邊的第一間雅間前，便聽到祈願的聲音。「老爺，要不，派人去看看？」

「不用了，再等等吧。」

男人的聲音有些滄桑，倒也不算很蒼老，反而帶著磁性。「遊公子鮮少來清溪縣，此番來了就給我們下帖子，怕是有什麼事吧，再等等，無妨的。」

「老爺，遊公子與我們家也沒什麼來往，他為什麼讓我們一家人都來赴宴，這中間會不會有什麼誤會？」

另一個溫婉的女聲柔柔順順的，帶著疑惑。

九月聽到這兒，就知道祈願並沒有把遊春和她的關係告訴陳家。

「老爺，這位遊公子的名字是不是叫遊春？」祈願此時才猶豫著問道。

「確實是。」男人驚訝地問。「妳怎麼知道？」

「老爺可還記得妾身上次回來跟您說過遇到康公子的事？」祈願說話也是輕聲細語的。「那次妾身便是陪九月一起去赴宴，康公子與另兩位公子在一起，其中一人便是遊公子，另一人姓齊，叫齊孟冬。」

「哦，難道九月與遊公子相識？」男人更驚訝了。

九月和祈喜對望了一眼，示意侍從敲門。

那侍從雖然奇怪她們之前為什麼不敲門，不過做他們這一行的，有時候不該聽的時候就該眼觀鼻、鼻觀心，所以直到這會兒，他才上前敲門。「陳老爺，遊公子有請。」

門應聲而開，開門的是祈願。

「二姊。」九月和祈喜齊齊喊道。

祈願愣住了，緊接著驚喜地喊道：「八喜、九月，妳們怎麼在這兒？」

「我們從京都坐船回家，康公子說妳就在清溪縣，外公就想著來看看妳，所以就在這兒了。」九月看到祈願後面的兩人也站了起來，便福了福身。「陳老爺、陳夫人。」

她看到了，這陳老爺並不是她想像的那樣糟糕，沒有肥頭大耳，也沒有大腹便便，反倒是長相清雅，身形頎長，只除了兩鬢斑白之外，保養得還算不錯，看來年輕的時候應該也算是一位俊逸人物。

再看那邊上的婦人，身姿豐潤的，穿著簡簡單單的羅衫，頭上也沒有多餘的飾品，除了一支碧玉簪，便是一條抹額，眉宇間平靜溫和，眼神也清澈，也不是什麼惡毒之人。

九月對他們的第一印象極好。

「草民見過郡主。」陳老爺是什麼人物，聽到祈願的稱呼，就知道其中一位是郡主了，雖然他是祈願的丈夫，卻也只是個商賈罷了，陳夫人也跟著盈盈下拜，徐娘半老，卻風韻猶存。

「陳老爺、陳夫人客氣了。」九月就是不喊二姊夫，事實上，她也不知道喊了二姊夫之後，該怎麼稱呼陳夫人。

祈願已經讓到一邊，目光隱隱有些濕潤，她現在已經隱約明白了，這一次是九月在幫她。

先是通過遊春讓康家與陳家做成了那筆大生意，後又有福袋護佑她的兩個兒子，無論從生意上還是子嗣上，她對陳家都是功不可沒，地位已然牢不可破。

如今又因為九月尋到了外公，憑著外公的顯赫身分，她被賜為縣主。

要知道，像她這樣成了妾室的人，許多大戶人家只怕都會選擇無視，哪會為她這樣的人出頭，可是她沒有被拋棄，還和姊妹們一樣得到封賞，記得那天縣令大人領著傳旨公公來到陳家，陳家上上下下那是什麼樣的反應。

老爺的驚喜，那些妾們的羨慕、震驚、驚惶，還有夫人的主動退讓，讓她瞬間站到陳家的頂端，她的孩子不再是庶子，而是縣主的兒子，將來也將是陳家的嫡子。

「勞幾位久候了。」九月笑盈盈地讓到一邊。「樓上請。」

「二姊，外公和爹都在樓上等著呢。」祈喜卻沒有多客套，她直接到了祈願身邊，十分高興地勾著她的手臂。

「爹也在？」祈願驚訝地問，她沒發現，她這一聲爹喊得有多自然。

「是呀，之前爹跟著遊公子上京去了，結果九月被傳了聖旨去京都，又遇到他們，總之發生了好多妳不知道的事呢，一會兒我慢慢告訴妳。」祈喜開心地挽著祈願，在這些姊姊裡，日子最難的就是二姊，現在她也有好日子過了。

祈願看了看她的髮型，點點頭，看來，真的有很多事情是她不知道的。

「老爺，既是妹妹的家宴，我就不去了吧。」陳夫人輕輕地扯了扯陳老爺的衣袖，低聲說道。

「陳夫人，一家人不必這樣見外。」九月在邊上聽得清楚，忙客氣道。無論祈願成不成得了正妻，這位陳夫人都得罪不得，對祈願而言，陳夫人將是一大助力，將來能不能過好的關鍵。

「姊姊，一起吧。」祈願也忙挽留。

「那就一起吧。」陳老爺含笑點頭。

陳夫人這才安心留下。

一行人一起到了樓上，又是一番見禮。

輪到祈豐年時，他不由一陣尷尬，試想，自己的女婿和他差不多年紀，這……同時他又是一陣懊悔，當年，正是因為他，才把祈願送到了這樣的人家。

「爹。」祈願上前喊了一句，眼角有些微潤。

「欸。」祈豐年點點頭，安靜地坐在郭老身邊。

陳老爺礙於王爺的威名，也不敢多說什麼，場面陷入一時的尷尬中。

「上菜吧。」遊春朝侍從打了個手勢，轉頭看著陳老爺打起了圓場。「陳老爺最近生意可好？」

「好，多虧了遊公子提攜。」陳老爺總算尋到話題，和遊春談起生意的事，郭老時不時地插上兩句，一時倒緩和許多。

而那邊，九月顧著陳夫人的感受，便一直陪著她說話，祈願則被祈喜拉著說個不停。陳夫人談吐極文雅，溫溫柔柔，很快就和九月熟識起來，兩人也頗投緣。在言語中，陳夫人也隱晦地提了自願降為平妻的事，九月對此笑而不語。

沒一會兒，菜上來了，氣氛也熱絡起來，自然而然地談到祈願的事。

「外公、爹，這件事我有想法。」祈願看了看陳老爺和陳夫人，站了起來，低頭對著郭老和祈豐年說道：「老爺和夫人本是結髮夫妻，夫人心善，因我受封縣主而退至平妻位，我這心裡卻總覺不安。我本是妾，大康過去也沒有妾扶正室的先例，更何況……」祈願說不下去了，她是真的不安，夫人待她不薄，可是因為這樣退下去，以後她在清溪縣只怕要被人戳脊梁骨了。

祈豐年聽到這話，再一次抑鬱了，這些事都是他惹出來的啊，苦了這孩子，如今成了縣主，也一樣擺脫不了妾的身分。

「大康律例中，確實沒有妾扶正室之例，不過我天家兒女，也不能予人為妾。」郭老淡淡開口。「陳夫人年長，入門在先，又是結髮原配，自沒有退為平妻的道理。祈願為妾，為陳府添了兩位麟兒，也算是有所作為，如今又被皇上賜為縣主，雖無封地，好歹也是我天家後人，依本王之意，陳家當擇日送上聘禮，迎娶為平妻吧。」

「王爺英明。」陳老爺倒是無所謂，反正兩個都是妻，誰大誰小也沒有關係。

陳夫人卻是激動了，忙起身向郭老行禮道謝，說起來，哪個正室願意自降身分的？

郭老又對祈願叮囑道：「祈願，以後要好好相夫教子，照顧姊姊。」

祈願得了這個結果，心裡也是滿意，臉上的笑意也濃了幾分。

「我們在縣裡只待三天，你看，何日比較方便？」郭老問陳老爺。既然來了，總得給這個外孫女料理好所有事情才好回去。

「稟王爺，原就選在三日後的日子，您看，您多留幾日可好？」陳老爺聽到他發問，站起來躬身回答。

「也罷，那就多留幾日。」郭老點頭，想了想又說道：「你的年紀雖然和本王這女婿差不了多少，可你娶了本王的外孫女，本王這外公，想必也是做得的，你不用這樣拘束，隨意些就好。」

「是，外公。」陳老爺倒是從善如流。

只是，他這一聲卻讓九月一陣雞皮疙瘩，心裡多少為祈願感到難過。她尚且如此，更別提祈豐年了，此時此刻，他的懊悔、自責、無奈已經揪成一團，奈何這已是事實，再後悔也是沒有用了。

談妥了事情，酒席也差不多了，郭老準備回府，祈願想了想，向陳老爺和陳夫人致了歉，決定隨九月她們一起住幾天。陳老爺夫妻自然滿口答應，並稱第二天會把兩個孩子送來見見曾外祖。

遊春早已安排好馬車，送郭老等人上了馬車，陳老爺和陳夫人才坐車回去。

路上，九月看著祈願，心裡百感交集。

「九月，快說說妳在京都的事，這外面可是傳遍了，說妳是真福女下凡呢，妳祈雨真的成功了？」祈願和祈巧是知道那寶鼎和佛像畫的，因此，她才驚疑不已。

「噓，回去再說。」九月微微一笑，故作神秘。同時她打量著祈願的臉色，見祈願確實挺高興的，這才轉移注意力。

「九月，我也想知道呢。」祈喜這才想起自己這段日子天天和九月一起，居然也把這麼神奇的事忘記了，不由遺憾。

「好，回去以後，把妳們想知道的都說給妳們聽。」倒不是九月想賣關子，而是這會兒在外面，說這些事多少不大安全。皇帝需要一個福女，她不能在外面露了破綻。

祈願和祈喜這才點頭，轉而又說起了祈喜的事。得知祈喜這樣嫁進水家，祈願柳眉倒豎，把祈喜一頓好罵，直到九月解圍說了水宏立功求旨的事，祈願才算緩了臉色。

九月無奈地摸摸鼻子，對祈喜眨眨眼，這位二姊啊太有氣勢了，比大姊更像大姊。

「不行，等事情了了，我要跟你們一起回一趟大祈村。」祈願的性子也急，這些年能熬下來也真難為她了。

「妳府裡沒事嗎？」九月反問道。「好歹也是二夫人新任，能隨意離開？」

「也是……」祈願頓時息了氣勢，嘆氣。

「這次回去，水宏和八姊的親事肯定要重新辦的，妳到時候帶上孩子一起來唄。」九月這才微笑著解了祈願的眉頭。

「八喜快了，那妳呢？」祈願把矛頭轉向九月，今晚遊春的表現還有之前的種種，想來也是好事近了吧？

「我什麼？」九月裝傻。

「妳和遊公子的親事。」祈願瞪著她。「別裝傻，以前我是覺得他門檻太高，如今妳貴為福德郡主，門當戶對，這親也配得。」

「妳可別在他面前說什麼門檻太高。」九月一想起這個就想笑。

「為什麼？」祈願哪裡知曉原因，不由迷糊。

「因為九月之前說過一樣的話，結果呀，到了新宅子，他直接把九月抱進門了，當著那麼多人的面！二姊，妳都不知道，九月那時候的臉喔，跟紅布似的。」祈喜逮著機會把九月和遊春的事說給祈願聽。

「他待妳這樣真，我倒是放心了。」祈願聽完，滿意地點點頭，居然在遊春不知情的情況下，就給他輕輕鬆鬆地過了一關。

第一百六十六章

這一晚，姊妹三人擠在一起敘了大半夜的舊，次日起來時，已日上三竿，陳孝文和陳孝武已經由陳老爺領著過府來了，九月等人到前院的時候，兩小子正由郭老考校功課。

比起九月初見時，兩小子的氣色精神都好了許多。

兩小子也爭氣，並沒有因是陳家的唯二男丁就被養得驕縱，此時面對郭老的問話，思維敏捷，態度謙恭有禮。

郭老讚賞不已。

祈願看到兩個兒子時，也是滿眼的笑意。

「娘。」陳孝文和陳孝武沒有跑過來，而是對著祈願行禮，接著又看到祈喜和九月，兩小子居然還記得，對著她們就是有板有眼的一揖到地。「八姨、九姨。」

「阿文、阿武，又精神了。」祈喜笑著上前打量兩人，伸手想拉兩人，豈料陳孝文、陳孝武齊齊後退一步，把祈喜弄得莫名其妙。「你們兩個退啥？八姨又不是老虎。」

「八姨，男女授受不親。」陳孝文很認真地對祈喜行禮。

一句話逗翻一群人，連郭老都忍不住大笑出來。

「嘿，我是你八姨。」祈喜瞪著眼睛，又是好笑又是好氣。

「說得也對，男女七歲不同席，人家都十一歲、十歲了。」九月站在祈喜後面笑著打趣道。

正巧，遊春處理完事情過來，朝郭老幾人行禮後就站到她身邊，看到她耳際垂下碎髮，想也沒想就抬手撫了上去，替她勾至耳後，九月卻回頭衝他笑了笑，眨著眼說道：「男女授受不親喔，阿文說的。」

遊春一愣，隨即啞然失笑，一巴掌輕飄飄地落在她後腦勺上，撫著她的髮，坦然地當著眾人面回了一句。「夫妻不在此列。」

「喂！」九月瞪了他一眼，他們還不是夫妻呢，說得這樣理直氣壯的……

「阿文、阿武已是知理的年紀，讓他們明白這些道理也是應該的。」郭老也是見慣了遊春和九月之間的相處，一點也沒放在心上。

倒是陳老爺多看了幾眼，接著若有所思地看看祈願。他想，兒子們的福袋、祈願的變化以及突然落到陳府頭上的大生意，恐怕是因為九月。

祈願注意到陳老爺的關注，她回頭嫣然一笑，什麼也沒說，陳老爺便知道她的意思，相視而笑，兩人多年來的默契在這一笑中展現。

祈豐年看在眼裡，心頭才略略好過些，雖然女婿老了些，好歹對祈願也不是無心的，看到這個女兒過得好，他心裡的愧疚才能減輕些。

陳老爺陪著說了一會兒話，便向郭老等人告辭，大後日便是他和祈願的喜慶日子，他還有很多事情要去準備。

「阿願，孩子先跟著妳，明日我讓人送聘禮過來。」臨走前，陳老爺交代一番。

他們之間連兒子也有了，如今不過是重新辦個扶為平妻的婚禮，許多事情自然一切從簡，所以商定明日送聘禮，大後日花轎上門。

遊春送了陳老爺出去，順便聯絡感情去了。

祈願帶著孝文、孝武陪著郭老說話。

祈豐年則把九月叫到了一邊。

「爹，怎麼了？」九月一直留意祈豐年的表情，她知道看到陳老爺後，祈豐年一直就處於某種糾結中，這也難怪，她都糾結了，更何況親手造成這一切的祈豐年？

「九月，我那些皇上賞賜的東西能不能拿出去當了？」祈豐年猶豫著問，他發現自己是這個家中最窮的一個，如今連祈喜都有了自己的封賞和鋪子，而他得的那些，卻只是皇帝念他為遊家守了這麼久的秘密，才賞的綾羅綢緞、金銀珠寶。

「爹，您為什麼要當那些？」九月驚訝地看著他。

「我……」祈豐年有些難以啟齒，可是除了九月，他也沒別的人可以說，猶豫了一下，還是低聲相告。「我想當些錢，給妳二姊辦嫁妝……」說到這兒，祈豐年的眸微微發紅，當年祈願只是妾，得的那點銀子都已經被祈老太拿去了，連件像樣衣裳也沒給祈願帶去。如今既然有機會重辦婚禮，作為父親，總不能再像以前那樣糊塗，什麼也不給吧？可是他除了家裡那房子，也就剩下皇帝賞的了。

九月啞然，她明白祈豐年的意思了，自己幾個姊妹都有了鋪子，皇帝如今又封賞姊姊們為縣主，賜下的東西也是無數，可是原本應該是郡馬的祈豐年卻被人遺忘了，唯一的還是因遊家一案得來的誠信之名。

「爹，我也不知道這些能不能當，我一會兒找子端問問吧。」九月決定大不了一會兒找遊春想辦法。

「那些皇上賞的東西，能不能拿去典當？」九月找到遊春，虛心求教。

「那是皇上賞的，妳拿去當了，罪犯欺君。」遊春驚訝地看著她。「妳缺銀子與我說就是了，冒那個險做什麼？」

「不是我啦，是我爹問我。」九月嘆了口氣，把祈豐年的為難細細解釋一番。

「我上京前把所有名下的財產都分派給別人了，這會兒也充不了這個土財主，你幫我想想辦法唄。」

「充不了土財主是真的。」遊春煞有介事地點頭，看著她笑道：「但妳別忘了妳還是個地主婆呀。」

「什麼地主婆……」九月瞟了他一眼，她哪來的地？

「喏。」遊春伸手拍拍桌上的帳本。「妳忘記咱們家還有這些了嗎？」

「那是你的。」九月撇嘴。「我們還沒成親呢，就這樣拿你的鋪子做人情，我不得被人笑話死呀。」

「那我們今晚就成親，然後妳明天就有鋪子送了。」遊春朝她眨眼。

「呿，想得美！」九月臉一紅，沒好氣地踢了他一腳，換來他愉悅的笑聲，她不由氣惱。「跟你說正經事呢，不許笑。」

「好好好。」遊春給面子的忍住笑，總算不再逗她，伸手在一堆帳本裡翻了翻，抽出其中一本放到九月面前。

「妳二姊在清溪縣有個香燭鋪子，賣的都是從妳那兒進來的貨，只不過她沒有買下那鋪子，只是租用，喏，就是這間，一會兒我讓齊管事把地契房契改成妳二姊的名字。另外，她在康鎮的祈福巷不是有間鋪子嗎？兩間鋪子，再加上皇上賞的綾羅綢緞、幾套頭面、家具之類的，妳之前不是給妳八姊買了一套嫁妝桶嗎？如今也該一視同仁，給妳二姊也置一套吧？」

三言兩語，就解決了祈願的嫁妝問題。

「這你也知道……」九月古怪地看看他。

「妳什麼事我不知道？」遊春一笑，接得順口。

「真不公平。」九月白了他一眼，繼續煩惱嫁妝的問題。「我才發現自己這麼窮，二姊的事辦完以後，馬上就是八姊的嫁妝，爹又得操心了。」實際上是她操心了。

「嗯，這些都沒關係，按著這法子辦就行。」遊春卻根本沒把這當回事，手指叩了叩那帳本，頗有深意地看著她。「至於妳的嫁妝……就不用了。」

「小看我？」九月站了起來。「我的嫁妝我自己攢，什麼時候攢夠了，什麼時候嫁。」

遊春失笑應道：「好。」

其實，他哪裡會在乎她有沒有嫁妝，他要的是她這個人，又不是她的嫁妝。再者，他連自己的聘禮單子都訂好了，當初與她說的十里紅妝可不是胡謅的，她如今便是日夜拚命賺錢攢嫁妝，又如何能與他這麼多年的積蓄相比？

不過，這些不需要此時與她說，省得她又要用攢嫁妝當藉口來拖長婚期。

有了遊春的指點，九月立即去找祈豐年，父女倆一番商量，吃了午飯就去了暫存行李的屋子，這些東西都是遊春派人安置的，每個箱子上都有名字，郭老的、祈豐年的、九月的、祈喜的、水宏的都在一個屋裡擺放著，還另派了專人看管。

費了半天的工夫，終於挑出他們覺得合適的禮品，最後又請教府裡的老管家，才算把嫁妝定了下來。

第二日，陳府請了官媒送來聘禮。

據說，這些聘禮全是陳夫人親自操辦的，仿著當初她嫁入陳府時多加了三成，這也算是陳夫人的示好了。

祈願迴避在屋裡，九月被祈喜拉著出去看熱鬧。

陳府的管家正在唱著聘禮單，郭老和祈豐年穩坐大廳，遊春和水宏陪著，讓老管家代為接禮，官媒也在廳中對著祈豐年說著吉祥話。

黃金百兩、一擔喜餅、八式海味、一對公雞母雞、五斤雙開肉，一對足有六、七斤的活魚、四罈酒……

林林總總的足足裝了十六擔，放在紅紅的箱子裡，一箱一箱的打開，倒也挺喜慶。

祈喜咋舌，在九月身邊輕聲說道：「這麼多……」九月也驚訝得很，這麼多奇奇怪怪的東西……

她留意到，有個箱子裡還擺著梳子、鏡子、尺子、秤、壓錢箱、斗、剪刀、算盤，這個被單獨放到一邊。

接著祈喜便把祈願帶出來，祈願接了那箱子，管家也不敢多耽擱，把聘禮交接好，帶了祈家等人準備的回禮，領著媒婆匆匆走了，他還得回去把這事告訴老爺、夫人呢。

第一百六十七章

到了迎親這天，一家人都早早起來了。

管家早已請了全福婦人過來給祈願梳妝打扮，院子裡，嫁妝也齊全了，一律都蓋上了紅布，遊春為了給祈家撐場面，抽了府中最壯實的家丁，一個個打扮得俐落精神，換上嶄新的衣衫，清一色的紅，看著很是喜慶。

九月和祈喜也換上新衣，都是遊春直接從名下成衣鋪子裡取來的，一淺紫、一淺藍，除此還有全套的玉飾頭面。

青浣今天跟著九月，藍浣則跟著祈喜。替九月梳了髮、簪上玉飾，青浣不由讚了一句。「真好看。」

「今兒我又不是主角，弄這麼麻煩做什麼？」九月還算滿意地看著銅鏡中模糊的人影，伸手扶了扶頭上的步搖，紫玉可是稀罕物呀。

「王爺和祈爺今天是男席的貴客，郡主是女眷席的貴客，是以郡主身分出席的，哪能不打扮打扮？」青浣最知道她散漫，聞言忙勸道：「今天好多人衝著郡主去的，郡主理當打扮漂漂亮亮的，讓他們也見識見識我們郡主的氣度。」

九月撇嘴，沒再折騰，帶上自己給祈願添妝的東西去了祈願那邊，祈喜已經到了。

沒多久陳家迎親的隊伍就到了，祈願也蓋上蓋頭，等著媒婆進來催嫁。

等到祈願拜別郭老和祈豐年上了花轎，陳老爺居然親自來迎親，穿著紅紅的新郎裝，騎著高頭大馬，若不是髮鬚已染了白霜，那模樣倒也是上等之姿。

迎親隊伍得在縣裡繞行一圈再轉回陳府，而九月等人則隨著郭老和祈豐年先去陳府，遊春和康俊瑭作為陳老爺生意上的伙伴前去赴宴，水宏和祈喜還沒成親，便跟著遊春一起。

齊府離陳家也不遠，穿過幾條街便到了，幾人的轎子落下，在門口迎候的知客便高聲喊起來。「逍遙王爺到！親家老爺到！福德郡主到！八縣主到！」

郭老等人一下轎，門裡門外就嘩啦啦地圍上一圈，走在最前面的就是清溪縣縣令。

「下官拜見王爺、拜見郡主。」縣令一激動，上前就五體投地，他這一來，跟在後面的人也只好如此。

「免禮。」郭老抬抬手，舉步入內。

祈豐年扶著他並肩走了進去。

接著，那知客又是一長串的報名。「遊少到！康少到！齊少到！水公子到……」

「郡主，這邊請。」郭老他們去了大堂，九月和祈喜則被陳夫人親自引往內院，一進去，就看到滿院的女眷，珠光寶氣、環肥燕瘦、花花綠綠……呃，總之，險些晃瞎了她的眼。

所幸，很快便有人來報花轎已到門前，九月才從無趣的閒聊中解脫，在陳夫人的陪同下前往大廳觀禮。

陳府已經沒有老人，所以高堂上便坐了郭老和祈豐年，那些小姐們當然也不能這樣出去，便躲在屏風後面觀禮，眾夫人倒是沒顧忌，簇擁著九月和祈喜站在一邊看一對「新人」拜堂。

拜完堂，陳老爺當眾挑了蓋頭，畢竟祈願也不是真的新人，所以也不用一律照著古禮，接著便是祈願給陳家人敬茶，陳老爺則給郭老和祈豐年敬茶。

祈願端著茶到了陳夫人面前，拜了下去，清脆地喊了一聲。「姊姊請用茶。」

陳夫人做足了賢慧的姿態，順順利利地過了這一關。

接著，披紅戴綠的陳孝文和陳孝武被人領進來，兩人也是一人一杯茶，捧到陳夫人面前，齊齊跪下喊道：「母親請用茶。」

陳夫人有些驚訝，一抬頭就看到祈願在一旁微笑，她不由眼角微潤，心情複雜地接了這茶，一杯抿了一口，還給了兩個孩子一人一個紅包。

陳孝文和陳孝武道謝接下，又轉向祈願，一樣一人一杯茶，卻是稱呼變了。

「娘，請用茶。」

兩個孩子倒是分得清，同時，也讓在場的人笑了，一聲母親、一聲娘，同這場婚宴一樣宣告了祈願在陳府的新身分，同時也告訴大家，陳夫人不會因此下堂去。

儀式過後，便是喜宴，祈願被送進新房，賓客們前往宴席。

女眷們被安排在內院，排了二十桌。

無奈的是，這些女眷們大多數是商戶人家，而李夫人是縣令夫人，這排來排去，能與九月同席的也就她家兩人。

菜上來後，那縣令夫人幾乎是甩開肩膀似的吃，母女倆都是如此，初時還是礙於九月在場收斂些，到了後來，看到上來一道菜，就把筷子伸出去，扒拉到自己的碟子裡後，就唏哩呼嚕地開吃，有空沒空還咂著嘴。

便是祈喜的舉止，也比這兩人強不少。

九月頓時沒了食慾，祈喜也停了筷，只抿著面前的酒，微笑看著兩人表演。

青浣和藍浣兩人有些受不了，此時已經不忍直視，微垂了頭忍笑忍得痛苦。倒是紅蓮兒，她始終看得津津有味。

「郡主。」酒席進行到一半，一個丫鬟匆匆進來，在陳夫人耳邊低語幾句，陳夫人來到九月身邊，輕聲說道：「王爺要回去了，派人來問郡主可要一起？」

看到李氏母女如此，陳夫人自己也是頻頻皺眉，更別說九月幾人了，當下也不敢挽留她們。

「回去吧，有些倦了。」九月順勢站起來，祈喜緊跟在後面。

「唔——郡……主……要走了？」縣令夫人嘴裡還塞著菜，看到九月站起來，也站了起來，含含糊糊地問。

九月微笑著頷首，沒有回答就帶著祈喜等人離開。

到了外面，風一吹，方才空腹喝下去的那點酒倒是來了後勁，九月的腳步微有些飄飄然起來。

紅蓮兒看得清楚，上前一步扶住九月的手臂。

九月回頭，朝她笑了笑，安然地把重心倚了一半在紅蓮兒身上。

這會兒，天色已然有些昏暗，九月等人到了外面，郭老和祈豐年已經坐到轎中，遊春和康俊瑭站在外面等著，留下齊孟冬仍在這兒應酬。

「怎麼了？」遊春只瞧了一眼，就看出九月的不對勁，忙上前扶了一把。

「沒吃東西，光喝酒了。」紅蓮兒努努嘴，把九月交到遊春手中。

「嗯？」遊春不贊同地低頭看著九月，只不過這會兒外人太多，他也不好多說，只得把九月送回轎子裡。

人到齊，轎子便緩緩抬起來，在陳老爺和眾人的相送下離開。

回到齊府中，郭老有些微醉，便回去休息了。水宏也是滿臉通紅，顯然喝高了，祈喜見狀，自去照顧水宏，紅蓮兒則直接找康俊瑭去了。青浣、藍浣下去給九月和祈喜準備吃食，於是，最後便只剩下遊春和九月。

看著九月微微有些紅的臉以及飄飄然的腳步，遊春皺了皺眉，直接抱起她。

九月盯著他看了一會兒，帶著笑柔柔地倚進他懷裡，手勾上他的頸，無限感慨地說道：「唉，吃喜酒什麼的最無聊了，都吃不飽，餓得我肚子都快扁了，還不如在家煮陽春麵呢，你煮的特別好吃。」

「還想吃嗎？」遊春默默地聽著，他也想到那時在草屋的情形，唇邊帶著一絲笑意。

「想。」九月柔柔地看著他，無限懷念那段雖然「見不得人」卻讓他們相依相偎的日子，那樣的平凡，卻那樣地打動她的心。

「那我去做給妳吃。」遊春輕笑，把她送進房間，放在榻上。「妳且歇會兒，就來。」

「嗯。」九月點頭，雖然微醺，不過精神還是極好。

遊春快步離開，沒一會兒，青浣便獨自回來了，看著九月一臉古怪。「郡主，公子居然下廚呢，還把我們都給遣了出來。」

九月笑了笑。「幫我打些熱水來，我想洗洗。」

「是。」青浣應了一聲，退了下去，平時為了方便，這院子裡也是有小爐備著的，小廝每日早晚都會把水送來熱著，這會兒也不知道來了沒。

還沒等青浣提熱水回來，遊春便端著兩碗熱騰騰的陽春麵回來了。

「好香。」九月坐了一會兒，感覺稍稍舒服了些，聞到香味便出了內屋。

「來。」遊春如以前那樣，擺好碗，遞過了筷子。

熱氣裊裊間，九月一下子失去了言語。

她知道，這不是她的前世。在這個時代，講的是君子遠庖廚，方才看青浣的反應就知道了。而且這兒也不是她的草屋，這兒是遊春的宅邸，下人如雲，想來這些年在他們面前，他一貫都是高高在上的，可是因為她的一句「想」，他卻毫不猶豫地去了廚房。

清湯、細麵、幾片青菜、兩顆荷包蛋……一切依然像草屋那時一樣，熟悉、平淡、感動。

「怎麼了？」遊春見她默不作聲地低頭挑著麵條，卻沒有馬上吃，不由納悶了。

「沒啊。」九月收拾心情，抬頭笑了笑。「只是想起以前了。」

「妳想吃，以後天天給妳做。」遊春也不提那些疑惑。「只怕妳會吃膩了。」

「別，被你那些屬下們知道了，還不知道會怎麼說我呢？」九月搖頭。「君子遠庖廚。」

「既如此，這君子不當也罷。」況且他從來不是什麼君子，遊春失笑，催促道：「快些趁熱吃吧，當心餓壞了身子。」

青浣回來的時候，就看到九月和遊春兩人時不時相視而笑地吃著麵條，她忙停下腳步，重新退到門外。

祈願回門的日子，陳老爺親自陪祈願帶著兩個兒子回來了，磕頭敬茶聯絡感情，他把自己定位在女婿的位置，所以面對祈豐年時，居然毫無尷尬之情，和遊春、水宏兩人更是稱兄道弟很是熱絡。

一日的熱鬧很快過去，送走了祈願一家人，九月等人也開始收拾，準備回大祈村。

次日一早，齊府門外就等了兩撥馬車。

「怎麼這麼多車？」九月奇怪地問，那天挑嫁妝的時候，她已經數過箱子，頂多三車就能裝下，如今又去掉給祈願的嫁妝，餘下的箱子再加上他們這些人，也就五、六車足矣，這會兒卻是停了二十幾輛，分作兩撥等著。

「我們得回昭縣了。」康俊瑭拉著紅蓮兒從後面出來，笑嘻嘻地對著九月說道。

「回去了啊？」九月毫不意外，天下無不散的筵席，分分合合總是很正常的事。「蓮兒姊姊，他長得這麼妖孽，妳可得看緊些……」

「喂喂喂，差不多行了。」康俊瑭聽到這兒忙搶著打斷九月的話，一臉哀怨。「妳不能這樣，好歹我也幫過妳、好歹我爺爺也是王爺的好兄弟、好歹我和遊少也是生死交情……」

「行了，還不快滾。」遊春在後面直接踹了他一腳，笑罵道：「再不滾，我把紅蓮兒派別處去了。」

「呃……」康俊瑭頓時噎住了，飛快地把紅蓮兒拉到身後，瞪著遊春。「讓我幫忙的時候那麼好說話，現在用不到了就過河拆橋。」

「滾不滾？」遊春挑眉。

「滾就滾。」康俊瑭翻了個大大的白眼，拉著紅蓮兒到了馬車前，才伸著脖子對遊春說道：「好日子定下別忘記送信，要不然我的禮金你就別想收著了。」

遊春隨意地揮揮手，看著他們的馬車先行離開。

這邊也準備妥當，郭老和祈豐年一輛車，水宏要求騎馬，九月和祈喜還有青浣、藍浣一起。行李裝了三輛車，黃錦元被派出去，其他幾個侍衛倒是都回來了，遊春又點了二十名功夫了得的精壯漢子，這後面的路還得走四天，他們車上都是皇帝賞賜的貴重物品，這一路也大意不得。

除此，遊春還派出人打前哨開路，白天緩行，晚上宿於小鎮，隨從們分作兩撥，也不卸下車上東西，夜裡就輪流守在馬車旁，路上倒也安安穩穩，無驚無險。

三天後，他們已經來到康鎮附近的雲臺鎮，如之前一樣，打前哨的人已經把食宿都安排好了。

馬車在雲臺鎮的悅和客棧停下，九月和祈喜幾人陸續下車，和郭老幾人會合，馬車自有人去安排。

「公子，三樓已全部包下。」打前哨的隨從過來向遊春回報。「熱水和晚飯也已在準備中。」

「好。」遊春點頭，正要請郭老先行，便見邊上竄出一個人影，速度極快地到了九月身邊。

「祈姑娘。」那人站在九月面前，驚喜地喊。

九月嚇了一跳，拉著祈喜幾人後退幾步，才看清來者居然是楊甫，不由愣了愣。「是你。」

「祈姑娘，我就知道妳不會忘記我。」楊甫高興極了，笑得眼睛都瞇成一條線，也不管九月要不要聽，便嘰哩呱啦說起來。「能在這兒遇到妳真是太好了，我之前去過妳家幾次，也沒見到妳，後來聽說妳去京都了。沒想到竟然在這兒遇到妳，祈姑娘，妳放心，等我考中狀元，就回來娶妳。」

遊春原本只是打量楊甫，沒想到竟聽到這樣一句，頓時黑了臉，上前一步就擋在九月身前，淡漠地開口。「你是何人？」

楊甫愣了一下，反問道：「你又是何人？」

遊春足足比楊甫高出一個頭，這會兒居高臨下，就像看小孩子似的，把人上上下下打量一番，確認這人不是他的對手後，才放緩語氣。「我是遊春，不知這位小兄弟怎麼稱呼？為何攔著我未婚妻的路？」

「什麼?!」楊甫大驚，也不回答他，看向九月問道：「祈姑娘，這不是真的吧？妳之前說過等我秋闈高中，就……」

遊春的臉又黑了下來，他側頭睨著九月挑眉，用眼神詢問她。

第一百六十八章

「楊三公子，你記錯了吧，那是你自己說的，我從來沒應過。」九月無奈地嘆氣，之前都是遊春犯桃花，這會兒卻輪到她了。

「可是妳沒有反對呀！」楊甫理直氣壯。

「那是你根本沒給我說話的機會啊。」九月瞪著他。「你自己好好想想，你說完就跑了，是不是？」

「可是……」楊甫委屈了，皺著眉、癟著嘴，可憐巴巴地看著九月。

九月生怕他又說出不靠譜的話來，忙搶著說道：「而且你家派人提親，我可是明明白白拒絕的，拒絕在先，你聽懂了沒？」

楊甫沒吭聲，默默看著九月，就好像被遺棄的小狗般。

九月被他打敗了，乾脆不理他，拉著祈喜進門。

郭老等人也笑咪咪地進去，只是個小插曲，他們就沒必要摻和了。

遊春打量楊甫一眼，不動聲色地抬眼看了看剛才來回報的隨從，朝楊甫拋了個眼色，那隨從點頭，立即安排人手去調查這個楊甫的來歷。

「欸……」楊甫見九月進門，有些著急，匆匆地就要跟上，藍浣手一攔，橫上前擋在他前面，卻因為失算沒把握好分寸，兩個人生生地撞上了。

藍浣順勢就蹲了下去，指著楊甫斥道：「哎喲，你這人眼睛長哪兒的？居然敢往我身上撞，你讓我這個姑娘家還怎麼見人呢？」

楊甫被藍浣這一撞，小身板連連退了幾步，待他穩住身子抬頭時，就看到藍浣橫眉指著他，不由愣住了。

九月聽到動靜，停下腳步轉身看了看，看到藍浣蹲下，她有些擔心，正要回轉，便被青浣給攔下來。

「小姐，沒事的。」青浣俏皮地對九月擠擠眼。藍浣看到楊甫一直對九月說那些話時，旁邊有人圍了過來，這才鬧了一齣轉移眾人的注意力罷了，要不然讓人知道她們家郡主被一年輕公子當街攔著質問親事，多難聽呀。

九月看了看青浣，知道她們是故意的，才放下心來，跟著郭老等人上樓去。

「你……」這時楊甫回過神來了，看到九月已經上樓，他不理會藍浣就要進門。

藍浣突然站起來，雙手扠腰，衝著楊甫說道：「呔！撞了人也不會吭一聲呀？還有沒有點……那個道理呀？說你呢，就你這樣無禮的人還想考狀元，你行嗎？」

「明明是妳撞到我！」楊甫皺眉看著藍浣。這會兒九月已經離開了，他只能嘆氣，不過她既然住在這兒，那他也住這兒好了，總有機會看到她的，想著，他又提步要進去。

「我一個姑娘家會沒事往你身上撞？我又不是這兒有病。」藍浣指著自己腦袋，瞪著眼說道。

「懶得理妳。」楊甫也來了氣，抬腿往左。

藍浣便往右，擋在他面前。
楊甫瞪了她一眼，收回腿往右。
偏偏藍浣和他較上了勁，故意往左移去，又堵了他的道。
「妳攔我路幹什麼？」楊甫火氣上來了，這小丫鬟就是故意的！
「誰攔你了？」藍浣啐了一口。「明明是我要出門，你攔我了。」
「你……」楊甫咬牙切齒，瞪著藍浣看了好一會兒，無奈地退到一邊。「好吧，妳先。」
「不好意思，我現在又不想出去了。」藍浣明明就是剛進來的，怎麼可能又出去。
「妳！」楊甫氣極，正要發作，後面匆匆追上兩個家丁，氣喘吁吁地趕到楊甫身後。
「三公子，總算找到你了，快……快跟我們回去吧，管……管家定好客棧了。」
「聽到沒？你家管家喊你回去呢。」藍浣橫著眼看他。「別來打擾我們，就你這樣子，還妄想考上狀元，哼。」
說罷，朝楊甫扮了個鬼臉，快步跑上樓去了。
「喂！」楊甫還待找上藍浣理論，卻被兩個家丁架住雙臂，硬拉著走了。
「九月，那人是怎麼回事？」到了三樓，都是自家人，祈豐年率先便詢問起來。
「那是隔壁村什麼楊老爺家的三公子。」九月如實相告，說到這兒時，她頓了頓，下意識地看看游春，只見他皺著眉，神情淡淡地看著她，心裡不由一抖——這個小氣的男人，是吃醋了呀？沒辦法，她只好多解釋一句。「我直接拒絕了，誰知那人自說自話……這事黃大哥知道的，當時他還把人嚇了一頓呢。」

「下次見到，莫要多理。」祈豐年看看遊春，朝九月叮囑一句。「妳畢竟是姑娘家，大街上被人攔著說這些，不妥。」

「是。」九月點頭。

郭老倒是笑咪咪的沒說什麼，祈豐年也沒有繼續說，幾人各自回房，很默契地只剩遊春和九月兩人，青浣和藍浣也跟著祈喜去了隔壁。

「子端，那人……我真沒答應過他什麼。」九月想了想，將心比心，還是覺得該解釋一下。

「嗯。」遊春點頭，隨手推開面前的房門，側頭看她。「先去好好洗漱一下，一會兒就用膳了。」

「生氣了？」九月一眼就看出這個男人還在鬧彆扭，站在他身邊陪著小心。

「沒有。」遊春訝異地看著她，微微一笑，攬著她的肩進門。

「那你還一直皺眉。」九月伸手按住遊春的眉心，撇嘴。

「我是在想怎麼解決那小子。」遊春拉下她的手握在掌中，順口解釋。

「啊？」九月一愣，隨即急道：「你可別因為那小子做不該做的事，不值得，那人自說自話，我又不稀罕他。」

「我不會對他做什麼的。」遊春好笑地敲了一下她的額。「我去讓人送水過來，妳先洗洗，一會兒就吃飯了。」

「好。」九月仔仔細細地打量著遊春，見他不願多說，她也不再繼續這個話題。

遊春低頭在她額上印下一吻，笑著鬆開了她。

一晚安然，一行人起來後又重新收拾行裝，準備登車。

九月上了車，有些擔心地看了看街頭，她還真怕那小子又冒出來。

不過，直到馬車離開雲臺鎮，也沒有見到不該出現的人影——她不知道，那楊甫一大早就守在客棧外面，只不過被遊春的人暗中拿下了。

黃昏時分，他們順利回到康鎮。

如今的康鎮，因為祈福巷的興起，往來客商絡繹不絕，車隊往來已經不是什麼稀罕事，倒是沒引起過多的關注。

進了鎮，馬車便緩了下來，九月和祈喜已經迫不及待地掀起布簾。出去一趟，再回來時，心頭竟多了幾分期待和興奮，就好像流浪的遊子離家多年再回來時一樣。

很快地祈喜看到了祈夢，大聲喊道：「三姊。」

祈夢正在給幾位客人包點心，聽到這一聲抬起頭，只見六輛馬車在她的攤子前停下，其中一輛竟坐著祈喜，她愣了一下，隨即驚喜地喊道：「八喜，妳回來了！」

「三姊。」九月也湊了出來，笑盈盈地朝祈夢揮手，這個三姊，都成了縣主，還親自擺攤賣點心呀。

「九月！」祈夢愣愣地看著馬車，突然繞過攤子，往馬車跑來。被扔下的客人也回了頭，看到九月時，不由脫口喊了一句。「福女回來了！」於是乎，嘩啦啦的，聚集了無數的圍觀者。

福女如今可是他們康鎮的傳奇人物，也是他們的驕傲。有關福女祈雨被雷劈、神力大增的事情，已被編成了小段子，活靈活現地傳於市井、酒樓、茶館之間。

「福女回來了！」大街上也不知道誰喊了一聲，馬車便被圍了個水洩不通，無奈之下，馬車只好停下來。

葛根旺也停下手裡的活兒站起來，葛小英喜得兩眼彎彎，不過小姑娘家很精，沒有離開攤子，反倒從棉花糖機邊退到攤子裡，收起裝錢的簍子。

張信等人的鋪子離這邊最近，聽到動靜，將信將疑地跑出來，一看，果然是自家東家回來了，不由大喜。「東家回來了！」

看著眾人歡天喜地的笑，九月心裡一燙，這就是家的感覺吧……

馬車既然走不了，便乾脆停下，郭老和祈豐年、水宏相扶著下了車，九月和祈喜和以前一樣，索利地從馬車上跳下來。

三姊妹擁作一團。

「爹，您怎麼也去京都了？也不告訴我們一聲。」祈夢眼睛濕漉漉的，帶著些許責怪地看著祈豐年。

「呵呵，我這不是回來了嘛。」祈豐年顯然情緒也有些激動，他笑著拍拍葛根旺的肩，如今他們已經不需要擺攤，但依然能守著像以前一樣生活，讓他很欣慰。

「先回家吧。」遊春看看四周，上前提醒道。

「對，回家。小英，收攤！」祈夢連攤子也不想擺了，迫不及待地想回去問問這次京都之行的細節，想到這兒，她又緊張地拉住九月，上下打量。「九月，他們說妳被雷劈了，妳可有傷到？」

九月不由失笑。「三姊，哪個說我被雷劈了？」

「大家都這麼說呀。」祈夢擔心地問：「妳真沒事？」

「三姊，妳看我現在好好的，像是被雷劈過嗎？」九月攤著手轉了一圈。「好好的吧？」

「不是呀，大家都說妳祈雨的時候招來了大風大雨，還有祥瑞現世，還有好大一道雷劈下來，妳就倒下去了，還說醒來後神力大增……九月，那一定很疼吧？」祈夢並不在乎自家妹妹會不會神力大增，只在乎有沒有受苦，說到這兒時，眼睛已然紅了。

「三姊，是哪個胡……」九月正要說，一抬頭便看到遊春朝她微微搖頭，立即便轉了話鋒。「我這不是好好的嘛，妳看，一點事都沒有。」

「是呀，三姊，九月還和以前一樣呢。」祈喜也拉著祈夢安慰一番。

「好了，回家再聊吧。」祈豐年見被堵住了路，有些無奈。

「恭迎王爺、郡主回家！」吳財生和張義等人擠了出來，見前路被人圍住，幾人高聲喊道，接著就拜了下去。

有人一帶頭，其他人頓時回過神來，想起見了王爺、郡主是要跪拜見禮的，於是又嘩啦啦一片全跪了下來。

「免禮。」郭老溫和笑著。

這些人一跪，也跪出了效果，一行人終於突破人群，走進祈福巷。

依然是祈福香燭鋪，九月等人進去，轉進後院的時候，看到了葛石娃正扶著葛玉娥要出來，在門後，祈豐年和葛玉娥母子正面對上。

葛玉娥如今似乎脫胎換骨般，變得沈靜下來，看到祈豐年平安歸來，她的眼睛裡有驚喜、有欣慰，也有更複雜的情緒。

葛石娃則直接多了，看了祈豐年一眼，便轉向九月，目光在她身上打了個轉，確認她無恙，才又收回目光微垂了頭。

「哥，你的傷好些了沒？」祈喜一看到葛石娃就自然地問道，之前葛石娃是為了她與水家人起衝突，結果受了傷。

「沒事了。」葛石娃臉一紅，當著這麼多人的面……

「石娃哥，對不起。」水宏上前，鄭重道歉。

葛石娃看看他，搖了搖頭。「不關你的事。」男子漢自然分得清是非，這事雖然因水宏而起，但畢竟不是水宏所願。

「大夥兒都別站著了，先讓王爺和郡主休息，有話慢慢說。」吳財生見眾人又僵在門口，忙打圓場，笑著出來對九月說道：「郡主，這後院已經改建過了，您看，可與您設想的一樣？」

「吳伯，你別郡主郡主的，還是和以前一樣吧，不然我聽著彆扭。」九月無奈地笑道，一行人才留意到後院的不同。

這邊的廚房已經和隔壁的院子連成一片，廚房還留了一道門，通往隔壁。一切，和九月設想的相差無幾，甚至比她想得還要齊全周到。

這會兒，隔壁樓下的通間已經成了兩、三間小作坊，九月等人進來的時候，作坊裡的夥計們也迎出來。

不過，他們看的是他們的東家，至於王爺還是郡主，與他們卻沒有多大關係，頂多就是看個熱鬧。

「完全變樣了。」郭老抬頭看了看，捋著長鬚頻頻點頭。

「都是按著東家的意思。」吳財生這會兒改回原來的稱呼，他和九月也接觸過不少日子，深知她的脾性。

「外公、爹，這幾天先住在這兒吧，新院子那邊正收拾著呢。大姊和五妹算著日子想著你們可能快回來了，可是沒想到會這麼快。」祈夢上前一步輕聲說道。

「怎麼沒看到莫姊？」九月左右瞧瞧，也沒見到舒莫和周落兒，不由奇怪。她走的時候，五子和舒莫的酒席還沒辦，如今回來了，也該補上這一份禮了。

「莫姊有喜了。」祈夢笑道。「五子在鎮上買了處小院子，把莫姊和落兒接過去了，莫姊走的時候說過，等她生了她會再回來，如今這幾個廚娘也都是她尋來的，手藝個個頂好的，五子如今也得了魯掌櫃提攜，升了管事，他們那鋪子裡的生意都是五子帶著人在送，魯掌櫃便專心折騰手藝去了。」

「她家在哪兒？等明兒我去看看她。」九月一聽，也替五子和舒莫高興，至於回不回來，卻沒什麼要緊。

「東家，王爺一路辛苦，這敘舊的事還是緩些吧，先安排房間，歇息好吧。」吳財生笑著提醒道。「說起來，我還有好些事要回報東家呢。」

「好。」九月連連點頭。「看到大家太高興了，忘記了。」

眾人大笑，久別重逢，這是常情嘛。

「外公、岳父，我想先回大祈村。」水宏猶豫了一下，朝郭老和祈豐年拱手說道。

「我跟你一起。」祈喜忙上前拉住水宏的衣袖。

「八喜，妳還是緩些日子回去吧。」祈夢欲言又止地看看祈喜，皺了皺眉。「水宏離家太久，先回去看看吧。」

「我……」祈喜不解，正要說道，葛玉娥就上前拉住她的手。「阿喜啊，聽妳三姊的，留下。」

明顯有事，九月把疑問都按捺下來，拍拍祈喜的肩。「水大哥先回吧，去看看水伯怎麼樣了。八姊，我們一家人難得團聚，妳也別這麼急著回去，等過幾天，我們一起回去。」

於是，水宏告辭離開，他的賞賜自然仍和九月他們的放在一起。

郭老、祈豐年在吳財生等人的陪同下去了隔壁三樓，遊春他們的房間自然也都安排在那邊，九月姊妹幾人則在廚房這邊的三樓。眾人分散了，停放那幾輛馬車不方便，便讓他們把車上行李抬到樓上，馬車遣了出去，至於去向，康鎮也有遊春的人手，自然不用發愁。

九月沒有多歇，能平安歸來，她此時又是興奮又是感慨，迫不及待想要知道這段日子發生的事，家裡的、鋪子裡的、村裡的、鎮上的，恍惚間，她才發現，自己牽掛的原來已經這麼多了。

祈喜雖然有些心不在焉，不過，她也是歇不下，三姊妹便坐一處，說起這段日子的事。祈夢很擔心九月被雷劈的那一段，又追問了一番，祈喜之前也沒有聽得很詳細，於是九月只好把進京後的事重述一遍，其中，少不了青浣、藍浣的補充。

「那林家真真可惡。」祈夢又說起別的。

「妳們是不知道，那天夜裡突然來了很多官兵，把林家、郝家全給抄了，林老爺拿著刀子反抗，被當場給……郝老爺估計是被嚇的，也瘋了，如今也不知道被關到哪兒去了。林家和郝家原來那些親戚好友們，也是走的走、散的散，在康鎮剩下的也就是平日不怎麼親近的遠房，以前被林、郝兩家如何嫌棄，這會兒反因此得福了。」

「三姊，水家……是不是又鬧出什麼事了？」聽完林家這些事，祈喜猶豫片刻，開口問道。

她一問，祈夢嘆了口氣，沈默了，這下連九月也好奇不已。「三姊，他們又鬧什麼么蛾子了？」

「也沒什麼，現在八喜和水宏一起回來了，那些話自然就能破了。」祈夢含糊其詞，態度閃爍，這一來，越發引起九月和祈喜的好奇。

第一百六十九章

「三姊，妳就說嘛。」祈喜心急，坐到祈夢身邊，摟著祈夢的肩搖啊搖的。

「八喜，妳就聽三姊的，安心在這兒住幾天，等過幾天再和九月一起回去，回去了，自然也就知道了。」祈夢無奈地拉下祈喜的手。「雖然妳也大了，有主意了，妳想做什麼，我們也攔不住。」

「三姊……」祈喜臉上微紅，低了頭訕訕說道：「我以為他……」

「以為什麼？他在都護不住妳；他不在，他們那家人就能好好待妳？」祈夢眼眶微紅，略有些激動，隨即又控制住情緒。「大姊當初怎麼勸妳的？我和妳四姊、五姊怎麼和妳說的？妳嘴上答應，後來呢？一樣不顧我們所有人反對進了那個門，之前九月為妳爭取的一切，就這樣被拋棄了，可是他們領情嗎？為了妳，我們去理論的時候，他們認我們這親家嗎？石娃又是怎麼受的傷？」

祈喜被祈夢說得漸漸低了頭，而九月，越聽神情越凝重。

「八喜，這是妳自己選的路，如果今天我們不是姊妹，我們何必這樣多管閒事？」祈夢的話起了頭，情緒便有些失控。

「九月之前出頭是為了什麼？還不是想讓妳以後過得好一些？姊姊們又是為了什麼？還不是不想讓妳跳那個火坑？可是妳呢？妳又做了什麼？還有，既然嫁過去了，妳就是那家子的人，妳出門的時候，好歹跟人家說一聲吧？妳就這樣走了，妳知道妳給大家留下多大的爛攤子嗎？八喜，妳已經十七歲，是大姑娘了，就不能用腦子想清楚再做事嗎？」

祈夢一貫溫和，這次卻把祈喜罵得頭都抬不起來，九月不由吃驚，這八姊，到底是做了什麼天怒人怨的事情？

「這是怎麼了？這麼大火氣？」就在這時，祈巧笑盈盈地出現在門口，原本平坦的腹部也已經略略顯出了形。

「四姊。」九月站起來，快步上前扶她進門，目光打量她一番，笑道：「恭喜。」

「該恭喜妳才對。」祈巧笑著拉住九月的手，細細地端詳了一番。「嗯，看著氣色越發好了。」

「四姊。」祈喜偷偷拿袖子印了印眼角，站了起來，低頭跟自己的衣角較勁。

「怎麼了？妳三姊難得訓一次人，妳還覺得委屈了？」祈巧在九月的攙扶下坐到椅子上，瞟了祈喜一眼，笑咪咪地問道：「妳可知道，為什麼這次連三姊都這樣生氣？」

祈巧的話，讓祈喜一頭霧水。

「三姊、四姊，到底是怎麼回事？」九月好奇地追問。

祈喜也是一臉茫然地看著祈夢和祈巧。

「八喜，妳也不小了，做事情之前，怎地就不考慮下後果呢？」祈巧臉上仍帶著笑，語氣中卻帶著絲絲無奈。

「妳接到水宏的消息固然高興，可是妳走的時候，沒跟水家人說一聲嗎？」

祈喜被問得臉上一紅。「我以為姊姊會幫我告訴他們……」

「八喜，那家子人，我們原是不同意妳這樣過去的，因為這個，我們還和水家人起了衝突，妳倒是落下個忠貞不二的好名聲，可是我們呢？被水家人記恨，被大夥兒指指點點。妳走了，我們還會自動上門去找罵挨嗎？」祈夢也是被祈喜刺激的，一貫溫婉的她，這會兒說起話來竟似連珠炮般，把祈喜數落得又低了頭。

「三姊，妳且消消氣。」祈巧輕拍了拍祈夢的肩，如今指責祈喜也是沒用，略想了想，便說起事情的經過。

原來，九月離開後沒多久，水宏遇害的消息便從鏢局傳開來。

祈喜得知消息，無疑晴天霹靂，一下子暈了過去。

祈喜痛不欲生，祈稻媳婦擔心祈喜一個人，便去尋了祈望過來，兩人一起陪著她。

三天的以淚洗面之後，水宏爹上門來了，他鄭重地道歉，表示自己家並不知道這件事，還說這門親事可以到此為止，不能結親，也是他們家水宏沒福氣等等。總之水宏爹說得很有誠意。

結果，祈喜卻不顧祈望和祈稻媳婦的阻攔，直接跪到水宏爹面前，說自己願意代替水宏孝敬他們二老，還說生是水家人、死是水家鬼。

把一個水老頭子感動得連喚「好兒媳」，更把祈望和祈稻媳婦氣得都說不出話來。

祈喜的識大體、顧大局深深取悅了水家人，連水宏娘也熱情起來，四處請媒婆、尋公雞，操辦親事，而祈喜，竟也在他們的說服之下，同意了盡快成親，就是想在水宏離開的七七之日進入水家門。

傷心過度的祈喜壓根兒就沒有意識到水家人是如何知道水宏的七七日的，她開始準備自己的嫁衣，終於在提親後沒幾天的一個夜裡，她隻身坐上水家抬來的花轎，其間，她誰也沒有告訴。

事有湊巧，葛石娃回村裡的老房子取一樣東西，白天時曾和小虎、阿德碰過面，小虎和阿德看到祈喜這樣出門，便上了心，私下裡商量著，讓小虎去跟蹤祈喜，阿德則跑去找葛石娃。

葛石娃得到阿德的消息，立即跟著阿德出門，險險在半路攔下花轎，水家人看到葛石娃，得知他的來意，二話不說上去就打，葛石娃硬是沒吭一聲，受了水家人的拳腳。

可誰知，水家人拿他沒辦法，祈喜本人卻抱著公雞出了花轎，告訴葛石娃，她的事情她自己作主，然後居然抱著那公雞步行去了水家。

葛石娃一瞧情況不對，立即往回跑，讓阿德和小虎速去通知祈祝和祈望，他又再次追到了水家。

九月聽到這兒，已然沒了笑意，之前她還只覺得祈喜傻，可這會兒她覺得祈喜鑽了牛尖角了。

祈喜的頭更低，滿臉的愧疚。

祈巧只是看看，繼續說下去——

無奈，祈祝和祈望也沒能攔下祈喜，她終究還是隻身一人抱著公雞拜了堂，祈祝和祈望被轟出水家，而葛石娃則被人用木棍重擊背部，扔出了院子。
天一亮，消息便到了祈夢和祈巧這兒，但祈喜已經拜了堂，進了水家門，想要再出來又談何容易？
於是，幾個姊妹一商量，便想著和水宏爹好好聊一聊，可是她們的提議卻被水宏爹否決了，他甚至還說這是祈喜自願的，他原是退親而去，並沒有強迫祈喜進門。
無奈之下，姊妹幾個只好另想辦法。
就在這時，九月的信到了，知道水宏還活著之後，祈望立即尋了個理由把祈喜喊出來，告訴她水宏的消息。
誰知，祈喜一聽又激動了，直接就跟著祈稷和楊進寶進了京。
後來……
「如今，這外面盛傳八喜受不了空房，跟著別的男人跑了，為此，水家人還來鬧了幾場，有一回竟打起她那鋪子的主意，說既然她已是水家人，那她的東西也該是水家的，還說之前為了給她辦親事，花了不少銀子，這筆錢也該由祈家人賠償。」
祈巧邊說，邊連連搖頭。
「他們還說，八喜跟著人跑了，給他們家水宏戴了綠帽子，壞了他們家的名聲，這也得用銀子來賠。」祈夢沒好氣地接話。
九月徹底無語了，這都是什麼理由？
祈喜也懵了，只一瞬間，眼淚「啪」地掉了下來。

「哭有什麼用？」祈夢斥了一句，終究不忍心再說下去，別開了頭。

「對不起……我不知道……」祈喜如今總算明白姊姊們的不易，低著頭說道，眼淚一滴也不曾斷過。

「九月，妳看這事怎麼辦？」祈巧看看祈喜，轉頭問九月。「水宏如今也回來了，這親事總得重新辦一次才好吧？畢竟之前那是……冥……婚。」

「問問八姊自己的意思吧。」九月只能如此說道，聽到這會兒，她心裡也是有氣，枉費她那麼多心思。

「九月，我錯了。」祈喜嚶嚶哭了起來，在記憶中，三姊一向輕聲細語的笑模樣，可現在……還有大姊、五姊，自她進了水家之後，還真沒見到過幾次……「這次我一定聽妳的。」

「八姊，那是妳自己的路，既然選了，就不要再後悔，人生沒有後悔藥。」九月嘆氣，她決定袖手旁觀。

祈喜一下子愣住了，她沒想到九月竟然也不管她的事了，那麼她該怎麼辦？

「我……」祈喜哭得更傷心了，可是其餘三姊妹除了沈默還是沈默，她不由心裡害怕起來，也不敢放聲大哭。過了一會兒就忍下來，起身，垂著頭說道：「我聽九月的，不回去了。」說罷，飛快地跑出門回隔壁房間去了，那模樣，生怕九月幾個要趕走她似的。

「唉，這個八喜呀。」祈夢唉聲嘆氣。

「九月，妳有什麼主意沒？」祈巧看著九月問道，眉宇間也多了一絲憂鬱。

「等。」九月微微一笑。「八姊和水宏之間的事已是定局，萬幸水家人不靠譜，水宏還是不錯的，這次他已經替祈喜求了聖旨，說的就是他和八姊的事。」

祈喜回了屋子，祈夢幾人也不再煩惱她的話題，坐著聊了一會兒彼此的近況，祈夢便先回去了，剛才她看到九月便直接跟著回來了，這會兒還得回去看看攤子有沒有收拾好。

餘下祈巧和九月兩人，祈巧問的便是九月這次進京的一些細節了，她深深知道，九月這次京都之行遠沒有嘴上說的那樣平淡。

追問得急了，九月才鬆了口，聽得祈巧唏噓不已，不過好在否極泰來，楊進寶等人也安頓下來，一切都在好轉。

九月也不想休息，便拉著祈巧下樓，找人尋了楊進寶捎來的東西。

張嫂子帶著楊妮兒在樓下，看到九月，楊妮兒高興地撲過來，知道她爹給她也捎了東西，楊妮兒更是興奮，拉著九月的手又是蹦又是跳。

吃過了飯，五子和舒莫得了消息，帶著周落兒也來了。

久別重逢，一個個的都是談興頗濃，一直到深夜才算散去，祈巧也不回去，直接留在鋪子裡。

這一晚，九月睡了個安安穩穩的覺，醒來時已是日上三竿。

郭老已經帶著兩個侍衛一起逛祈福巷去了，遊春留了話也回了一品樓。

祈夢忙著攤子，也沒再過來。祈喜自覺做錯了事，乖乖地留在屋裡整理行李。祈巧也早早地帶著張嫂等人去集上採買食材去了，她如今才剛顯懷，身子骨卻是極壯實，沒有孕吐不適，吃飽睡足之後，那精神比九月都還要好。

下了樓，廚娘已經備了飯，吃過之後，九月才知道，青浣、藍浣都去了作坊，纏著葛石娃學做香熏燭。

九月失笑，也沒有去尋她們，逕自到了鋪子前面，找張信問了一番鋪子裡的情況。

張信告訴她，葛石娃死活不同意把契約上的名字改成他的，吳伯拗不過他，只好迂迴了一下，把香燭鋪的三成讓給葛石娃，只不過葛石娃卻再也不肯要鋪子裡的工錢。

葛玉娥做的一手好針線，這段日子一直都在壽衣鋪那邊幫忙，至於其他，鋪子裡一切正常，甚至比以前還要受歡迎。

和張信說完話，九月便往壽衣鋪走去，剛走到附近，就看到祈豐年先走了進去。

九月心裡一動，放緩了腳步。

「玉娥。」祈豐年在門口猶豫了好一會兒，終於在九月快到門口的時候走了進去，鋪子裡，只有葛玉娥一人坐著裁衣。

聽到祈豐年這一聲喊，葛玉娥整個人震了一下，手上的針直直刺在大拇指上，她卻顧不得疼，騰地起身看著祈豐年，眼中的激動顯而易見。

「這些年難為妳了。」祈豐年聲音有些啞，不過他頭一次沒有迴避葛玉娥的目光，語氣也帶著歉疚和堅定，這一路他想明白了，而且他也知道了幾個女兒的態度，心裡已沒了負擔。「以後讓我照顧妳，可好？」

葛玉娥癡望著他，眼淚唏哩嘩啦地掉下來，她等了這麼多年，終於等到這一句話。

「孩子們都大了，她們……也……」祈豐年突然有些緊張，不知道該怎麼說才能表達此時此刻的心情。

就在這時，葛玉娥把手裡的東西一扔，直接撲進祈豐年的懷裡，放聲大哭，同時，拳頭也如雨點般落在祈豐年身上。

祈豐年被擂得連退了兩步，伸手扶住葛玉娥，卻沒有躲開她的拳頭。

九月看得咋舌，反倒不好意思而退開，可退後之後，她又覺得不妥，這兒可是鋪子，讓人看到不大好，於是，她又站定腳步。

此時，葛玉娥的哭聲突然變大。

九月嚇了一跳，別是出事了吧？

她顧不得別的，轉身就走了進去，只見葛玉娥癱坐在地上，雙手緊緊抓著祈豐年的衣襟嚎啕大哭，祈豐年半跪半蹲，尷尬又無奈地拍著葛玉娥的背。

九月清咳一聲，大大方方地站在鋪子門口，也算是擋住些許鋪子裡的情形。

祈豐年聽到有人進來，一張臉頓時紅了，回頭一看是九月，才鬆了口氣。「九月，幫我一把，扶妳玉姨起來。」

「喔。」九月忍著笑上前，一起扶起葛玉娥，可是，葛玉娥生怕自己一鬆手就又抓不到祈豐年似的，硬是不鬆手。

祈豐年只好無奈地握住葛玉娥的手，嘆氣道：「玉娥，別這樣，我既然說要照顧妳，就一定會做到，妳放心吧。」

「玉姨，妳放心，這回我爹一定不會跑了。」九月想笑，不過看在祈豐年這樣困窘，便幫著勸了一句。

「真的？」葛玉娥對九月很是相信，滿臉淚痕地轉頭看了看她。

「真的。」九月點頭。「他要是再跑了，我負責幫妳逮回來。」

葛玉娥這才破涕為笑，她的心性，一涉及祈豐年就變得如同孩童般純真，讓九月看了又是心酸又是感慨。

「不跑。」祈豐年看看九月，眼眶微紅，他已經想清楚了，哪裡還會跑呢？因為他的逃避和懦弱，他已經錯過許多年，如今，他也該做一些身為男人該做的事了。

葛玉娥拿袖子胡亂地擦擦眼淚鼻涕，笑了一會兒，突然又皺眉看著祈豐年。「那……兒子呢？」

「他是我生的，我自然也會照顧他。」這是頭一次，祈豐年在九月面前明明白白承認葛石娃的身分。

九月卻一點也不意外，都是早就知道的事了。

「等回到村裡，我就去請族長為我們出面作媒、開祠堂。」祈豐年輕聲應承道。「只是我什麼也沒有，你們娘兒倆……」

「不怕不怕。」葛玉娥沒等祈豐年說完，直接搶著說道。「我們也什麼都沒有，以後有我們吃的，就不會少了你的。」

這話……怎麼就這樣彆扭呢？九月別開頭，假裝沒聽到。

「我……」祈豐年也是苦笑。

「兒子很乖呢，他很會找吃的，他每回找到食物就揣在懷裡，自己都捨不得吃，他很孝順，一定不會讓你餓著的。」葛玉娥說著說著，語氣又有些不對。

九月察覺到了，忙安撫道：「玉姨，有我們呢，以後我們家誰也不用出去找吃的了，我們可以在自己家做，玉姨的手藝那麼好，我爹一定喜歡吃妳做的菜。」

「真的？那我一會兒回去準備，那個……玉米燉排骨，你喜不喜歡？」葛玉娥雀躍地看著祈豐年。

「嗯。」祈豐年有些心酸，點了點頭。

九月也收起看熱鬧的心思，伸手拍拍葛玉娥的肩，笑道：「玉姨，先不忙，鋪子這兒還沒人呢，妳和爹一起幫我先看著好不好？我還有點事。」

「好好好，妳去忙吧，這兒有我們看著呢。」葛玉娥連連點頭，說話又似正常了些。

「去吧。」祈豐年以為九月真的有事，也揮揮手。

九月笑著出來，一踏出門，眼睛餘光瞄到門邊立著一個黑影，不由一驚，她下意識退開一步，定睛一看，卻是葛石娃，他也不知道什麼時候來的，一動不動地垂頭站著。

「哥，你怎麼在這兒？」九月回頭看了看鋪子裡，走到葛石娃身邊。

他一定是看到了也聽到了，所以才會站在這兒。

「找妳。」葛石娃的聲音有些沈，抬了頭，眼眶微紅。

果然，他已經來了一會兒了。

「有事嗎？」九月驚訝地問。

「也沒……這個還妳。」葛石娃從懷裡取出一個小布包，小心翼翼地展開，裡面是九月走之前留給他的房契地契，被他整整齊齊地保存著。

「這是你的。」九月搖頭。

「不，是妳的。」葛石娃臉一紅，把東西直接往她手裡一塞，硬著聲說道：「我的，會自己掙。」

九月訝意地看著他，笑了。「好，這個我先收著，不過該你的那一份，你可不能再推了。」

「嗯。」葛石娃張張嘴，最終在九月的盯視下，緩緩點了頭。

「我要去各個鋪子看看，你有空沒？陪我一起走走吧。」九月收起契紙，隨口說道，這鋪子裡二老還在說話呢，可別讓葛石娃一個激動給攪和了。

沒想到，葛石娃居然應了。「好。」

離開這麼久，再回到這兒，九月自然想好好看看每間鋪子，初時還抱著想探探葛石娃的口風，可到後來，卻是純粹討論起鋪子的生意。

葛石娃在這方面，有著自己的想法，這讓九月既意外又是滿意，假以時日，他必能獨當一面。

第一百七十章

每間鋪子看一看坐一坐的，很快就半天過去了，九月和葛石娃也回到香燭鋪這邊。

「哥，如果爹請族長作媒，你願意回家嗎？」剛踏入香燭鋪，九月突然喊住葛石娃。

葛石娃一愣，隨即沈默了。

九月問完之後，就一直安靜地看著他，等著他的回話。

葛石娃的目光有些複雜，但好歹他還有回答的意思，看了看九月，他正要張口說話。

「九兒。」遊春剛巧走了進來，打斷葛石娃要說的話。

葛石娃看看他，朝九月點頭，轉身先進後院去了。

「回來了？」九月有些遺憾，不過她也沒怎麼在意，微笑著迎向遊春。「吃飯了嗎？」

「不曾。」遊春微微搖頭，與她並肩站在鋪子門口，打量著依然熱鬧的祈福巷。「妳方才去逛鋪子了？」

「嗯，你要不要去看看？」九月熱情邀請，說起來，他才是這兒最大的東家啊。

「今早我已經去過了。」遊春欣賞地看著熱鬧的鋪子，笑道：「極好。」

「那當然了，也不看看都是誰在操作。」九月理所當然地回著。

「那倒是，我的九兒又豈是一般人。」遊春失笑，順口接道。

「什麼呀。」九月小小地汗顏了一把，她沒有說自己好不好，她說的是楊進寶和吳財生以及張信、張義他們。「這兒都是四姊夫和吳伯他們操辦的，再來就是阿安……咦，怎麼沒瞧見阿安呢？」

「他和張義出去攬生意了，妳還不知道吧？張義和他分工，張義管著喪、阿安管著喜，如今這康鎮附近的紅白喜事，幾乎都被妳那鋪子給包下了。」遊春可不像九月這樣迷糊，他轉一圈和九月的轉一圈，有著很大的區別，九月著眼的只是祈福巷本身，可他，已經得到了更多的消息。

「真的？」九月大為驚喜。

「吃飯去，我餓了。」遊春見快要到飯點了，當下拉著她往後院走。生意的事，自然有他擔著，為了能讓她早些攢好嫁妝早些嫁過來，他肯定會全力以赴的呀！

九月任他拉著進了後院，廚房裡已經熱鬧起來，青浣、藍浣也在廚房裡幫忙，做郭老和九月等人的吃食，原先的廚娘畢恭畢敬地在一旁當幫手，學習一些菜的做法。

而原來舒莫母女住的這一邊則改成大房間，放了桌椅成了食堂。

九月見這邊飯菜還沒好，郭老也沒回來，便拉著遊春去了隔壁作坊，一間一間的看，時不時地問著他的意見，就猶如當初在草屋時，事事參考他的意見。

還有合香，他可是九月的師傅，在專門為葛石娃準備的調香、雕刻屋裡，遊春毫不吝嗇地指點了葛石娃一番，葛石娃聽得，連手上的活兒都放下了，九月見他這樣，乾脆拿了紙筆記錄起來。

三人說說笑笑，直到青浣過來請，才停了下來。

回到食堂，郭老已經回來了，祈巧、祈喜還有周落兒正在和他說話。

九月和遊春進去，給郭老見了禮，祈豐年便到了，他身後還拉著葛玉娥。

看到兩人交握的手，祈巧和祈喜不約而同裝作沒看到，郭老則抬眼看看他們，站了起來。「人齊了？開飯吧，今兒出去逛久了，還真的餓了。」

「外公，您怎麼不早些回來吃飯呢？」祈巧略有些責怪地說。「餓了可熬不得的。」

「我在牌坊那兒看到有人下棋，一時入迷了，不妨事的。」郭老笑呵呵地擺著手，不以為意。

「岳父。」祈豐年老臉憋得紅紅的，想說的話半天沒說出來。

「嗯？有事？」郭老溫和地看著祈豐年，雖然這個女婿實在不怎麼樣，可他還是挺欣賞這女婿的信義，為一個沒有交集的陌生人保存十幾年秘密，也是極難得了。

「我……」祈豐年實在開不了這個口，玲枝跟著他沒有享過一天的福，如今她不在了，他要另娶別人，這話如何在她爹面前提出來？可是，他又不想撇開郭老自作主張。

「一家人，有什麼話就只管說，吞吞吐吐的做什麼？」郭老其實已經猜到祈豐年想說什麼，他卻沒有戳破，想聽祈豐年自己說出來，有些事必須當事人自己熬過來才行，這對祈豐年來說，也是一個坎，這個坎，誰也不能代替祈豐年來邁。

「我……我想接玉娥回家。」祈豐年看著一臉平靜的郭老，心裡不知哪來的勇氣，把話說了出來，說罷，他就垂下頭，等著想像中的諸多反對。

「這是你應當做的。」郭老卻沒有反應，他自己雖然為了周師婆一生未娶，可他是皇家子弟，見慣了多少妻妾成群？更何況他女兒離開也有十六年了，祈豐年能等到現在才想到再接一個回來，已經不錯了，他當然不可能反對。「來來來，餓了，開飯開飯。」

「玉姨，來，快坐。」祈巧和祈喜也笑盈盈地招呼，一如平日對待葛玉娥那般，對祈豐年說的話，恍若未聞。

「四巧、八喜，妳們……」祈豐年很意外。

「爹，你該擔心的不是我們，是石娃。」祈巧好笑地看著祈豐年。「你瞅個空，和石娃好好談一談吧。」

「還有二叔。」九月突然冒出一句，之前中秋時的事，她可是記憶猶新呢。

「妳二叔……」祈豐年頓時啞了，他怎麼忘記了還有那檔子事呢……

葛玉娥一直關注著祈豐年的反應，別人說什麼，她都無所謂的樣子，可這會兒一看到祈豐年沈默，她便緊張起來。「豐哥，你別擔心，我不回去也可以的，我就和兒子一起，你記得來看看我們就好了。」

「別胡說。」祈豐年看著葛玉娥那怯怯的表情，想起當年她的爽朗、玲枝的溫柔，心裡不由一酸。他這輩子毀了兩個女人，如今玲枝走了，他豈能再放任玉娥就此下去？歉疚也好、感動也好，他都不想再讓他們母子這樣下去了。

心裡有了決斷，祈豐年心境豁然開朗，岳父說得沒錯，那些事，慢慢解決就是了。當下，大大方方地拉著葛玉娥坐在他身邊，吃飯。

郭老微微一笑，點了點頭。

當夜，祈豐年就去找了葛石娃，他們談了什麼，九月無從得知，只知道祈豐年第二天早上眼睛有些紅紅的，葛石娃也是垂了頭，光是背影看著就讓人心酸。

青浣匆匆上了樓，對九月說道：「小姐，公子在屋裡偷偷哭呢。」

「公子？」九月納悶地問。

「就是葛公子呀。」青浣理所當然地說道，郡主叫他哥哥，不是公子是什麼？

「哦哦……」九月恍然大悟，看她這腦子，竟還這樣轉不過來，居然想到遊春去了。放下筆，收拾了桌上的紙張，起身往外走。「走，去看看。」

青浣點頭，快步到前面引路。

很快，她們便到了葛石娃的工作室外。

門開著，葛石娃背對著門垂頭而坐，手上拿著蠟模，卻一動不動。

「哥。」九月放輕腳步進去。

葛石娃慌慌張張地拿袖子印了印眼睛，站了起來。

九月明白青浣說的是實情，想了想，她沒有直接問，轉而問起別的事。「最近的樣品在哪兒？我看看。」

「好。」葛石娃的聲音有些沙啞，避開九月的目光，低頭把她沒看過的新花樣都擺了出來。

「公子，我幫您拿吧。」青浣看看葛石娃，又看了看九月，想了想走過來，幫著葛石娃把蠟雕放好，一邊默不作聲地打量著他。

葛石娃擺好蠟雕，沒吭聲，站在一邊。

九月拿起蠟雕慢慢看著。

兩人都假裝沒有別的事，反倒是青浣有些著急，時不時地看看葛石娃，又看看九月，欲言又止。

「她……以後就拜託你們了。」也不知過了多久，葛石娃突然低低地開口。

「啊？」九月一愣，她剛剛看這些蠟雕看得入迷，還真忘了自己來這兒的目的，一時之間沒能反應過來。

「我娘……一輩子沒過過一天好日子，以後拜託你們了。」葛石娃似乎有了決斷，終於抬起頭看著九月，目光平靜。

「哥，一家人不說兩家話，以後我們一起照顧唄。」九月聽著隱約覺得不對，只好這樣說道。

「我就不去了。」葛石娃搖搖頭，嘆了口氣。「以前我就想過離開這兒，只是我娘的情況不允許，現在有你們，我也好放心了。」

「那你準備去哪兒？」九月吃驚地問，她就是顧及葛石娃的想法，才沒有直接問，沒想到他反而直接說了出來，聽著這意思，他要一個人離開？「哥，我能理解你的想法，這麼多年來你受了很多苦，可現在都過去了，我們一家人團聚，不是比什麼都好嗎？你這樣玉姨會擔心的。」

「我還沒想好……」葛石娃搖搖頭，溫和地看著九月。「放心，我就是走，也會提前告訴妳的，這兒的事也不能一下子撂開，總得有個接替的人。」

「爹說了，回去就找族長作媒開宗祠呢，你……」九月還想再勸。

「不了。」葛石娃輕輕搖頭，淡淡地說道。「我姓葛，已經習慣了。」

九月頓時啞然，很顯然，他心裡有根扎得很深很深的刺，不過想想也是，若不是她帶著前世的記憶，說不定她也不會這麼輕易地原諒祈豐年。同意他娘進祈家，想來也是他最大的讓步了。

「我知道，你被傷得太深，一時半會兒的讓你放開過去所有，對你太過為難。可是，哥，我想說的是……」九月嘆了口氣，輕聲勸道：「你再不想面對，你也忽視不了你身上流著他的一半血，我們之間也有那相同的一半血，血濃於水，這一點不論你到了哪裡，都無法否認的。」

葛石娃沈默著。

「我希望你能給他一個機會，也是給我們、給你自己一個機會，別急著離開，好嗎？」

九月知道不可能三言兩語勸服葛石娃，但仍想試試。

「嗯。」葛石娃看看她，點點頭，他還沒想到自己以後怎麼辦呢，還有，就算要走，也得把這兒的事安排妥當吧。

九月見他答應，這才稍稍放心了些，繼續說起香熏燭的事。

青浣一直安靜地站在一邊，看著葛石娃。

從作坊出來，九月還在想著葛石娃的事。

「小姐。」青浣一直跟著九月，從作坊到樓上，從走廊到屋裡，她看著九月皺眉坐到桌邊，又皺眉端起空杯，這才忙喊了一句。「還沒倒茶呢。」

九月低頭，看看杯子，笑了笑，才放了回去。

「小姐擔心公子嗎？」青浣斟上了茶，輕聲問道。

「是呀，我怕他想不開，偷偷走了。」九月嘆氣。

「不會的，公子為人誠實，又極義氣，既然答應了小姐，他就一定不會偷偷走的。」青浣很自然地接道。

九月不由驚訝，抿了口茶打量青浣。「妳和他認識才多久，妳怎麼知道？」

青浣頓時紅了臉，期期艾艾地說道：「我會看人唄，八小姐的事我也聽說了，公子他……反正，我是這麼覺得。」

「青浣，妳來這兒幾天，可有看中意的人？妳瞧，我們鋪子裡，沒有成家的後生多著呢，張信、張義、阿安、阿季，還有我哥。」九月一邊說，一邊注意著青浣，語帶促狹。

青浣低著頭，聽她說到葛石娃時，臉上竟更紅了，雙手不斷地和衣角較著勁，低低地說：「奴婢全憑小姐作主。」

九月這下來興趣了，試探地問道：「青浣，妳告訴我，妳之前要求跟我回來，是不是為了黃大哥？」
「黃大哥？」青浣納悶地抬頭，隨即連連搖頭。「小姐，妳誤會了，我和黃大哥沒什麼的。」
「那妳可喜歡我哥？」九月突然問道。
果然，青浣脹紅了臉，不過在九月的直視下，她忸怩了半天，還是點點頭，含羞看著九月。「是，公子很好，我……中意他。」
九月頓時驚訝了，這小妮子竟這樣大膽？
「我知道我配不上公子，可是我就是中意他。」青浣既然開了個頭，這會兒也沒有顧及，紅著臉說了下去。「我也不知道這是什麼感覺，反正，自從那天看到他拿著刀雕蠟的樣子，我就……中意他了。」
九月明白了，原來一來就看對眼了，但紅娘不是亂當就行的，要是葛石娃無意，她也不想讓青浣一個人難受。「青浣，妳真的願意跟著他？」
「我願意。」青浣連連點頭，有些不好意思地說道：「小姐，我也不是想求什麼，我只想抽空照顧照顧他，他的衣服和鞋子都有些破了，穿得也有些單薄，我想給他做身衣服、做雙鞋……別的，我也不敢想。」
「青浣，我沒別的意思，我只是擔心妳到時候沒辦法得償所願。」九月擺擺手，想了想說道：「妳想照顧他，只管去，要是妳能幫我留下我哥，我還得謝謝妳呢，只是感情的事需要你情我願，妳可得記明白了。」

「小姐放心，我很明白。」青浣一聽大喜，連連點頭保證。

過沒兩天，大祈村便傳來消息，院子收拾好，隨時都能回去住了，同時，大祈村的村民們都已經打掃了道路，等著他們回去。

村裡出了一個福女，如今又成了郡主，祈家的人可著實風光了一把。

鋪子裡一切正常，九月留下也沒事可做。祈喜的嫁妝也只差些家具，早由祈巧在木匠鋪子訂製，只是水家還沒有動靜，這事還不知怎麼辦，所以她們誰也沒再提嫁妝的事。

遊春倒是每天忙，不過他和九月在議親，也不能跟著住到大祈村去，這些事倒沒影響，便給他們準備了馬車，安排了人手，把那些賞賜都裝上車。

葛石娃不願回去，九月乾脆留下青浣，讓她住在鋪子裡，安排事情給她做，青浣高興極了，興高采烈地應下。

九月又交代葛石娃要照顧好青浣，葛石娃不知情，一口答應。

葛玉娥也沒有馬上跟著回去，祈豐年答應了請族長作媒，她便安心留在鋪子裡，等著好消息。

祈巧倒是準備跟著回去，如今楊進寶不在家，她也不用天天守著家，便帶著張嫂和楊妮兒一起，準備回大祈村住上幾天。

於是，郭老、祈豐年、九月三姊妹一起登上了歸家的馬車，遊春不放心，又親自跟著護送他們回大祈村。

第一百七十一章

馬車緩緩出現在大祈村村口，早有等候的人發現他們，飛奔著回去報信，沒等馬車靠近，村口就響起鞭炮聲，走在最前面的馬受了驚，一聲長嘶，險些衝了出去。還好遊春派的都是功夫了得的漢子駕車，三、五個一起上去制伏受驚的馬，才算是虛驚一場。

大祈村的村民如此盛情，老老少少都迎到村口，他們再坐在馬車裡便顯得有些失禮了，當下，九月等人都下了車。

「草民拜見王爺、拜見郡主。」為首的是祈族長和老村長，看到郭老和九月立即顫巍巍地就要下拜。

「不可。」郭老忙伸手扶住。

祈豐年立即上前扶住祈族長。「叔，都是一家人，快別這樣。」

「沒錯，以後我就住在這兒了，你們這樣天天跪來跪去的，我還怎麼敢住下？」郭老笑呵呵地說道。「九月她們都是這個村出去的，如今仍回這兒來，和以前沒兩樣，再說不管她們是郡主還是縣主，你們都是長輩，當由她們向長輩行禮才對。」

總算，九月幾人好說歹說，才算說服了他們不再磕頭行禮。

「快別在這兒站著了，家裡都備好茶點，就等著你們回來呢。」正說著，人群中就響起了余四娘誇張的聲音。「九月是我們祈家的姑娘，管她是災星也好，福女也罷，還能改了別的姓不成？」

「三嬸，妳還真說對了。」祈巧接話。「九月如今可是入了皇家玉牒的，她已不是祈福，她是郭福。」

「一樣一樣，姓郭姓祈還不是一樣，都是我們的九月。」余四娘從善如流，絲毫沒見尷尬，也不想想當初九月歸來時，誰嫌棄九月的。

眾人此時也不去揭她的短，紛紛附和著要他們先回家。

於是，在人群的簇擁下，他們往祈家院子走去，遊春退出人群，指揮手下安頓馬車運送行李。

前面人太多，祈祝等人反倒被擠到外圍，他們也不惱，直接守在院子外。

九月等人到了門口，便看到祈祝和祈望一左一右地站在祈老頭身邊，祈老頭坐在輪椅上，正看著他們笑，氣色明顯好多了。

「爹，我回來了。」祈豐年直接跪了下去，俯在祈老頭膝蓋上，淚止不住地落下，當初他跟著遊春走的時候，就做好了回不來的準備，後來被關進大牢，雖然他知道那是王大人在保護他們，可是多少還是有些害怕，現在他卻平安回來了。

「好……好。」祈老頭抬手摸了摸祈豐年的頭，微笑著說了兩個含糊的字。

「爺爺，我們都回來了。」九月拉著祈喜，也跪在祈老頭面前。離開的時候，她才知道自己已經對這個家有了深深的牽掛。

「好……好……」祈老頭笑呵呵的，不斷拍著九月和祈喜的手。

「爺爺……」祈喜看到祈老頭，心裡一酸，低了頭，眼淚再也止不住，她辜負了姊妹們的關心，也辜負了爺爺。為了水宏，她居然把爺爺丟給小虎和阿德，絲毫沒有想過爺爺以後會怎麼樣……

「回……回來……好好……」祈老頭撫上祈喜的頭，連聲說著。

「八喜啊，妳這孩子怎能不聲不響地走了呢，知不知道爺爺有多擔心妳？」余四娘忍不住說了一句，祈瑞年不斷拉著她，才算制止了後面的話。

「對不起。」祈喜哽咽著。「是我沒考慮好，我……擔心宏哥，聽到他的消息，就直接跟著姊夫和堂哥去了京都，對不起，我沒想到……」

「妳這孩子。」余四娘嘆氣，抬頭看了看人群，有些故意地提高聲音。「我就說我們家八喜不是那種人，怎麼可能扔下一家人自己私奔呢？她要是拋得開水宏，又何必抱著一隻公雞嫁進去？直接另找個好人家不就行了？」

「是呀，八喜一直老實著呢。」眾人哪裡會當面說不是？

「老哥哥，我又來了。」郭老若有所思地看看余四娘，又看了看祈喜，笑著上前，握住祈老頭的手。「以後我們兩個老頭子就可以作伴了，你可得快些好起來，我們一起去釣魚，好不好？」

「好……好、好。」祈老頭看到郭老很高興，雙手拉得緊緊的。

「大哥，家裡都備好酒席了，先進去坐下說話吧。」祈瑞年見一干人都堵在門口，忙提醒道。

於是，祈菽和祈黍上前抬了祈老頭的輪椅，眾人一起進了院子，祈族長和老村長跟了進去，其他人都知趣地打了招呼先離開了。

遊春帶著人把東西全都搬進九月的屋子，然後去了新院子，查看還需要置辦什麼。

祈祝一家和祈望一起去了廚房，余四娘和幾個兒媳婦們也下去幫忙。

很快，堂屋裡就剩下郭老、祈老頭、祈豐年三兄弟、祈族長、老村長，還有九月、祈喜。

九月和祈喜正準備退出來，祈族長便喊住她們，兩人只好停下。

「豐年哪，你們總算回來了，這兒有件事，我也得交代一下。」族長嘆了口氣，看著九月說起來。「之前我是同情水宏他爹得了重病，才幫他來提親，那時我們都不知道水宏出了事，可誰想他們家竟存著那種心思。這門親事，我和老哥兩個商量過了，不能作數，所以之前和九月談的那些，便都算了吧。」

「沒錯，之前八喜是以冥婚的方式嫁過去的，可水宏還活著，自然也沒有冥婚一說，那親事可以不作數，八喜仍作姑娘打扮吧。」老村長也有些汗顏，當時九月那麼堅持不答應，還是他們兩個老的賣面子來說，她才勉強應下的，誰知道這中間還有這樣的事，水家人太不上道了。

聽到族長和老村長都說這門親事不作數，祈喜不由著急起來，就要開口說話，看了看九月，她又忍了下來，低頭不語。

「這事……」祈豐年苦笑，看了看郭老。

「水家是什麼態度？」郭老沈吟一番，開口問道。
「水宏那娃兒前幾天倒是回來了，可一直沒出來走動，也不知道是什麼態度，只聽說水家這幾天在買地修房子，也不知道要做什麼。」老村長忙回道。
「水家太過分，這親不結也罷！」祈瑞年忿忿地說道。「他們自家做了那樣的事，結果呢？八喜去京都找水宏，他們家倒好，什麼難聽的話都出來了，還說等找著八喜以後，要把她沈了池塘！哼，這樣的人家，幹麼還要過去？我們家八喜又不是找不著婆家了。」
祈喜更是低了頭，不敢多一句嘴，她知道，她做錯了。
「這件事稍後再議不遲。」郭老微笑著轉移話題。「祈族長、老村長，老夫有個請求，也不知道當不當講。」
「王爺請說。」祈族長和老村長忙拱手說道。
「我當年和釵娘因為誤會，分離了一輩子，如今我尋到了親人，卻與釵娘陰陽兩隔，這輩子我是一個人過來了，卻也深知這其中的辛苦，所以我不想我這女婿也步我後塵。」郭老指了指祈豐年。「他也算苦了半輩子，如今玲枝也不在了，孩子們也大了，葛家那姑娘也苦了半輩子，都不容易。今兒我是想做一回月老，請族長和老村長給個薄面，給他們說合說合，也算是了卻這段孽緣吧。」
郭老突如其來的建議，讓一干人都愣住了，尤其是祈豐年，看向郭老的目光激動不已，他之前向郭老提出要求時，心裡七上八下的，可沒想到郭老竟替他開了口，如此一來，比他自己開口不知道管用了多少。

果然，祈康年的臉沈了下來，卻無法反對，他能說什麼？自家的屋子田地都是大哥掙的，如今人家的老丈人都不介意了，他還能說什麼？

「王爺說得是，這些年豐年和玉娥都不容易，如今孩子們也大了，也該給他們名分了。」祈族長意味深長地看了看祈康年，點頭附和。「這事就交給我們吧，趁著年前有好日子，幫他們把事辦了。」

「多謝族長、多謝村長叔。」祈豐年連連道謝，眼角微潤。

祈族長和老村長應下了事，謝絕了祈豐年等人的挽留，相攜離開。

祈康年一言不發，跟在後面走了。

「二哥……」祈瑞年尷尬地看了看郭老，追著祈康年去了。

郭老也沒在意，剛好小虎幾人送上熱水，便跟著回屋洗漱去了。

九月回了自己屋，屋裡堆放著各人的賞賜，還有祈稻、祈稷幾人讓她捎帶回來的東西，都得一一收拾出來。

「九月呀。」余四娘瞅了空來到九月門前，敲了敲門卻沒有進來。

「三嬸，有事嗎？」九月剛剛要打開箱子，便聽到聲音，當下停了下來。

「阿稷他們到了京可都還好？」余四娘擔心祈稷，特意來打聽消息的。

「好著呢，三嬸放心，那邊留了人照應，不會有事的。」九月安撫道。「這不，我正在整理十堂哥讓我捎回來的東西呢。」

「這孩子，有錢也不知道留著備用，給我們捎什麼東西。」余四娘又是歡喜又是擔心。

「那是十堂哥的心意。」九月笑了笑，既然余四娘已經過來，讓她自己拿回去就是了。「三嬸，這兒三箱都是，妳讓六堂哥和九堂哥過來抬吧，這邊還有兩箱是大堂哥捎的。」

「好、好。」余四娘嘴上應著，卻沒有馬上去叫人，站在門口繼續問道：「他們現在住在哪兒？要多少久才能回來？眼見快過年了，他們還能趕得上嗎？」

「三嬸，我外公在那邊買了一座院子給他們住，吃住出行都有人照應，妳就別擔心了，等那邊生意穩定下來，他們就能抽出空回來了。」九月解釋道。

「那就好、那就好。」余四娘點頭，卻仍站在門口不動。

「三嬸，妳是有什麼話要對我說嗎？」九月又不是頭一天認識余四娘，看她這樣，便隱約猜到必是還有話要說了。

「是有些話要說。」比起以前，余四娘竟顯得有幾分拘謹，想了想，她還是走了進來，也不像以前那樣東張西望，乖乖地坐在桌邊，雙手搓著膝蓋，猶豫了好一會兒，才開口說道：「九月呀，從妳走的那天，我就一直在想這件事，可是我不知道該不該說，妳也知道，三嬸這張嘴碎，可是我們到底是一家人，妳娘在的時候，我們雖說有些小吵小鬧的，可到底她也是大嫂，如今她不在了，我這心裡……」

「三嬸，妳想說什麼就說吧。」九月也過去坐下，倒了一杯茶遞過去。「我知道妳是好意。」

「就是……妳爹和玉娥的事。」余四娘有些難以啟齒。「妳二叔的事，妳也知道了，他反對那娘兒倆進門，是因為他沒了個兒子，我之前也說過，那事確實也怪不到玉娥頭上。可是妳走了以後，我反覆地想，這心裡總過意不去，妳娘為了給祈家留下兒子，一輩子都在生娃，她沒享過一天的福，如今妳們也大了，有孝心想讓妳爹老來有個伴，那是好事，可是這玉娥……這樣進門來，到底不大妥當吧？」

九月驚訝地看著余四娘。「那，依三嬸的意思，該怎麼辦？」

「她進門可以，只是……」余四娘嘆了口氣。「不如在鎮上置個宅子，把他們娘兒倆安頓了吧。這院子……建的時候，妳娘還懷著妳五姊，大著肚子拿個大鍋勺，給師傅們做飯做菜，結果呀，當天夜裡就生了妳五姊，那時候……」

余四娘說著，眼眶有些微潤。「說真的，我以前沒少給妳娘添堵，可我如今想想，妳娘太苦了，一輩子都在苦。我也是女人，也是當娘的，如果是我，肯定沒法接受自己的好姊妹……懷了自家男人的娃，還是個兒子。她為了生個兒子，掏空自己的身子，可她真心對待的姊妹卻……妳想想，她泉下有知，能好受嗎？」

九月沈默。

「九月呀，嬸子說的是不是這個理？」余四娘嘆了口氣，拍了拍九月，苦口婆心地勸。「妳孝順妳爹，我們都知道的，可妳也該知道，這事要是真讓妳辦成了，這外面的嘴還不知道該怎麼說？到時候，被戳脊梁骨的就是妳了。」

九月有些糾結，她把自己當成了旁觀者，跳脫了祈豐年和周玲枝女兒的角色，她覺得祈豐年不易、葛玉娥癡情，所以她想撮合兩人，了結這段孽緣，也算是讓二老餘生有伴。

然而九月仍無法無視祈豐年晚年的孤單，葛玉娥或許是背叛了周玲枝的姊妹情誼，葛石娃的存在，也確確實實諷刺了周玲枝那麼多年的奉獻，可是這件事裡，誰是施害者？誰，又是受害者？

帶著這份糾結，九月把祈稻和祈稷捎來的東西都送了出去，同時，也有他們準備給眾人的禮物。大半天過去，禮物該送的都送了，該寒暄的也寒暄完畢、該散的也各自散去，只餘下水宏的那些賞賜，暫時還留在她這兒。

九月清點了東西，把餘下的收拾妥當，整理到最後，發現她給姊姊們準備的東西還多了一份，細想之下，才想起大姊祈祝一家似乎收拾中午的席面之後就回去了，那時，她還沒來得及送上禮物呢。

想了想，九月把東西拾掇起來，逕自去了祈祝家。

祈祝家在村子西邊，涂家人口簡單，世代都是莊稼人家。

祈祝是長嫂，公婆都是厚道人，涂興寶也老實，家裡家外都是祈祝在拿主意，便是家裡的兩個小叔、兩個妯娌也是極信服她的。

如今，祈祝被封了縣主，雖然沒有多大的封賞，可白銀還是見到幾塊的，她也沒有恃物而驕，把這些銀子留出七成全買了田地，兩成分給兩個小叔，如今兩個小叔家也置了些許田地、修了房，公婆跟著祈祝這邊，日子過得和和樂樂。

九月很快就找到祈祝的家。

院子還是那座院子，牆還是那道牆，不同的是，房屋都修整過了，顯得很整潔。

祈祝正坐在院子裡，和一個老婦人在擇菜，涂雨花在一邊收衣服。

「大姊。」九月站在半人高的牆外，笑著喊了一聲。

「九月？」祈祝抬頭，看到九月不由一愣，忙站起來，撣了撣衣服前襬，快步迎了出來。

「快進來。」

「九姨。」涂雨花大大方方地打招呼。

「雨花收衣服吶。」九月笑笑，手裡提著太多東西，也騰不出手去敲門。

「妳拿這麼多東西做什麼？」祈祝開了院門，接過九月手裡的幾疋錦羅，把她往院子裡迎。

「這些本來就是給你們準備的禮物，誰知道你們回來這麼早。」九月提著盒子走在後面，除了錦羅，還有一些玉飾、京都的一些特產，他們家的人一個也沒落下。

第一百七十二章

進了院子，和那老婦人打了招呼，九月直接坐在她對面，拿起地上的菜幫著一起擇。

「哪能讓妳動手呢？快放下，我來就好了。」涂母慌忙伸手來拿。

九月避開。「姻嬸，我怎麼就不能動手了？妳快坐著，我幫妳。」

涂母見狀，笑著坐回去。「妳現在可是郡主呢。」

「在你們面前，我只是九月。」九月好笑地搖頭，看得出來，涂母對她的態度不像別人那樣畢恭畢敬，倒像是家人般隨意自然，這讓她很是受用。

「好好好，九月就九月。」涂母呵呵笑著，招呼涂雨花去倒茶。「雨花啊，還不快去給妳九姨倒杯茶來？」

「是。」涂雨花放下衣服，飛快地跑了，沒一會兒，手裡便多了兩杯茶，給了九月一杯，也沒忘記涂母的那一杯。

九月不由莞爾，小小的舉動，卻足見涂雨花的禮數。

「九月，晚上在這兒吃飯吧。」祈祝放好東西回來，手上帶了一個小板凳。

「不了，我坐會兒就回去。」九月搖頭。

「得了，妳們倆說話，晚飯我和雨花去做。九月，一會兒就在這兒吃飯，自妳回祈家，還沒在妳大姊這兒吃過飯呢。」涂母卻不由分說，把菜裝了一簍，起身離開。

九月無奈，只好應下。

院子裡只剩下姊妹兩人，祈祝打量九月一眼，微笑著問道：「九月，妳是還有事吧？」

「大姊，我是有事一直沒法決斷，想聽聽姊姊們的意見。」九月老實點頭。

祈祝點頭，鼓勵道：「妳說說。」

「是爹和玉姨的事。」九月嘆氣，把事情說了一遍。「大姊，我是不是做得不對？」

祈祝默然聽著，過了好一會兒，才輕嘆了一口氣。「九月，妳想聽我的真心話嗎？」

「當然。」九月連忙點頭。

「我不願意看到那個女人進門。」祈祝坦然地看著九月，葛玉娥和她們的爹出事的時候，她已經十歲多了，該懂的都懂了，不該懂的也在眾人的閒言碎語中明白了一二，那時候她親眼看到娘親傷心難過，所以深深恨著葛玉娥。

小時候那個女人對她們都是極好的，她也時常黏著那個女人喊姨，家裡有什麼好吃的，娘親都不會忘記那個女人，可是她卻想搶走她們的爹。

九月沈默，這些姊妹中，大姊是最有發言權的，因為大姊和娘相處的日子最長，那段不堪的往事，大姊也是最清楚的一個。

「可是……」祈祝看了看她。「她為了爹受了一輩子的苦，作為女人，我同情她；她還救了妳，作為一個姊姊，我也感激她，就算我無法原諒她給娘帶來的傷害，卻不能否認她生下了爹的兒子。我們的娘已經不在了，她卻還在為爹守著，我再不願意，也說不出干涉的話。爹也老了，需要有人照顧他，這一點，我們做子女的做不到，便是有了錢買得起丫鬟、小廝，也無法像那個女人那樣在他身邊照顧他。」

「大姊，我是不是很不孝？完全沒有考慮到娘的感受。」九月垂頭看著鞋尖。從聽到余四娘的話開始，她就懷疑自己是不是做錯了？她深怕，自己以為是在守護這個家的行為會傷到所有人。

「說什麼傻話。」祈祝失笑，睨了她一眼。「妳就是因為聽了三嬸的話，心裡不舒服了是不是？」

「嗯。」九月老實地點頭。

祈祝笑著搖頭。「妳想多了，我雖然不願意看到那個女人進門，不過也不會阻止她照顧爹。三嬸說得對，讓她進那個門，對不起娘。不過在鎮上買個院子，我們不會干涉，我們這些姊妹都成了家，也不可能常關照到娘家，妳和八喜遲早也會出嫁，有她代替我們照顧爹，也是好事。」

「石娃哥不願意回來，他說他以後還是姓葛，依我看，他是不想沾我們的光。」九月說起了葛石娃。

「他有這樣的傲骨很難得，妳也別強求太多，省得他覺得我們是在施捨。」祈祝一語中的，說出了葛石娃這些年的堅持。

「不知道其他幾個姊姊是什麼想法……」九月看著祈祝。

「妳當每個人都像妳一樣操心？」祈祝笑了出來。「人心都是肉長的，這麼多年過去了，那女人護墳、救了妳的事，一樁樁一件件的，就是再多的怨，也差不多了，更何況五望和八喜那時候才多大？」

那倒也是，除了前面四位姊姊，五姊、八姊哪會有那麼深的感覺。

九月在祈祝家吃了飯，天已經大黑，祈祝找了個燈籠，和涂興寶一起送她回去，走到一半，便看到對面走來一個人。

「子端。」九月一眼就認出來，是遊春。

「九兒，怎地這樣晚？」遊春快步走過來，朝祈祝和涂興寶拱拱手。「大姊、大姊夫。」

「現在喊大姊，還早了些吧。」祈祝含笑打趣道。

「遲早的事。」遊春不在意，淺笑著看了看九月。

「大姊、大姊夫，你們回去吧。」九月可不想他們現在就對上，忙扯開話題。

「行。」祈祝也乾脆，拍拍九月的肩，和涂興寶兩人回家去了。

「吃過飯了？」今夜無月，不過附近有幾戶人家還亮著燈，倒不會太黑，遊春上前，扣住她的手。「這般涼，怎不加件衣服？」

「不冷呢。」九月柔柔回應，反扣住他的手並肩而行。「大姊今天回去得早，禮物也沒帶，我就送了一趟，順便吃了飯，你怎麼知道我來這兒了？」

「小虎說的。」遊春焐著她的手，揉了揉。「明兒我就回鎮上去了，我已和外公、岳父商議好，這幾天便請媒婆過來，繼續之前的議程。」

「還是那個媒婆？」九月皺眉。

「妳不喜歡她？」遊春已經知道了那件事，側頭看著她問。

「感覺不大靠譜。」九月撇嘴。「你什麼時候再過來？」

「自然是隨時。」遊春嘴角上揚，他巴不得時時守著她，只是，現在還不可以。

九月心裡有些遺憾，她沈默，遊春也沒有再出聲。兩人牽著手，緩步而行，靜靜地回味著這份安寧，直至回到祈家院子，遊春才鬆了手，低眸看著九月。「早些歇息，那些事，有我呢。」

「嗯。」九月迎視著他，點頭。在她內心深處，她還是渴望那種有人依賴的感覺，就像前世，她也很渴望當個家庭主婦，相夫教子，寫寫文章，過平淡而安穩的小日子。

次日，送走了遊春，九月已經收拾好心情。

「外公，要不要去新院子裡看看？」九月準備去瞧瞧有什麼沒準備好的，趁現在還有空餘，好好地辦一辦。

「去。」郭老正陪祈老頭在堂屋裡說話，聽到她的話，笑著點頭。「把妳爺爺也一起帶著吧。」

「成。」九月笑了，兩位老人顯然相處得極好，祈老頭今天的精神也明顯更好了。「爺爺，我們去看新房子吧。」

「好……好。」祈老頭一激動，就只會說好字。

「來。」郭老站在堂屋門口招招手，立即有侍衛上來抬輪椅，如今他的侍衛就這幾個了，也不會隱去行蹤，所以這會兒都換了百姓衣衫在家裡掃院子，看上去就像個壯實的護院。

兩個侍衛過來抬了輪椅出門，下了坡，才放下來。到了那兒，青磚道已經都修好了，能推著輪椅走了。

院子裡，已經栽上花木，因是冬日，看起來有些蕭瑟，可整個布局卻顯得嶄新雅致。

「在這兒坐坐吧。」很快，到了河對岸，郭老指了指遊廊停下來。

「好。」九月推著祈老頭過去，尋了一處陽光好的地方，讓他背對陽光坐著。「外公、爺爺，我先去屋子瞧瞧。」

「去吧。」郭老點頭，坐在祈老頭身邊。

九月快步過了橋，匆匆來到小屋前，遊春帶來的人昨天都安置在這兒，這會兒也沒有盡數帶回去，留下幾個看守院子。此時，有兩個小廝正在打掃，看到她進來，雙雙作揖。「郡主。」

「你們忙。」九月笑著揮揮手，三步併作兩步上了樓梯。

樓上自然都是按著她的要求裝修的，尤其是臥房，所有暗格、格局都符合她的想法。

欣賞完畢，九月剛剛出了小屋，郭老那邊便傳來水宏的招呼聲。「九月。」

「你怎麼來這兒了？」九月一想到水家人，不由皺眉。

「我來找外公商量親事。」水宏咧咧嘴，回來幾日，他明顯清瘦許多。

聽到水宏說親事，九月反應淡淡的。

「九月，之前的事對不住，我……」水宏不好意思地看看她。

「你以後好好待我八姊就好了，沒什麼對不住我的。」九月打斷他的話，不想聽這些虛無的東西。

「我會的。」水宏絲毫沒介意，反而鄭重地保證道：「要是我待阿喜有絲毫不妥，妳可以隨時來找我算帳。」

水宏忙擺手，看了看郭老。「外公和爺爺都在這兒，可以作個見證。」

「行了，這些話留著說給我八姊聽吧，我們才不稀罕。」無論如何，祈喜和水宏的事也是板上釘釘了，九月也不好多說什麼，揮了揮手，一切塵埃落定。

「那一切還是按之前議親的辦？十二月二十二日可好？」水宏很想立即就娶祈喜過門，可是祈喜為他受了那麼大的委屈，他也不好太毛躁。

「把那媒婆找回來接著議吧，三媒六聘都補上。」九月抿著嘴，有些無奈，轉頭看了看郭老。

郭老點點頭。「就這樣辦，如今都回來了，這議親的事也該正正經經地辦了。」

水宏點頭，又說起新院子的事，之前他爹倒是按著九月的要求，起了新屋，可是後來祈喜那樣進了門，那院子如今也被水宏的兩個哥哥占了，說到這事，水宏便是萬般無奈。

「這個你自己想辦法，就算在這個月內起間茅屋，也得做到你的保證。」九月一聽，深深皺了眉。

「我知道，我這幾日已經和家裡人說好了，這兩日我便去接收皇上賜下的田地，選個位置修房子。」水宏點頭。

「九月，水宏的東西還在家裡吧？一會兒找人給他送過去。」郭老提醒道。

「不不不，那些東西就先放在九月那兒，留著給阿喜當嫁妝，回了家……」水宏連忙阻攔。「外公，這接受田地要怎麼辦？帶印鑑嗎？」

「不必。」郭老擺擺手。「回頭我讓侍衛陪你去一趟，皇上的聖旨已經到了衙門，你只需帶上私印走一趟，辦個章程就好。」

「那就有勞侍衛大哥了，明兒一早我來尋他。」水宏道了謝，自行離去，他還有許多事要準備。

「我們也回去吧。」郭老看了看祈老頭，見他微瞇了眼似有睏意，也站起來。

「好。」九月點頭，立即上前推輪椅。

第二天，九月向郭老要了人，讓黃錦元帶著一名侍衛陪藍浣去鎮上採辦東西，自己去找祈族長借了本黃曆，對著翻找黃道吉日——十二月初八，宜遷居宜安床。

喬遷之喜，也算是件大事，祈族長立即發了話，讓祈家人有力的出力，有菜的出菜，要把這喬遷禮給辦起來。九月哪能真的讓他們出錢，於是原本打算自家人辦兩桌熱鬧的席面，便變成了全村的大席面。

九月想來想去，決定從鋪子裡派人過來，阿安如果負責所有喜事的禮儀事宜，讓他派個人過來，也算是練練手吧。

消息捎去的當天下午，阿安帶著三個夥計匆匆來了。許久未見，少年已經長高不少，個子比九月高了一個頭，唇邊也冒出些許青色，聲音也變得低沈許多。「妳還好嗎？」

「好著呢。」九月由衷地笑了，欣賞地打量了他一番。「氣色不錯。」

阿安笑了笑，坦然地看著她，這段日子東奔西跑忙著生意，與各種各樣的人打交道，原本沈默少言的他，也變得健談多了。「妳如今回來了，以前劃出來的那些也該拿回去了。」

「啥？」九月一愣，馬上明白他說的是什麼，之前她以為自己回不來了，便把鋪子都分配出去，如今回來，她卻也沒想要收回來，當下笑著搖搖頭。「說什麼傻話，那是你該得的，當初我們就約好，有我的那份便少不了你的，康鎮的祈福巷如此，京都的祈福巷亦是如此，你可別跟我說什麼見外的話，當心我翻臉給你看。」

阿安目光灼灼地盯著她看了一會兒，才斂了眸，也不和她辯，轉頭看向不遠處的院子。「準備辦幾桌？」

「原來是準備自家人聚聚就好的，現在麼，全村。」九月無奈地笑道。

「不止吧，除了大祈村的，還有其他的親朋好友、生意上的往來伙伴。」阿安一副內行人的架勢，說起賓客名單。

兩人很快就敲定單子，看著阿安如今的行事，九月深深感嘆，當年乞兒般的少年如今已成了能夠獨當一面的男子漢。

阿安走到坡下，似乎感覺到九月的凝視，瞬間回頭，看了看她，淺淺一笑。

某種默契在這一笑中悄然滋生，這世間，除了愛情，還有友誼，無論是她，還是他，都很珍惜這種友誼，有時候，朋友才是一輩子的。

第一百七十三章

喬遷生火，歷來講究，九月選的時辰是初八寅時，黎明之際。所以必須在那之前，帶上寓意火旺的燈籠、火籠、秤、一窩小雞、一甑飯進新屋，以示新丁興旺，喜氣盈庭。

九月懂殯葬禮儀，卻不懂這些，一切便全聽阿安指揮。阿安也爭氣，早早地尋了老輩人打聽清楚，這會兒指揮起九月來也是從容不迫。

一天的入宅酒流水席熱熱鬧鬧地延續到晚上，酒足飯飽，客人散去還津津樂道，言談間自然而然便說到曾經的棺生女原是福女。

九月等人聽到，也只是一笑置之。

累了一天，眾人各自安頓歇下不提。

九月舒服地泡了澡，換了衣服歇下，她以為今晚睡新榻會失眠，可沒想到一沾到榻，她就沈沈地睡了過去。

次日，睡到自然醒，已是陽光高照。

九月起身，才發現枕邊壓著一張紙，拿起來一看，卻是遊春的筆跡。

原來他已經一早回鎮上去了，各項生意剛剛展開，他自然忙碌，而且他還想趁著這前半個月把事情都安排了，然後安安心心地實現他去年沒實現的承諾——陪她過年。

九月笑著收起紙條，摺好壓在枕頭下。

到了樓下，便看到祈巧、祈喜坐在屋前空地上繡花，舒莫和張嫂一邊擇菜，一邊看著周落兒和楊妮兒。

「九月起來了。」祈巧聽到動靜轉頭，剛好看到九月。

九月過去，看了看她們手裡的繡布，紅豔豔的很是精緻，不由驚訝地問道：「八姊的嫁衣不是備好了？不喜歡？」

「這個不是我的，是給妳準備的。」祈喜抬頭，目光中流露某種笑意。

九月有些奇怪。「我又用不到。」

「翻過了年，也就一、兩個月的事了，我瞧著妳也不會這些，早些替妳準備了也是應該的。」祈巧拍拍邊上的小凳子，示意九月坐下來。

「還早著呢。」九月心裡默算著時間。

「不早了，妳也不想想，從妳中秋節上京到回來，多久？竟然也不過一眨眼的工夫。」祈巧有些嗔怪地看著她，對姊姊們操心這個操心那個，自己的事居然這樣不上心。

「四姊，妳不是反對這門親事？怎麼……」九月側身古怪地看著祈巧。

「我反對有用嗎？」祈巧白了她一眼。「這惡人，我不做也罷。」

「別這樣說啦，只要姊姊不同意，我堅決不嫁。」九月挽著祈巧的手臂討好道。

「行了吧，信妳才怪。」祈巧推開她。「快去吃東西吧，在屋裡熱著呢，藍浣出去買肉了，妳自己去拿。」

「買什麼肉呀？」九月問道。

「村裡有人今兒殺豬，我讓藍浣去看看，買些肉回來醬曬，這天氣正合適呢。」祈巧朝日頭抬了抬下巴。

「哦。」九月恍然，進屋尋吃的去了，熱著的食物必是在灶間，她進去看了看，果然有個小爐子溫著，顯然放上去沒多久。爐裡的火剛剛熄下，打開看了看是烏雞湯，一聞這味道也知道，又是遊春派人送來了藥膳。

九月吃飽後，便把瓷盅放回去，回到院子裡與祈巧她們一道坐著閒聊。

沒一會兒，郭老和黃錦元推著祈老頭來到河邊，小虎和阿德一人拿著竹竿一人提著木桶跟在後面，那架勢，是要在這兒垂釣。

看到祈巧幾人都在對岸，郭老幾人也到了這兒，反正河兩岸都修了遊廊，哪邊都是一樣的。

一家人聊天的聊天、釣魚的釣魚，半天的工夫很快就過去了。

藍浣買回了豬肉，張嫂又騰出空去幫忙，家裡還沒有招廚娘，所以今天的早飯都是張嫂和藍浣在忙活，中午自然又是她們負責，小虎和阿德跟著去幫忙。

下午，遊春又派人送了一車東西過來，其中就有九月要的香料、蠟模，除此他還準備許多食材，還派了兩個廚子過來。

他的貼心，讓祈巧頻頻朝九月微笑，說真的，看到他能如此對待九月，之前因為火刑一事的不滿，她也消得差不多了。

九月把東西搬回樓上，收拾收拾，很快又到了飯點，這次她去了前院和大家一起用飯，只是飯桌上卻沒有看到祈豐年。

「爹呢？」九月驚訝地問。

「回大院屋裡了，說是不過來吃飯。」祈喜搖頭。「昨兒酒席姑姑和爹說了許多話，爹好像不高興。」

九月嘆氣。「這邊既然有了廚子，那讓小虎和阿德回去照顧爹吧。」

祈巧等人當然沒意見，於是，小虎和阿德帶了飯菜，又去了那邊院子。

接下來三天，祈豐年一直沒有出現，九月幾人忙著照顧祈老頭和郭老、醬曬臘肉，忙著繡花、製蠟，等到她們發現不對的時候，已是三天過去後的黃昏了。

「爹怎麼回事？」祈巧皺眉。「他不會是遇到什麼事，又憋在心裡了吧？」

「要不，我們去瞧瞧？」祈喜猶豫地看向九月。

「走吧。」九月直接站起來。「四姊，妳不方便，就留在家裡吧。」

「這又沒啥，自己家。」祈巧搖頭，撫了撫自己三個多月的肚子，哄著楊妮兒跟著張嫂，堅持跟九月她們一起去。

於是，藍浣在前面打燈籠，九月、祈喜扶著祈巧一起緩步回老院子。

到了那邊，小虎正在掃院子，阿德正劈著柴。

「小虎，我爹呢？」祈喜搶著問。

「老爺下午去了鎮上，剛剛回來又出門了，說是去找族長。」小虎看到她們，忙停下來。

「他沒什麼不對勁吧？」祈巧試探著問道。

「沒有啊。」小虎仔細想了想，搖頭。

「那我們等他吧。」祈巧和九月商量。

既然來了，就等等吧，九月點頭，和祈喜一起扶著祈巧進了堂屋。

這院子以前人多的時候覺得擠，可這會兒只剩下祈豐年和小虎、阿德三人，顯得有些空蕩蕩，姊妹三人在堂屋靜靜地坐了一會兒，誰也沒說話。

小虎送上了燈，奉上了茶，又回去打掃了。

「我明兒還是搬回來住吧。」許久，祈喜幽幽地冒出這一句，從小就是她和祈豐年兩個人守著這屋子，這會兒坐著，她心裡無端難過，雖然，她也住不了幾天了……

祈巧和九月互相看了看，誰也沒有反對。

「妳們怎麼來了？」這時祈豐年臉色平靜地進了門，看到三人微微有些驚訝。

「爹，您怎麼也不過來和我們一起呢？」祈喜跑過去，擔心地看著祈豐年，幾個女兒中，數她對祈豐年最親近。

「我有事要辦嘛。」祈豐年笑著看看祈喜。「我都這麼大歲數了，又不是小孩子，妳們忙妳們的，不用管我。」

「爹，您去找族長，是說玉姨的事吧？」祈巧看著祈豐年問道。

「是。」祈豐年點頭，嘆了口氣。「我跟族長說了，這件事，不急。」

「為什麼？」九月驚訝地問。

「我不能給妳們添麻煩，等妳們都嫁了，過幾年再談這事不晚。」祈豐年輕笑，坦然看著祈喜和九月。「妳姑姑說得對，妳們一心為我，可我不能這麼做，這會兒接玉娥進門，不妥，還是緩緩吧。」

「爹，您打算怎麼安排玉姨？」九月問道。

「我和她談過了，她會等。」祈豐年有些赧然，畢竟都是他的女兒們，談這樣的話題……

「爹，其實您不用在乎那些人說什麼。」九月嘆氣，她也是糾結了幾天，可這會兒她也想開了。「無論您是迎玉姨進這院子還是在外面另置宅子，都堵不住悠悠之口，您何不照著自己的想法去做呢？」

「九月說得對，無論是考慮到我們還是娘，傷害都已然存在，如今又何必這樣？」祈巧的話便顯得有些不客氣。「娘已經不在了，外公沒有指責您的意思，還替您開了口，我們這些做女兒的也是豁出了臉面成全您，您呢？要我說，您現在要考慮的，該是那個受了二十年苦的葛石娃才對，之前您說要照顧玉姨，他也算是答應了的，現在您又反過來說緩幾年，您有問過他嗎？」

祈豐年聽完，有片刻的黯然，不過很快便調適過來，笑道：「我這次去，遇到他了，和他……談了一下午，他也支持我這麼做。」

九月疑惑地看著祈豐年，葛石娃之前說的可不是這麼一回事，她覺得自己有必要回鋪子裡一趟，看看葛石娃的近況。

「爹，您不會是為了讓我們寬心才這樣說的吧？」祈巧直接表示懷疑。

「怎麼會呢，是真的。」祈豐年老臉一紅，感慨地說道：「我今天去鎮上，本來是為了找玉娥的，不過遇到了石娃，他主動找我談話……看得出來，那孩子也是聽說了一些事情，妳們放心，我錯了這麼多年，不會再錯下去了。」

「您自己覺得怎麼妥當，就怎麼辦吧。」祈巧和九月對望一眼，放棄詢問。

「妳們回去歇著吧，不早了，四巧還懷著娃。」祈豐年倒是心情挺好，笑著催促她們回去休息。

「爹，我還是回來住吧。」祈喜坐著不動。

「住家裡幹麼？我這兒有小虎和阿德陪著，妳還是在那邊，幫九月多做些事，離妳的喜日子也沒幾天了，九月也只有三個月時間準備，要做的事多著呢。」祈豐年直接搖頭。「對了，我今天在鎮上訂了十六疋錦緞，估計明天就到了。」

「訂那些做什麼？」九月奇怪地問，皇上賞的就不少了，還買？

「家裡那些不是皇上賜的就是妳們買的，又不是我的，只是爹沒用……」祈豐年嘆了口氣，擺擺手。「都回去吧，早些歇著，八喜也回去，爺爺那兒妳還得多顧著些。」

祈喜見他堅持，只好無奈地起身，跟著祈巧和九月離開了。

祈豐年送到堂屋門口，看著三個女兒出門，笑容才漸漸淡去，靜默了好一會兒，才無奈地嘆口氣。

「九月，爹是不是有些奇怪？」路上，祈巧疑惑地開口。
「我明兒回一趟鋪子，問問石娃哥有沒有遇到爹。」九月說起打算。
「四姊、九月，妳們是在懷疑爹沒說實話？」祈喜一聽，驚訝地問。
「他之前說得那樣堅決，這會兒卻改變主意，妳不覺得蹊蹺嗎？」九月在心裡猜測著，難道中間出了什麼差錯？
「別想了，回去歇著，明天妳去看看就好了。」祈巧見九月皺眉，乾脆拍拍九月的肩。在她看來，煩心是沒用的，還不如歇好了睡好了，養足精神去找答案得好。
第二天，九月和藍浣正要出門的時候，水家卻送來了聘禮，祈巧還沒起來，郭老也沒出來，祈喜不能出面，九月便只好又回來。
這次，是水宏親自帶著媒婆上門，抬聘禮的也是水宏的叔伯兄弟或是好友們。
招待媒婆、接收聘禮，還要準備回禮，一堆事下來，已是大半天了，接著又要準備中飯招待客人。
今天的行程是徹底耽擱了。
看到水家送聘禮，九月才驚覺祈喜的日子近了。
接著幾天，九月也沒空去鎮上，祈喜的嫁妝陸陸續續送了過來，她和祈巧兩個清點嫁妝，有缺的還要著人馬上去訂，忙得腳不沾地。很快地，便到了祈喜正日子前三日，媒婆上門，送了嫁妝過去水家，九月請了村裡的全福婦人一起過去安床鋪被。

水宏的田地比較分散，不過他還是把院子蓋在大祈村，畢竟家在這邊，祈家也需要照顧，離遠了怕照顧不來。

九月去的時候，看到了水宏爹，還有他的兩個哥哥，至於水宏娘和他的嫂子，卻不曾見到，想來也是避開了。

看到她，水宏爹有些尷尬。

九月倒是沒覺得什麼，問了幾句他最近的狀況，就這樣客客氣氣地過去了。

送完了嫁妝，又是準備席面。

才熱鬧沒幾天的新院子，再次熱鬧了起來。

這次，仍是阿安和一品樓的廚子過來。

「阿安，」九月看到阿安，臨時把他喊到一邊。「前幾天我爹是不是去過鎮上？是不是和石娃哥說了什麼？」

「老爺子是去過鎮上，不過好像沒遇到葛大哥。」阿安仔細想了想，說罷看了看九月，又問：「怎麼了？出什麼事了？」

「他那天回來很晚，說是和石娃哥說話去了。」九月頓時皺了眉。「你回去幫我問問石娃哥。」

「成，我晚上就去。」阿安連理由也沒問，直接點頭。

九月的心裡還是扎了根刺，祈豐年為什麼要瞞著她們？

但，現在卻不是追究的時候，明天祈喜就要出嫁，還是先辦好祈喜的事要緊。

這一天下來，酒席也吃得差不多了，阿安帶人回了鎮上，嫁女的酒席只辦中午，所以，他們還來得及。

晚上，祈祝來了，她今天是帶著任務的，她們的娘已經不在，長姊如母，祈喜要成親，這新婚之夜是怎麼回事，祈祝自然要擔起講解的責任。

九月從祈巧那兒知道了祈祝的來意，不由古怪地看了看祈祝，大姊不知道祈喜和水宏的事嗎？

「看什麼？」祈巧暗中掐了九月的腰一把。「下一個就輪到妳了。」

九月笑著避開祈巧的手，心裡好奇不已，不知道一向話不多的大姊怎麼上「教育課」？

次日，一家人天沒亮就起來了，當九月帶著周師婆的盒子來到祈喜院子裡的時候，喜娘已經到了，祈祝、祈夢、祈巧、祈望都在祈喜屋裡，祈巧正坐著給祈喜妝扮。

「姊姊們都這樣早。」九月不好意思地打招呼。

「我們都慣了，平時也這麼早的。」祈祝笑著拉她過來。「再過不久便輪到我們九月了。」

「今兒八姊才是主角，別扯我身上。」九月挽著祈祝的手，朝祈喜遞上她準備的添妝，這些可不是皇帝賜的，而是周師婆留下的，她進京前把東西交給祈巧，可她回來後，祈巧又原封不動地把東西還給她，今天姊妹都在，正好可以分配一下。

「這是外婆留給妳的，妳自己拿著吧。」祈巧看也沒看，直接拒絕。

「那時是外婆擔心我一個人才存的這些，可現在有姊姊們呢，我還獨占了不成？」九月笑道。「我們一人一份，這可是外婆留下的，外婆也是我們大家的外婆，各人手上都存些念想。」

「行。」祈祝想了想，挑了最小的一對耳環。「我就這個，其餘的妳自己留著。」

「我就這個銀戒吧。」祈夢跟著挑了一個。

接著，幾個姊妹各自取了一小樣，到末了，盒子裡還是留了一大半。

餘下的，祈祝等人卻是說什麼也不願要，九月只好收起來，讓藍浣送回自己屋裡。

第一百七十四章

祈喜的妝容很快便拾掇起來，只是在九月眼裡，卻不夠精緻，胭脂有些多，眉描得有些濃，但她沒有出手修改的意思，在她的心底，某種習慣已經根深蒂固，就算別人不知道，她還是習慣遵守著忌諱。

「好看。」祈夢溫婉地看著祈喜，讚了一句。

接著，祈祝和祈望取出九月為祈喜買的嫁衣，幫祈喜穿上。

「八喜呀，嫁了人，妳就是人家的媳婦了，以後可不能再像以前那樣任性，有事要多和水宏商量，知道嗎？」祈祝一邊繫衣帶，一邊叮囑。

「大姊，我記下了。」祈喜點頭，眼中有愧色。

「他們家人要是欺負妳，妳也別怕，仗勢欺人的事我們不能幹，可好歹也是皇上親封的縣主，妳要拿出妳的氣魄來，知道嗎？」祈望搶著說道。

「嗯。」祈喜點頭。

「五望，妳怎麼能這樣教八喜？」祈夢卻不贊同。「家和萬事興。」

「妳還記著家和萬事興呢？」祈望回頭笑看了祈夢一眼。「三姊，妳也是過來人，也該知道這『家和』是怎麼回事，要是他們和，我們自然也和；可是妳想和，人家卻不願意呢？要我看，這水家比妳那婆家更甚，我們總不能勸著八喜忍氣吞聲吧？」

祈夢頓時無語。

「五望，妳這是曲解三姊的意思。」祈巧見狀，笑著打圓場。「這個家，自然是指自己家，如今水宏有獨立門戶的聖旨，那邊也不能算是一家人了，八喜可不得信這家和萬事興嗎？」

「妳這張嘴，我可說不過妳。」祈望橫了祈巧一眼，笑道。

「可惜二姊來不了……」祈夢又道。

「哪個說我來不了的？」豈料，外面卻響起祈願爽朗的笑聲。

「二姊？」九月離門邊近，三步併作兩步到了門口，果然看到祈願帶著個小丫鬟捧了盒子進來，九月不由看了看天色，這天還沒亮透呢。「二姊，妳連夜來的？」

「我們昨晚就到鎮上了，看天色太晚才留在鎮上。」祈願笑著解釋，邁進門去，拉著九月的手往裡面走。「要不是妳二姊夫有事，我們早兩天就到了，就是為了等他，緊趕慢趕的，昨晚到鎮上都半夜了。還好他和遊公子有聯繫，才算沒有夜宿街頭，要不然啊，我們昨夜就直奔這兒來了。」

「二姊夫也來？」九月驚訝地問。

「可不是，他堅持要來，說這麼多年了，連岳家都沒來過，不好意思呢。」祈願的話裡透著滿滿的笑意，顯然她現在過得極好。「這會兒，遊公子陪著他和外公說話呢。」

祈夢笑著起身拉過祈願，打趣道：「唉，這說人呀，就是不禁說，妳們瞧瞧，原想著二姊那麼遠，說她兩句，沒想到我還沒開始呢，人就到門口了。」

「妳想說我什麼，只管說唄。」祈願示意丫鬟把盒子送到祈喜面前。「八喜，如今水宏也算是小富戶一個了，以後少不了要添些丫鬟僕人的，妳這當女主人的也不能太寒酸，這頭面、衣服，一樣樣的都不能輕忽了，這些是姊姊的心意，給妳撐撐門面。」

祈祝接了，打開一看，裡面金銀玉幾種頭面都齊全了，她不由咂舌。「二妹一來，就把我們給比下去了。」

「妳們幾個當我不知道？」祈願笑道。「八喜的嫁妝裡，妳們敢說什麼也沒拿出來？偏偏也沒人幫我也湊一份，我不得今兒來加一份呀？」

眾人含笑不語。

祈喜的嫁妝，除了祈豐年拿出來的賞賜和買的錦緞，其他的都是她們幾個姊妹湊了，拿出去，也算是大祈村頭一份了。

「還好我今兒來了。」祈願坐在祈夢身邊。

「謝謝二姊。」祈喜看著這群姊妹，心裡感動，眼眶微潤。

「別落淚，好不容易幫妳妝扮好的。」祈巧見狀，忙說道。

「可不是，妳四姊懷身子呢，哭花了我們可不會。」祈望替祈喜攏好了裙襬，也坐到一邊，吉時還早，這會兒就是坐等吉時到了。

沒多久，同村的大姑娘、小媳婦便陸陸續續來了，有與祈喜交好的也來添妝。余四娘和陳翠娘也來了，余四娘坐在屋裡和祈願說起了話，問的都是陳家老爺的事。

九月聽不慣，正要說什麼，陳翠娘朝她笑了笑，點點頭，逕自往外走去。

九月忙跟在後面，送陳翠娘出門。

「最近還好嗎？」陳翠娘卻出乎意料地開口問道。

「還好。」九月有些訝異，這位二嬸一向清清冷冷的，今天怎麼有興趣和她閒聊了？

「妳二叔一向衝動，之前說錯了什麼，妳莫見怪。」陳翠娘接下來的話更讓九月意外了。「阿稻的性子比他爹強些，可畢竟沒見過大世面，在外面難免會有閃失，往後還得請多關照。」

九月恍然，原來是因為大堂哥的事，當下笑著說道：「二嬸，妳放心，他們是我哥哥。」

「嗯。」陳翠娘看了看她，點點頭。「我去外面幫忙。」

「二嬸，在這邊坐坐吧，外面有其他人看著呢。」九月當然不可能指揮陳翠娘去做事。

「不了，我去外面。」陳翠娘搖頭。「外面來了不少人，妳們姊妹也別都在這兒，也要去外面招呼招呼。」

「我正準備去呢。」九月忙點頭，她確實打算出去了。

陳翠娘點頭，沒再說什麼，快步往外走。

九月看了看屋裡，祈願被余四娘拉住了，正說個沒完；祈祝和祈望在幫祈喜收拾大家送的添妝；祈巧大著肚子還忙了一上午，這會兒正歇著；而祈夢呢，正替祈巧按揉著肩，想了想，她也沒去打擾幾個姊姊，直接走了出去。

到了外面，果然如陳翠娘所說，人來了不少，雖然一切都有阿安和一品樓的人在安排了，可不少人還是很主動地插手幫忙，擺凳子的擺凳子、抹桌子的抹桌子，後面廚房院子裡，也擠滿了幫忙擇菜洗菜的大嬸大嫂們，陳翠娘進了廚房，正幫著一起切菜。

九月四下裡看了一圈，問過阿安，見沒什麼事，便又轉到外面。

很快，迎親的隊伍來了。

水宏一襲紅衣，一番打扮後，還頗帥氣，身後是媒婆和五子等幾個要好的朋友，吹吹打打的隊伍停在院子外，花轎也落在門外。

媒人引著水宏一路到了正廳，郭老和祈豐年已經等著了，便是祈老頭，今天也是打扮過了坐在那兒，笑呵呵地看著，小虎被派去全程照顧祈老頭。

進了正廳，水宏磕頭便拜，一聲外公、一聲爺爺、一聲岳父，喊得震天價響，贏得眾人一陣起鬨。

九月和大姑娘、小媳婦們站在一邊瞧熱鬧，看著水宏磕頭敬茶，領紅包。

「宏哥今兒可真俊。」九月聽到身後有幾個姑娘在小聲嘀咕。

「阿喜今天也美呢。」

「一會兒我們去後院，新郎官接新娘子，我們可不能輕易放過他。」

「走，先去看看阿喜。」幾個小姑娘嘻嘻哈哈地走了。

九月不由莞爾，這會兒就是新郎官被為難的時候，一會兒接了親回去，就該是新娘被嬉鬧了。

等到水宏行完禮，門外燃起爆竹聲，這是提醒大夥兒入席了。

於是乎，滿院子的又呼朋喝友的互相尋位子。

「五子哥，莫姊怎麼沒來？」九月來到五子那一桌，他們幾個迎親的正和祈菽幾人一起。

「她帶著落兒去水宏家幫忙了。」五子笑著回道。水宏父母不著調，水宏也不願讓他們幫忙，就喊了幾個兄弟們幫忙，所以幾個兄弟家的媳婦也跟著過去幫忙，中午也就沒到這邊來了。

既然舒莫在水家那邊，九月也不多問，囑託了祈菽招呼好這一桌，便又去了別處。

前院的席面熱火朝天，相對而言，正廳的幾桌便顯得斯文多了，在正中的，是郭老、祈豐年、老村長、五位族長以及祈康年、祈瑞年，再過去是涂興寶那一桌，遊春陪著陳老爺正坐在上首。

九月只是看了一眼，也沒進去就退了出來，轉而去廚房要了吃食，端著送去給祈喜。

回到祈喜的房間，姊姊們居然都還在，便是余四娘和那幾個姑娘也沒入席，此時正圍著祈喜嘰嘰喳喳，九月又忙著一陣請，才算把這些人給請了出去。

「妳們都去，我和九月在這兒。」祈祝揮手趕著幾位妹妹出去入席。

「行，一會兒我們來換。」祈願招呼姊妹一起陪著余四娘等人出去。

房間裡便只剩下祈祝和九月，九月端了吃食過來給祈喜，自己和祈祝在一邊說話，一邊清理人家送來的添妝。

「這些可都得記好，有幾位姑娘家還沒成親的，以後八喜得還回去。」祈祝一一指點著，說著這是哪家送的。

九月乾脆拿了紙筆記下來。

吉時將至，又燃起了爆竹，提示著新娘即將要出門了。

爆竹一響，迎親的小伙子們就歡呼著簇擁水宏前往祈喜的小院，然而這一路上，早有祈喜的小姊妹們安排人手守著了。

小姑娘們變著法子地折騰水宏，水宏則是一點辦法都沒有。

遊春等人都跟在後面看熱鬧，看到水宏被鬧，楊大洪咧著嘴連連拍著遊春的肩，意思不言而喻。

遊春只是微笑，饒有興趣地看著水宏如何被為難，心裡亦在思考著對策。

好不容易，水宏到了門口，只差一道門，便可以迎回新娘子。

而祈喜的小姊妹們也個個敗退，左看右看也沒人能去攔著了，幾個不由湊在一起嘀咕。

很是遺憾，最後一道開門禮，紅包可是最多的，她們方才一心想著為難水宏，怎麼就把這點給忘記了？

「新娘出門子嘞。」媒婆笑咪咪地喊。

門倒是開了，可是出來的卻是祈祝、祈願、祈夢、祈巧、祈望和九月，以祈祝為中心左右排開。

水宏笑容滿面地上前行禮。「大姊、二姊、三姊、四姊、五姊、九月。」

「這禮且不忙。」祈願看了看祈祝，笑咪咪地抬手。「過了我們姊妹這最後一關，你再喊姊姊妹妹不遲。」
眾人大笑，卻原來這兒還有等著水宏的呢。
「請。」水宏一點辦法都沒有，只得笑著行禮接下。
「大姊先來。」祈巧在一邊說道。
「水宏，我來問你，以後你們家誰當家？」祈祝最關心這個。
「自然是阿喜當家。」水宏想也不想，直接說道。「男主外女主內，天經地義。」
祈祝不置可否，看了看祈願。
「孝與情，總有不能兩全的時候，若到了那時，你會怎麼辦？」祈願正色問道。
「以理為先。」水宏略一沈吟，也是正色回道。「我相信阿喜不是無理的人。」
「如果阿喜確實錯了呢，你會動手嗎？」祈夢很快接上，她自己雖然沒有遇到過，可村裡被丈夫動粗的可不在少數。
「不會。」水宏立即回道。
「你也知道，阿喜是有鋪子的，以後少不了要經營鋪子，生意往來難免。」祈巧看重的是自由。「若是有人在你面前嚼舌根誣衊阿喜，你會如何？」
「她出門做生意，也是為了我們的家，我怎會在意？」水宏連連搖頭，他又不是沒見過世面的人。
接著輪到祈望，祈望倒是沒怎麼提為難的問題，水宏很快就應付過去。
看祈家姊妹的問題都不難，眾人都有些遺憾，他們還沒瞧夠熱鬧呢。

這一番對話下來，幾位姊姊已退到了一邊，只剩下九月攔在門前。

水宏笑著就是一揖，對九月，他是最放心的——從一開始就是九月在支持他和祈喜。

遊春也好奇地看著九月，不知道她會怎麼為難水宏呢？

眾人也在旁觀，這祈家九囡一向有主意，這一次會出什麼難題？

便是祈祝等人也好奇，方才她們商量的時候，九月並不在場，還是後來祈祝通知她的，也不知道她會問什麼。

就在這時，九月朝水宏嫣然一笑，退到一邊，居然伸手延請。

眾人一愣，就這樣過關了？連意思一下也沒有？

水宏一喜，就要上前。

卻只見，他面前多了一個人。

是藍浣，她一手托著畫卷，笑嘻嘻地看著水宏，手一鬆，畫卷自然而然垂下，上面畫的是一對金童玉女，一個抱著金元寶、一個抱著玉如意，笑容可掬，嬌憨可人。

「畫得真好看，跟真的似的。」眾人紛紛讚了起來。

「祈家九囡有心了，送子送女、送金送玉，吉利啊。」有年長的連連點頭，誰不想兒女雙全。

唯有遊春若有所思地看著九月，微微一笑，她的意思，也不知道水宏能不能理解。

「多謝九月。」水宏笑著致謝。

「你謝我什麼？」九月卻是挑眉，淺笑著問道：「我這可不是送子送女送金送如意，我只是想問問八姊夫，如意元寶，你喜歡哪一個？」

水宏略一沈吟，指向了如意。「我選如意，皇上賞的銀子田地已夠我和阿喜一輩子花用，如今我只盼家門順當，無病無災，平平順順就好。」

「抱著如意的可是女娃娃。」九月刻意提醒。

「兒也好，女也罷，只要是我和阿喜的孩子，還不是一樣？」水宏笑道。

他這話，倒是切中了問題核心，原本她問的就是萬一祈喜和她們的娘一樣，生不出兒子怎麼辦？可是今日是祈喜大喜的日子，問這些未免不吉，她只好換了方式，沒想到他的話居然還對上了，接下去的，自然無須多說了。

九月笑了，朝藍浣點頭。

藍浣把畫一捲，雙手捧到水宏手裡，笑道：「祝八姑爺、八小姐早生貴子，福祿雙全。」

「多謝。」水宏高興地接過。

藍浣送完畫，轉身輕輕推開房門，裡面，祈喜蓋著紅蓋頭，手裡捧著妝盒正襟危坐地等著。

「新娘子出門嘞——」媒婆高聲喊道。

水宏立即進門，把畫交到祈喜手裡，這是九月對他們的祝福，他們得一直收藏著。

九月站在門邊，微笑地看著這一幕，不經意的轉頭間，她看到了遊春，兩人相視一笑。

接下來，就該是他們的事了。

第一百七十五章

在眾人的祝福中，祈喜被送上了花轎。

九月幾位姊妹送到門口便停住了，自有祈菽幾個堂兄弟、堂嫂們一起送嫁。

阿安的幫忙也告一段落，他要回鎮一下。

不過離開之前，他抽空告訴九月一件事——葛石娃並沒有遇到祈豐年。

家裡的瑣事一完，九月立即抽空回了一趟鋪子。

按著常例，進門和張信打了招呼，瞭解了一下鋪子裡的情況，九月就進了後院，來到葛石娃的房間門口。

門開著，葛石娃正坐在屋子中間的大桌前，專注地雕刻著蠟塊，身上的衣衫已經不是原來那些，衣料嶄新，做工密實，衣襟和袖口都繡上了花紋。

九月一眼就認出那是青浣的手筆。

「哥。」九月走進去，看向桌上擺著的成品。

「怎麼來了？」葛石娃一抬頭，眼中一喜，便要站起。

「來看看，快過年了，也買些東西回去。」九月拿起一個花形香熏燭，葛石娃的手藝如今是越來越好了。「我爹前幾天來找你了嗎？」

「出什麼事了？怎麼妳也這樣問？」葛石娃很敏感，皺眉看著九月。

「那天問他，他說來找你了。」九月搖頭。「也沒出什麼事，只是覺得爹有些奇怪。」

「喔。」葛石娃低頭，沒說什麼。

九月似乎沒看到葛石娃的表情般，繼續說道：「他那樣堅決地去找族長，可現在卻說要延後，真是奇怪。」

過了好一會兒，葛石娃才輕聲問道：「他說什麼了？」

「只說延後，其他的也不肯說，我們也沒多問。」九月搖頭。「我已經留意他了，希望不會又像之前那樣……唉。」

「之前哪樣？」葛石娃手上的刀一偏，在蠟面上劃出一道痕，他皺了皺眉，把那一處有痕的蠟切去些許，重新雕刻輪廓。

「之前不是急著把八姊許出去，把家裡的田全給了二叔，還想把房子賣了？我擔心他又發作了。」九月雙手托腮坐著嘆氣。

「那……」葛石娃抬頭看著九月問道：「之前那個聯繫他的人，你們可找著了？」

「沒有啊。」九月搖頭，有些訝異。「你是懷疑那人又來了？」

「也不是沒這個可能。」葛石娃想了想。「他受了賞賜，那個人卻沒有，妳覺得那個人會甘心嗎？」

「有道理……」九月一點就透，心思也沈了下來。「之前爹把證據交出來，我們也沒去問威脅他的人如何了，爹也沒再提，難不成他因為心理不平衡，又來要脅了？」

「妳最好回去問問。」葛石娃點點頭，看她聽進去了，才重新繼續雕刻。

「我一會兒就回去。」九月應下。「你和玉姨過年要回去不？」

「不了。」葛石娃搖頭。「他們都回去了，這鋪子裡也離不了人，我和我娘就住這兒吧。」

「鋪子又沒事。」九月想勸。

「這兒清靜。」葛石娃堅持。「再說了，妳也能輕鬆些。」

「你想多了，我現在也輕鬆，什麼也不用管。」九月笑道。

「妳該知道我的意思。」葛石娃目光坦然地直視著九月，眼神平靜，也透著堅韌。「我也知道妳今天來找我說這些的意思，放心，在我娘安頓好之前，我不會走的。」

「哥，我知道，讓你留下對你不公平，可是我希望你能好好考慮一下，就算……」人家都說到這分兒上了，九月也不好裝傻，只好說破。「祈福巷不僅是我的事，也是我們一家人的事，如果你執意離開，能不能考慮一下去別的地方擴展鋪子？或者你做你的事，但請你不要完全與我們斷了聯繫，好嗎？」

葛石娃沈默，她說的這番話，可以說是老調重彈了，可這一次，他心裡有了鬆動。

「九月來了？」這時，門口響起葛玉娥高興的聲音，緊接著，腳步聲已經到了門口。

「玉姨。」九月站起來，正要轉身時，手腕突然一緊。她回頭，只見葛石娃抓著她的手腕，目光乞求似的看著她，輕搖著頭，九月一愣，隨即便明白了，朝他點點頭。

葛石娃這才鬆開手，坐了回去。

「妳這孩子，可有段日子沒來看我們了。」葛玉娥的氣色越來越好，在這兒，沒有人看不起她，也沒有人刺激她，再加上祈豐年的承諾，讓葛玉娥整個人如同重生般，煥發著光彩。

九月挺滿意葛玉娥這種狀態，她希望能一直保持下去。

「玉姨，不好意思，家裡事多。」九月淺笑著上前。

葛玉娥也不進門，朝九月招手。「來，我們去廚房，我給妳做好吃的。」

「好。」九月轉頭看了看葛石娃，微微點頭，示意他放心，便跟著葛玉娥往廚房走去。

一路上，葛玉娥都在稱讚青浣如何懂事能幹。

「九月呀，青浣姑娘可有婆家了？」剛進廚房，葛玉娥突然轉了話鋒，目光直勾勾地看著九月，充滿了期待。

她這眼神，讓九月不由心裡一突，忙說道：「沒有呢，她之前跟著來這兒的時候，就說過，以後要在這邊找個好人家，玉姨，妳有什麼好人選？」

「真的？」葛玉娥頓時大喜，連連拍手。「太好了，妳石娃哥翻過年就二十一了，我瞧著青浣姑娘不錯，妳看，找她當妳嫂嫂可好？」

九月笑道：「玉姨，妳同意，石娃哥可願意？」

「願意願意。」葛玉娥連連點頭，歡喜得手腳都沒地方放。「妳等會兒，我去把這個好消息告訴石娃去。」

說罷，也不等九月說什麼，直接就跑出去，沒一會兒葛玉娥便拉著一臉無奈的葛石娃急急往這邊來了，語氣裡滿滿的喜悅。「九月啊，我問了，他願意呢。」

葛石娃一張微黑的臉此時脹得紅紅的，他已經看到了青浣，這會兒也不知是難為情還是無奈，目光往九月這邊一掃，又嘆著氣垂了頭，從小到大，最讓他無奈的就是他娘。

「呀，青浣姑娘，妳回來了。」葛玉娥眼睛一掃，發現了青浣，立即鬆開葛石娃，也不管九月了，上去就拉住青浣的手。「青浣姑娘，妳願不願意當我兒媳婦？」

青浣白淨的俏臉頓時染了紅霞，不過，她沒有羞答答地低頭，而是目光灼灼地看向葛石娃，葛石娃不由自主地看看她，彆扭地別開了頭。

那邊的幾個廚娘也停下手裡的活兒，眼巴巴地看著這邊的動靜，這樣的局面可不是輕易能看到的。

藍浣傻愣愣地看著葛玉娥，又看看葛石娃，退到青浣身邊，手肘撞了撞她，悄聲提醒道：「快說呀。」

「我……」青浣看到葛石娃移開目光，有些失望。

葛玉娥的目光帶著急切，拉住青浣急急問道：「青浣姑娘，我剛剛問過石娃了，他願意娶妳當媳婦，妳願不願意？」

九月的目光有些凝重起來，葛玉娥這狀態不大對勁呀，她有些緊張起來，下意識上前一步，隨時注意著葛玉娥的神情。

葛石娃也發現了情況，他顧不得難為情，上前拉住葛玉娥。「娘，青浣又不會跑，妳別著急。」

「可是她還沒回答我呢。」葛玉娥回頭看了看葛石娃，又幽怨地看向青浣。

「姨，妳別慌，我……」青浣忙拉著葛玉娥的手，嬌羞卻大膽地看著葛石娃，清晰地說道：「我願意的。」

「真的？」葛玉娥激動地看看四周的人，找了一圈，目光落在九月身上，語氣有些亂。「阿枝，妳聽到了沒？我兒子也要娶媳婦了！」

「我聽到了，很不錯。」九月心裡一凜，怕葛玉娥發病，忙柔聲安撫道。

「有了兒媳婦，我就能抱孫子了。」葛玉娥笑得兩眼彎彎，緊拉著九月的手，突然又嚶嚶地哭了起來。「阿枝，對不起、對不起……」

「都過去了。」九月嘆氣，這會兒除了安撫，她再說不出別的話。

「妳不怪我嗎？」葛玉娥似乎委屈極了，湊在九月面前哭得老淚縱橫，這一來，倒是把青浣和藍浣看得傻眼。

葛玉娥哭完又拉著青浣笑起來，嚷嚷著馬上定日子，青浣一一點頭答應，這才哄了她回房休息。

「你們確定二十八成親？」九月看著他們問道。

「確定。」葛石娃點頭。

青浣眼中的傷感散去，瞬間亮了起來，連忙跟著點頭。

「那好，這事交給我。」九月點頭，飛快地轉動腦筋，結婚需要什麼？

如今的九月可不是當初的孤身一人，她現在有人有錢，置辦院子這樣的小事，不到半天就敲定。

那是一間二進的小院子，給葛石娃、青浣住正合適，就是屋況糟糕了點，奈何時間緊迫，也沒得選。房子主人叫劉苦根，是個落魄男人，經過幾番殺價，他最終同意房屋賣價三十兩。

同行的葛玉娥、青浣、藍浣、阿安又去房中四處繞了繞，九月沒有跟著，她坐在堂屋，那掌櫃的和劉苦根陪在一邊。

「劉兄弟，這位可是福德郡主，能被郡主看中你的屋子，也是你的福氣了。」掌櫃的正在準備買賣契約。

「草民謝郡主！」劉苦根聞言，慌忙跪了下去，適時隱去眼中的詭異目光。

其實劉苦根被殺價有些不情願，可又怕這三十兩銀子飛了，他這屋子想賣出去可不是一天兩天了，好不容易有人上門來了，更何況祈屠子那兒一直沒有回音，眼見賭場給的期限就要到了……

想到此，劉苦根目光陰沈地看著九月，對了，她是祈屠子的女兒，只要扣下她，還怕那死屠子不理他？那死屠子現在發達了，也不想想當初年他意外發現祈屠子的秘密後，替他守了這麼多年，最後就那屠子一人得了好處？而他卻什麼也沒有撈到……

劉苦根簽完，輪到九月，她卻把契約放到桌上，笑道：「這不是我要買的，自然不能我簽，麻煩掌櫃的去把我家人喊過來好嗎？」

九月想讓青浣執筆，阿安幾人也不知道在做什麼，這會兒半天沒回來，只好讓掌櫃的跑一趟。

「沒問題。」掌櫃的快步就出了堂屋，去了廚房。

堂屋裡只剩下九月和劉苦根，九月雖然對這劉苦根沒好感，卻也沒有往別處想，她坐在那兒重新拿起契約看了起來。

也正是她這份不願應酬的心態，讓她錯失了劉苦根那一隱而逝的陰狠。

劉苦根咬了咬牙，手伸進懷裡，摸了一番，沒摸著可利用的東西，目光便開始游離，尋找著一切可以制住她又能嚇唬到另外幾個人的東西。

九月把契約看了看，實在沒什麼可看了，才抬頭看向堂屋門口，眉心微皺，心裡有些忐忑，便想著出去看。就在這時，眼角餘光瞥見一個影子向她撲來，她一驚，正要避開，那影子已經套向她的脖子，緊接著，呼吸便是一滯。

九月大驚，下意識地伸手去抓住繩子，手指套了進去，她才覺得稍稍緩了些，定睛一看，居然是那個劉苦根，他正扯著繩子，目光興奮。

「你……」九月這一瞧，心裡更是驚怒。「你是什麼人?!」

「我是什麼人？」劉苦根得了手，心中大快，一手扯著九月靠近了些，一手把多餘的繩子往梁上一拋，就把繩子掛了上去。「一會兒妳就會知道我是誰了。」

說罷，直接把繩子另一端纏到自己手腕上，腳一勾，又勾過一張板凳，放到九月面前，命令道：「站上去。」

九月皺眉看著他。

這一猶豫，劉苦根的手便又緊了幾分，九月的手卡得生疼，呼吸也困難起來，沒辦法，只好站上去。

「你想要什麼？」九月心頭一陣狂跳。

「放心，我不要妳的命，我只要銀子。」劉苦根直言自己的目的。

「郡主……啊！」藍浣跑得最快，笑嘻嘻地從那頭跑過來，一腳踏進門，便看到這可怕的一幕，頓時尖叫出聲。

「怎麼了？」阿安跑在後面，喝道：「放開她！」

「站住。」劉苦根卻是老神在在地指著他們，收緊另一隻手腕間的繩子。「敢再過來，我就弄死她！」

「你敢！」阿安怒目圓睜，卻也不敢再上前一步。

「我敢不敢，嘿嘿，想試試嗎？」

阿安心裡一陣緊張，又是一陣懊悔，他真大意，剛剛就不應該離開她身邊的。

「藍浣呀，你們站在門口幹什麼呢？」後面來的葛玉娥和青浣滿臉笑容地過來，邊上陪著那位掌櫃，看到阿安和藍浣一動不動地站在門口，不由驚訝地問。

「啊！」掌櫃個子高，透過阿安和藍浣的間隙，已經看到裡面的情況，嚇得驚呼起來，整個人往後退去，轉身就跑。

「哎喲，你這人怎麼這樣？」葛玉娥被撞了一下，不高興地看著掌櫃。

這會兒青浣也看到九月被人這樣吊住，頓時愣住了，她略略一想，便拉住葛玉娥，拖著往後退。

葛玉娥卻不合作。「青浣，他撞我！」

「都給我進來！」劉苦根叫道。「敢不進，就要了她的命！」

「命？」葛玉娥一愣，問青浣。「誰要誰的命？」

「姨，妳別添亂，乖乖的在這兒待著好嗎？」青浣嘆氣。「一會兒我進去吸引那人注意，妳找機會回鋪子裡去，讓葛大哥找遊公子來救郡主和我們。」

「啊？九月怎麼了？」葛玉娥一聽救郡主，頓時緊張起來，兩眼直勾勾地盯著青浣。

「姨……」青浣已經知道葛玉娥的狀況，一看這眼神，心裡暗暗警惕。「妳可要記好了，有機會就跑回鋪子裡去，知道沒？」

「不行，她的命是我的、是我的！」葛玉娥卻不理會，直接一把推開她，轉身就衝進堂屋，這一衝，把門口不敢妄動的阿安和藍浣推到兩邊。

「不行，她的命是我的、是我的……」葛玉娥看清了這一幕，她的眼神更直了，口中喃喃說道，衝著劉苦根就撲過去。「你快放開她，不許你動她，她的命是我的、我的！」

「瘋婆子！」劉苦根頭疼了，看到葛玉娥撲過來，想也不想，直接伸腿踹了過去，一腳踹在葛玉娥的心窩上。

葛玉娥被踹得跌了出去，倒在地上一動不動。

「玉姨！」九月嚇得大聲喊道。

「姨！」青浣上前抱起葛玉娥，只見一道血從葛玉娥的嘴角流出來，葛玉娥緊閉著雙眼，任由青浣怎麼搖，都沒有動彈一下。

「去死！」九月怒了，也顧不得自己這會兒還被吊著，雙手就這樣握住繩子，抬起一腿就踢向劉苦根。

九月沒有學過功夫，這一腳踢了個空，身體失去平衡，腳下凳子頓時倒了，她整個人懸了空。

而劉苦根猝不及防之下，手被九月這一扯，扯得高舉了起來。

阿安立即跑上前，一拳頭就砸向劉苦根高舉的那隻手。

「啊——」劉苦根慘叫一聲，想擋，可這條手臂被牽扯住了。

藍浣嚇呆了，靠在門邊傻傻地看著這混亂的一幕。

「咳咳——」九月此時雙手都卡在繩套裡面，她全力握拳，艱難地說道：「藍浣，快拉我下去。」

「喔喔……」藍浣過去抱住九月的腿，把九月往上送了送。

九月使勁地拽著繩子，正要騰出一隻手去解上面的繩結。

劉苦根本就是整日遊手好閒沈迷賭場的人，哪裡是阿安的對手，幾拳下來，劉苦根已是苦不堪言，一對八字眉更是揪成兩撇，嘴裡嚎叫著告饒。

阿安哪裡肯饒他？狠狠的幾拳之後，他抬腿踹在劉苦根的膝彎上。

劉苦根立即跪倒下去。

一根繩子，一邊吊著九月，一邊繫著劉苦根，兩人體重壓根兒不在同一水準上，劉苦根這一倒，可真真害苦了九月。

剛剛鬆些的繩子猛然收緊，九月頓覺眼冒金星，漸漸地眼前發黑，窒息得無法呼吸。

藍浣這會兒已經哭出聲來，只傻傻地抱著九月的腿，反倒是青浣反應過來，把葛玉娥平放在地上，爬起來就衝到這邊，一起托著九月的腿，一邊驚呼著喊道：「阿安，快放手啊！」

阿安下意識回頭，看到九月的情況，頓時魂飛魄散，立即抓住劉苦根被反制的雙手，強把繩子扯出來。

繩子一鬆，九月也掉了下來，被青浣、藍浣安全接住，三人跌作一團。

「咳咳！」九月劇烈地咳著，頸下和手上都勒出一條觸目驚心的紫痕。

「郡主，您有沒有傷到？」青浣被疊在最下面動彈不得，不過她顧不得查看自己擦破的手掌，目光時不時看向另一邊躺著不動的葛玉娥，心裡急得不得了。

「咳咳咳！沒……沒事！」九月平復了一下，趕緊站起來，她除了頸下那一圈火辣的疼之外，再沒有別的感覺。

藍浣撐著地起來，順勢拉起青浣。

「阿安，把他綁起來。」九月氣惱劉苦根，說話也狠了不少。「留口氣就好。」

說罷，她就跑向葛玉娥，青浣和藍浣也跟了過去。

九月先探了探葛玉娥的鼻息，還有氣息，再探葛玉娥的脈，卻沒摸到，她也不敢胡來，轉頭對青浣說道：「青浣，趕緊回去通知石娃哥，讓他帶上大夫和鋪子裡的夥計過來，記得帶一張床板，玉姨這樣子也不知道能不能輕易搬動。」

青浣匆匆離開。

阿安也把劉苦根用那根繩子綁起來吊在梁上，還衝著劉苦根的肚子狠狠揍了幾拳。

劉苦根苦不堪言，心裡後悔不已，早知道，他應該在收了銀子以後，瞅個空趁那丫頭片子落單的時候動手，這下好了，落到他們手裡，也不知道是什麼結果。

九月心急，可是又沒有辦法對葛玉娥進行救治，只好看了看一邊白著臉的藍浣，皺眉問道：「你們剛剛怎麼回事？去廚房那麼久？」

「是夫人。」藍浣聲音還有些顫，她指了指葛玉娥。「她看那廚房挺大的，就和青浣說哪裡打灶、哪裡放案桌，說得高興，我們催了她幾次，她也不肯過來，只好陪著她了。」

九月聽罷點點頭，沒說什麼，只是眼睛一直往外面瞟，盼著大夫早些過來。

阿安也不敢離開，緊緊守在九月後面，目光狠狠地盯著劉苦根。

「就是這兒！」這時外面傳來一陣喧譁。

阿安頓時變了臉色，四下看了看，沒有稱手的工具，他直接就抄起那長凳竄了出去，隱在大門後面。

九月也是緊張，推了推藍浣。「藍浣，妳去躲起來，找機會溜出去找公子，知道嗎？」

「嗯。」藍浣冷汗都下來了，強忍著害怕連連點頭。

「趁現在。」九月見人還沒進來，催促藍浣出去。

藍浣爬起來，出了堂屋跑出去，藏到另一邊。

阿安看看她，點點頭，示意由他引開那些人的注意力，讓她出去。

「郡主就在裡面！」門外那位掌櫃的聲音已經清晰可見，聽那動靜，似乎還來了不少人。

阿安把長凳舉起來，藍浣緊張得雙手緊握。

「來人，前後布哨，保護郡主。」接下來的話卻讓阿安的手鬆了下來。

這時，外面的人已經湧進來，錚錚幾聲，腰刀出鞘，一群人暴喝。「都不許動！」來的，是康鎮的捕快們。

第一百七十六章

九月頓時整個人都鬆了下來，後退兩步靠在牆上。

「郡主在哪裡？」為首的年輕人左右看了看，轉向報信的掌櫃。

「郡主被吊……在裡面。」掌櫃的指著堂屋，正要說九月被吊著，眼睛已經看清那吊著的人不是九月了，左右一看，又見阿安和藍浣的姿勢，鬆了口氣改口。「這兩個不是壞人，他是阿安，是郡主的人；這丫頭是郡主的丫鬟，還有兩個女的也是。」

年輕人這才揮揮手，後面的捕快們紛紛腰刀入鞘，四下分散開始搜尋。雖然這牙行掌櫃報信說歹人只有一個，可他們還是不能不防。

「阿安兄弟，快把凳子放下，這位是新任的刑捕頭，是來救郡主的。」牙行掌櫃見阿安還疑惑地舉著長凳，忙上前解釋。

「你怎麼回來了？」阿安緩緩放下長凳，他已經認出捕快中的熟面孔，放下心來，不過卻仍是皺眉打量著掌櫃。

「你是不是以為我貪生怕死跑了？」掌櫃的呵呵一笑。「我要是不溜，怎麼報信救你們？」

「多謝。」阿安知道誤會了牙行掌櫃，放下長凳鄭重抱拳。

「好說。」牙行掌櫃的回禮。

這會兒年輕的捕頭已經進了堂屋，看到九月和地上的葛玉娥，眼中掠過一絲憂色。「郡主受驚了。」

「你是……」九月一看到他，不由驚訝得睜大眼睛。「你是刑公子？你怎麼也……當捕頭了？」

「郡主還記得我？」刑新濤靦覥一笑，紅邊藍衣的捕頭服穿在他身上，也很俊帥。

「當然記得，你怎麼當捕頭了？刑捕頭呢？」九月這會兒徹底地放心了。

「此事說來話長。」刑新濤笑了笑，轉頭看了看吊著的劉苦根，又看看葛玉娥。「還是先救人要緊。」

「對對對。」九月連連點頭。「看到你很高興，都糊塗了。」

刑新濤聞言，目光一亮，隨即又黯了下去，朝九月微微頷首，走到門邊喝了一聲。「來人！」

「有。」馬上過來兩個捕快。

「找塊木板馬上送傷者去醫館，還有這個人，收押回去！」虎父無犬子，刑新濤這一站一喝，氣勢絲毫不遜當初的刑捕頭。

這番大動靜，早就驚動了一巷子的人，當葛玉娥被送進醫館，當九月帶著那觸目驚心的傷痕出現，整條巷子都沸騰起來。

待葛玉娥被送進診間後，九月看著大夫們也匆匆進去診間，轉身對刑新濤說道：「刑捕頭，我想知道劉苦根的用意，麻煩你到時候知會一聲。」

「我會的。」刑新濤點頭，隨手拉住一位正要進屋子的中年男子。「大夫，快幫郡主看看，她也傷了。」

「小刑捕頭，我不是大夫呀，堂中大夫有兩個出診了，兩個在屋裡救人呢，我是幫忙的。」

「那趕緊通知出診的回來呀，郡主帶著傷呢。」刑新濤皺著眉。

那位中年男子聞言不由一愣，轉頭看了看九月，他沒見過九月，卻知道福德郡主的名頭，而且還知道這位郡主和他們東家公子走得極近，這會兒看到九月頸上紫痕，倒吸了口涼氣。「小的這就去準備。」

說罷，頭也不回地跑進屋，沒一會兒又匆匆地跑出門去了。

「九兒！」遊春得到消息衝進來，看到九月安然站在面前，他才鬆了口氣，但下一刻，他的目光落在九月的頸上，臉色瞬間結冰。「是誰？」

「一個求財的賭徒，刑捕頭已經抓起來了。」九月見他這樣，忙安撫道：「我沒事，只是玉姨重傷……」

遊春伸手撫上九月的臉，皺著眉不說話。

「別動，會疼。」九月的傷被他觸到，不由皺著眉縮了縮。

「怎麼不上藥？」遊春托著九月的下巴，審視著她的傷，臉色陰沈得如同夏日即將到來的雷雨天。

「大夫沒空呀。」九月無奈地抬手拉下他的手。「玉姨不知道怎麼樣了……要是孟冬在這兒就好了。」

「走，帶妳去上藥。」遊春不由分說要拉九月出去。

「藥一會兒再上，我要在這兒等玉姨。」九月心裡愧疚不已，倔強地推開他的手。

「玉姨這兒有大夫，妳等在這兒有什麼用？」遊春扣住她的手，有些無奈地看著她放柔了聲音。「先回鋪子上藥，一會兒再過來看，好嗎？」

「等玉姨出來我再上藥不遲，又不疼。」九月堅持。

「你們好好的怎麼會遇到歹徒？」他只好示意還驚魂未定的藍浣去一品樓找掌櫃要化瘀的藥膏。

九月語帶自責，嘆著氣回答道：「我想買院子，今兒是去談價，沒想到屋主見錢眼開。」

「妳買院子做什麼？怎麼也不和我說？」遊春驚訝地問，一想到剛才聽到她出事了，心跳就跟停頓了似的，語氣也有些不善。「就算妳不想告訴我，也可以讓張義、阿安他們去辦，有必要自己去嗎？」

九月本就難受得要命，又聽到他這番近似質問的話，心底的委屈頓時冒了出來，她抿了抿嘴，不說話了。

「好了。」最終還是遊春妥協，伸手拉過她的手，不可避免地看到她手上的傷，心又是一揪，可他也只能無奈地嘆氣，盼著藍浣能快些把藥取來。

一刻鐘後，藍浣回來了。遊春淡淡點頭，接過藥膏，親自給九月上藥。

又等了大半個時辰，屋裡的大夫才滿頭汗的出來，還沒說話，葛石娃幾人就急急圍了上去。「大夫，我娘怎麼樣了？」

「人已經醒了，但她傷在肺腑，加上年紀大了，身子骨又不好，只怕……」大夫嘆了口氣。

葛石娃在聽到人已經醒的時候就衝了進去，青浣連忙跟上。

九月也跟了進去，葛玉娥確實醒了，正微笑著和葛石娃說話，看到九月進來，她的目光轉了過來，虛弱地向九月招手。「九月，來。」

「玉姨，對不起。」九月紅著眼睛。

「傻孩子，這是命。」葛玉娥卻笑得溫婉。「我想回家，想看石娃和青浣成親，我們不買院子了，回大祈村好嗎？那兒有家的。」

葛玉娥說的是她以前住的老房子，雖然破舊不堪，卻也是家。

九月看著葛玉娥的神情語氣，心裡已沈到底，她沒有多說，一一應下葛玉娥所提的任何要求，並立刻帶人回大祈村安排。

原本葛玉娥母子的院子根本不能住了，於是她直接讓人拆了重建，葛石娃和青浣的婚禮也緊鑼密鼓地準備起來。

沒兩天，邢捕頭親自送來消息——劉苦根居然就是那個威脅祈豐年的人，因為看到祈豐年的風光，自覺自己吃虧，多次和祈豐年談條件，但祈豐年手上實在沒多少銀子，加上九月歪打正著要買她的房子，所以他就起了心思，想從九月身上撈些銀子。

得到消息，郭老單獨尋了祈豐年說了一下午的話，出來以後，祈豐年的眼圈紅紅的，但神情總算是輕鬆了。

至於劉苦根，有郭老和遊春在，下場可想而知。

家裡事情安頓好，祈豐年親自去接葛玉娥。

「你真來接我了……」葛玉娥的語氣中帶著歡喜的笑意，九月果然不會騙她，他們都來帶她回家了。

「是的，我來接妳回家，家裡都布置好了，明兒我們就給兩個孩子辦婚禮。」祈豐年輕聲說著，語氣平靜溫和。

「你會給他們主持拜堂嗎？」葛玉娥期待地看著他。

「這是當然，我們不主持，誰主持？」祈豐年點頭。

「好，回家。」葛玉娥笑了。

「嗯，回家。」祈豐年握緊她的手。

齊孟冬上前替葛玉娥把了把脈，確定她這會兒能上路時，才點了頭——他是被遊春緊急召回來的。

「來。」祈豐年扶起葛玉娥。「我揹妳。」

「我想換身衣服。」葛玉娥坐起來，看了看身上的衣服，有些不滿意。

「玉姨，我幫妳吧。」九月立即上前。

於是，祈豐年等人都退了出去，葛石娃看了看她們，也跟著走了，沒一會兒，青浣便拿著一個包裹走進來——她送來葛玉娥的衣服。

兩人一起幫葛玉娥梳髮、換衣、上妝。

小半個時辰後，葛玉娥跟換了個人般，整個人端莊溫婉，眉宇間還帶著笑意，看不見半絲病氣。

九月端詳著葛玉娥，心裡暗嘆不已，這葛玉娥年輕時定也是個花兒般的人物，偏偏命運弄人，才落到如今這地步。

青浣收拾了東西，去開了門。

門外等著的人都走進來，祈豐年和葛石娃一左一右站在葛玉娥面前。

「來。」祈豐年微笑著看看葛玉娥，轉身彎腰下蹲，等著葛玉娥上背。

葛石娃板著臉也來到另一邊擺開姿勢。「我來。」

祈豐年轉頭看著他。「我來。」

葛石娃抿著唇，一動不動，分明是不肯妥協。

九月見兩人針鋒相對，不由無語，伸手拉了拉葛石娃的衣袖，在他身邊悄聲說道：「這怕是玉姨的心願，你就讓一步吧。」

葛石娃沈默著，側頭看了她一會兒，總算緩緩起身，退到一邊。

九月朝他笑了笑，上前幫忙。

在她和齊孟冬的幫忙下，祈豐年揹起葛玉娥，他畢竟上了年紀，剛剛揹起時，腳步有些虛浮，齊孟冬見狀，忙扶了一把。

葛玉娥緊緊地摟著祈豐年的脖子，臉貼在他背上，緩緩閉上眼睛，一行淚在眼角無聲滑落，留下兩道淚痕，這是她夢寐以求的倚靠，卻從來不屬於她，當年她偷走了一夜，如今再次倚靠，卻已是一輩子。

玲枝，過幾天我就能親自向妳道歉了……葛玉娥的心聲無人能聽見。

葛石娃和青浣的日子定得有些倉促，嫁衣來不及準備，便從鎮上成衣鋪拿了現成的，沒有特色，卻也襯出青浣的美。

花轎從九月的新院子出去，繞著村子走了一圈，等花轎到的時候，九月等人已經等在葛家新院子裡。

落轎、進門，一切都沒有祈喜出門時那麼熱鬧，眾人都刻意表現出高興，可私底下難免唏噓。

葛玉娥今兒穿了一身暗紅，藍浣扶著她在堂中坐定，另一邊坐著神情複雜的祈豐年。

葛石娃牽著青浣進了門，目不斜視地下跪行禮，禮成後，新人被送進了新房。

「好、好……」葛玉娥雙目泛著淚光，目送葛石娃和青浣進去，她卻突然臉色一白，嘴角滲下一絲血。

「妹子……」葛母看到，不由一驚，想要說些什麼，卻又猶豫地看了看九月。

「我沒事。」葛玉娥笑笑，很自然地拿著手帕拭去血絲，看著祈豐年說道：「豐哥，麻煩你幫忙招待下客人。」

「知道，妳去歇著吧。」祈豐年點頭，目中流露不忍。

葛玉娥點頭，撐著桌子站起來，目光緩緩掃過在場所有人，帶著微笑說道：「謝謝大夥兒來參加石娃的喜日子，以前我玉娥如果有對不住大夥兒的，還請別放在心上。」說著，朝眾人便是一個鞠躬，腰彎了下去，卻險些一頭栽倒。

葛母站在邊上，眼明手快地一把抱住葛玉娥。「妹子，說這些做什麼？今天是好日子，該高興。」

「大嫂，我高興。」葛玉娥藉著葛母的力氣站好，笑著說道：「能回家，能清醒著看到石娃娶媳婦，我是真高興。」

「高興就好，以後孩子們的福，有得妳享呢。」葛母輕聲安撫道。「走，我送妳回去歇著。」

「我不累。」葛玉娥輕搖著頭，推開葛母。「大嫂，我沒力氣，妳幫我招呼鄉親們。」

「好好。」葛母連連點頭。

「藍浣，送玉姨回去休息。」九月最看不慣這樣的場面，示意藍浣扶葛玉娥回屋。

葛玉娥沒有拒絕。

等她一走，眾人不約而同地嘆氣。

「九月。」葛根旺和祈夢帶著孩子回來得晚了，祈巧也和他們同行而來，都沒能趕上觀禮，這時見眾人壓抑，幾人都有些驚訝。

他們只知道今天是葛石娃成親的日子，卻不知道葛玉娥的事。

「都入席吧。」祈豐年起身，招呼眾人入席，眾人這才反應過來，既然要替葛玉娥全這個心願，那就配合到底吧。

眾人紛紛招呼著去了院子吃酒席，葛母看到葛根旺和祈夢一家回來，雙眼都亮了，只是她向前走了幾步，卻又猶豫地停下來。

「婆婆。」祈夢主動過去挽住葛母的手。

「奶奶。」葛小英姊弟三人齊齊上去，圍住了葛母。

葛母的眼眶紅了，拉住葛小英幾人久久說不出話來。

「都入席吧。」九月上前打圓場。

於是，葛母在祈夢等人的圍繞下，去了外面坐下。

這夜，九月依然留下藍浣，並叮囑藍浣夜裡警醒些，但凡有個什麼不對，就要速去回她。

藍浣應下。

所幸這一晚，安然無恙。

除夕，各家各戶都忙著收拾食材準備過年，殺雞宰鴨忙前忙後。

葛根旺和祈夢一家子也沒打算回鎮上鋪子裡去，不過他們也沒住在葛家，而是住到九月這邊，今天他們也早早地起來，幫著廚子們清洗食材，殺雞宰鴨打年糕。

遊春的手下們也沒有回去，今年過年他們就直接留在這兒，所以家裡便有一大堆事要忙。

九月擔心葛玉娥的情況，早飯也沒吃就想過去看看。

門外站著楊進寶和祈稻、祈稷三人，楊進寶的手正舉起來準備敲門，門便開了，驚訝之餘，就看到九月，不由笑著招呼道：「九月。」

「四姊夫、大堂哥、十堂哥，你們怎麼才到呀？」幾人的歸來，讓九月高興了一把。

「爹！」楊妮兒正和葛小海玩，看到門口的人影，高喊著就衝過來。

「小姐，當心點——」張嫂忙跟在後面。

「妮兒！」楊進寶樂呵呵地跨上前一步，接住飛撲入懷的楊妮兒，高舉著轉了一圈，把楊妮兒樂得格格直笑。

「大堂哥、十堂哥，進來坐吧。」九月笑看著兩人，轉頭看向祈稻、祈稷，幾人身上沒什麼行李，可後面停著的兩輛車卻是滿滿當當的，想來又帶了不少好東西回家。

「不了，我們先回家去，洗個澡換身衣服再來。」祈稻和祈稷都是頭一次離家這麼遠，如今回來了，看到楊進寶父女倆的互動，兩人也有些眼饞，迫切地想要回去見媳婦、孩子。

九月也沒有多留，祈稻兩人指揮著後面一輛馬車把楊進寶的行李搬進院，兩人便帶著另一輛車子急匆匆回去了。

楊進寶的歸來，暫時延緩了九月去葛家的腳步，在院子裡和他閒聊幾句才去葛家。

到了葛家，藍浣正在院子裡清掃，她告訴九月，新人正在葛玉娥屋裡敬茶。

九月轉身進了葛玉娥的屋子，便看到祈豐年也在，葛石娃很勉強的端著茶站著，青浣倒是跪在祈豐年面前遞上了茶。

祈豐年微紅著眼眶接了青浣的茶，看也不看就一飲而盡，接著從懷裡掏出兩個紅包給了青浣，什麼也沒說。

「謝公爹。」青浣道謝，才站了起來，一邊暗暗扯了扯葛石娃的衣襬。

葛石娃也不知道是被青浣的這句「公爹」刺激到，還是顧忌葛玉娥就在榻上看著他，終於不情不願地把茶遞了過去，待祈豐年伸手接住，他又飛快地縮回手，轉身去了葛玉娥身邊。

祈豐年也沒在意，一口喝下那杯茶。

九月這時才走進去。

葛玉娥看到九月很高興，招手讓她過去。

「玉姨，今兒除夕，一會兒都到我家去吧，我們一起守歲。」九月坐到葛玉娥身邊。

「不了，我想在家裡過。」葛玉娥笑得有些沒力氣。

九月細看著她，心裡暗暗吃驚，都說將死之人印堂發黑，她居然也在葛玉娥的眉宇間看到淡淡的青色，這是葛玉娥傷勢太重，元氣大傷呈現的虛弱相。

葛玉娥緊緊攥著九月的手，抬頭對著葛石娃等人說道：「這兒有九月陪我呢，你們都出去忙吧，除夕了，也準備準備，過個好年。」

「好。」葛石娃看看九月，猶豫了一下，帶著青浣出去了。

祈豐年更乾脆，什麼也不問，直接出去。

屋裡只剩下九月和葛玉娥，葛玉娥的笑意才漸漸斂去，整個人癱靠在枕上，拉著九月虛弱地說道：「九月，謝謝。」

「玉姨，說這些幹麼，又沒什麼。」九月看得更是心驚。

「我是說真的。」葛玉娥扯了個笑容。「九月，我還有件事，想求妳幫個忙。」

「玉姨，一家人不說兩家話，有什麼事妳只管說，哪用求字。」九月點頭。

「我死以後想葬在後山，妳娘以前那個位置……」葛玉娥突然說道。

「玉姨，妳說什麼呢？」九月打斷她的話，心裡一緊。「石娃哥才成親，還指著妳幫他們帶孩子呢，別說這些不吉利的。」

「我沒幾天了，你們是怕我難過才瞞著我，可是我自己的身體，我哪能不知道呢？」葛玉娥緩緩搖頭，嘆了口氣。「這些話我不能對石娃說，那孩子實心眼，我怕他受不了，而且二十多年來，從來沒像今年這樣，有個團圓年……我只能……拜託妳。」

九月沈默。

「妳一定要聽我的，我死後就埋在那兒。」葛玉娥很堅持。「妳娘是個好女人，她比我更配豐哥，她苦了一輩子，末了卻還因為我，害她十六年孤墳……這些該是我受的……」

葛玉娥的呼吸有些急促。「九月啊，其實妳一點也不欠我的，不用替我想太多，當年我救妳，是因為對妳娘的虧欠，妳的命不是我的……妳為我們已經做了太多太多，我不能再讓妳因我們的事，被別人戳脊梁骨，我和妳爹就這樣吧，別再提了，能在臨死前看到他對我笑，肯揹我回家，我就知足了……」

「玉姨，說了今兒除夕，別說這些了，齊公子就在這兒，他的醫術那麼好，一定會治好妳的。」九月聽得心裡酸楚。

「我怕沒機會再說了。」葛玉娥微笑，拉著九月的手。「妳是個有福的，我這輩子唯一沒做錯的，就是救了妳，最放心不下的……是石娃……」

「妳放心吧，石娃哥會很好的。」話說到這個分兒上，九月也不再迴避話題。

「九月，如果他不姓祈，妳還會幫他嗎？」葛玉娥問道。

「當然，不管他姓祈還是姓葛，都是我哥。」九月鄭重點頭。

「那我就放心了。」葛玉娥長長一嘆，整個人顯得疲憊不堪。「他有他的想法，我不想勉強他，要是他們有父子緣分，姓什麼都不重要了……」

「我明白。」九月點頭。

「真好……」葛玉娥微笑看著她，也不知道說什麼真好，只是慢慢閉上眼睛。

九月不由一驚，握住葛玉娥的手，拇指按在脈動上，感覺到微弱的跳動，她才鬆了口氣，起身幫葛玉娥拉好被子，放下幔帳，輕輕地走了出去。

屋外，葛石娃一直等著，看到九月出來，他立即轉過身盯著她看，卻沒有說什麼。

九月猶豫著，不知道要不要把葛玉娥的話告訴他。

「她都說了什麼？」葛石娃過了好一會兒，才開口問道。

「出去說。」九月點頭。

葛石娃乖乖地跟在後面，兩人站在院子外，九月才把葛玉娥的話都告訴葛石娃，這件事最有權作主的就是他了。

葛石娃低著頭，好一會兒才啞著聲說道：「那就……按她說的辦吧……」

「哥……」九月不忍看他傷感。

「我沒事。」葛石娃仰頭看天，調整了一下情緒，看向九月時已經平靜下來。「你們都回去吧，這幾天我想和我娘好好過個年。」

那意思，是想只有他們一家三口一起過年了。

九月表示明白。

兩人人分開之後，九月就去找了祈豐年，把這番話轉述給他聽，祈豐年只是沈默著點頭，什麼也沒說。

按著葛石娃的意思，九月帶走了藍浣，齊孟冬也先跟著回了九月的新院子，只叮囑青浣有什麼動靜就來通知他。

回到家，九月便看到郭老等人已經回來了，這會兒郭老、遊春正在大廳裡鋪了紅紙寫春聯，楊進寶和祈老頭坐在一邊說話，祈老頭很高興，臉上滿是笑容。

「外公，您回來了。」九月快步進入大廳，只見廳中椅子上、几上都掛滿春聯，看字跡，都是郭老和遊春的傑作。「怎麼寫這麼多？」

「一會兒讓妳姊姊們都來取，人人有份。」郭老興致極好，抬頭朝九月笑了笑。「妳也來寫一副。」

「我才不班門弄斧呢。」九月躲得遠遠的，她的字自己看還行，在郭老和遊春面前哪裡拿得出手。

「過年了，圖個喜慶，之前妳寫的聯子擺在鋪子都敢擺，這會兒怎麼就膽怯了？」郭老閉口不提葛家的事，倒是對這除夕充滿期待。

「那時候不是沒你們兩高手寫的字嘛，我還能厚個臉皮硬充門面。」九月連連擺手。

「來。」遊春卻已停了筆，替她取了一張紅紙，筆蘸了墨，讓到一邊笑看著她。

第一百七十七章

這一個年，雖然也有遺憾，但總算是熱熱鬧鬧地過去。

正月初八，葛玉娥走了，帶著微笑結束了這一生的苦難和執念，片刻的悲傷之後，九月親自主持了葛玉娥的後事，也算是讓她悲劇的一生最後落幕在風光中。

一切事情結束的第三天，便是上元節。

九月準備藉今天的日子把葛石娃和青浣喊到家裡好好吃一頓飯。

然而一大早的，她還沒出門，葛石娃和青浣卻揹了包裹站在她家門前。

「你們這是去哪兒？」九月一愣一愣的。

「我想出去看看。」葛石娃沒有進門，他以身上有孝為名站在門外，此時的他看起來平靜多了，說這些話時也沒有迴避九月。「很早以前我就想出去了，只是那時候走不開，現在……」

「要去哪兒呀？」九月知道留不住他。

「先去縣上吧，現在也不確定要在哪兒。」葛石娃搖頭。「放心，我們安頓下來會給妳捎信的。」

「可是今天上元節，也不用這麼急著走吧？過了今天再走不遲呀。」九月努力勸著。

「不了，早一天去早一天有著落。」葛石娃搖頭，從懷裡取出一把鑰匙。「這個妳留著吧，另一把我給了舅母。」

「好。」九月黯然，接過鑰匙。「我會派人幫你們看顧院子的，過年過節的記得回來看看。」

「好。」葛石娃點頭，攬過青浣的肩就要離開。

九月忙攔下。「在這兒等我一下，我馬上回來。」

說罷，飛快地跑進院子，取了些銀子拿著，又飛快地跑出來。

藍浣得知青浣要跟著葛石娃離開，也急急地跟在後面。

可是，等她們到了院子外，葛石娃和青浣卻已經沒了人影，只有祈豐年一個人靜立在那兒，看著村口方向默默無言。

「人呢？」九月一愣，快走了幾步出來，便看到葛石娃攜著青浣已出了村口，陽光下，兩人相依相伴……

藍浣的淚一下子掉了下來，大聲喊道：「青浣，一定要寫信回來啊！」

青浣聽到，兩人轉身，朝這邊高舉了手揮了揮。

「照顧好自己！」藍浣快跑了幾步，滿心不捨，從一進皇府，她就認識青浣，後來又同時被顧秀茹選中，晉升成二等丫鬟，兩人的關係一向很好，如今卻只剩下她自己了，青浣有了歸宿，那她呢？

青浣用力地揮揮手，和葛石娃相視一眼，走了。

藍浣邊哭邊朝村口揮手，直到再也看不清青浣的人影，她才放下手，噘起了嘴，低下了頭，都走了，就她一個人了。

「回去吧。」九月上前，單手扶著藍浣的肩。「他們會照顧好彼此的。」

「郡主，他們會回來嗎？」藍浣淚眼婆娑。

「會的。」九月點頭，看了看手中的銀子，不由嘆了口氣，他定是猜到了她的用意，才這樣子走了。

藍浣抹抹淚，又問：「那……以後我們能去看他們嗎？」

「當然。」九月安撫道。「他們現在也沒走遠，只是先去縣上看看，說不定不久我們就能再見到了。」

葛玉娥過世，葛石娃和青浣離開，接著祈夢和祈巧兩家人回到鎮上，祈夢家的攤子要出攤了，祈巧則是因為楊進寶要開始忙碌，便帶著張嫂和楊妮兒回去照顧他。

彷彿一瞬間，祈家又恢復了往日的寂靜。

祈豐年沒有表現出過分的悲哀，他只是守了幾天靈，沈默了幾天罷了，但私底下，九月還是察覺到他的低落。

事情過去後，他也沒有再提回老院子的話，而是留在這邊，每天和祈老頭作伴，搶了小虎伺候祈老頭的所有差事。

九月有些擔心祈豐年，但一直沒有找到單獨說話的機會，他總是陪在祈老頭身邊，而她又不想讓祈老頭擔心，所以這一耽擱就是兩天。

齊孟冬是被遊春召回來的，這一待也有小半個月，結束義診之後，他決定要回清溪縣一趟。

「九月，妳也去忙吧。」十八這天晚飯時，齊孟冬提出告辭，祈豐年聽完之後，轉頭對九月說道。「這邊該忙的事情也都差不多了，有我照顧著，妳去忙自己的事。」

「我……」九月想說她沒什麼可忙的，可是她好歹也是祈福巷的一分子，這樣說也不對，但又放心不下他們，一時猶豫起來。

「沒錯，去忙妳自己的，妳不還嚷嚷著要攢嫁妝的嗎？別讓遊春等久了。」郭老也笑著說道。「我有錦元他們，到時候回落雲山住幾天，再回來和妳爺爺作作伴，不會有事的。」

「攢不起來就拖遲唄。」九月看了看遊春，嘀咕了一句。

遊春不由失笑，沒發表意見，他確實是想早些娶她過門，而且最好把幾位老人都接回去，這樣他也不用天天鎮上、家裡兩頭跑了。

「這話說的。」祈豐年責怪地看著九月。「家裡就剩妳了，等妳成了親，我的心事就全了了。以後安安心心地陪著妳外公和爺爺，閒了種種地、釣釣魚，更鬆快些，你們有心就常回來看看，要是忙，也不用擔心我們幾個，我會照顧好外公和爺爺的。」

九月有些驚訝，她正擔心祈豐年呢，沒想到他居然主動說起這些來寬她的心。

「是呀，剛好明兒一起回鎮上去吧。」郭老笑著點頭。「如今這家裡都是大男人，也沒人懂怎麼操辦嫁妝，這事妳自己去料理，銀子外公出。」

「哪用您的銀子。」九月聽到這兒，忍不住笑。「我怎麼聽著你們盼著要把我趕出門呢？」

「聽明，就是想把妳早些趕出去。」郭老配合她的話說道。

眾人不由一陣轟笑。

很快，便進入了二月，遊春送來聘禮，如他所說，十里紅妝。

按著規矩，九月得暫時迴避，所以便一直乖乖等在她的小樓裡，只是一顆心卻早已飛到了前面。今天下聘，三天後抬嫁妝，再過三天，就是他們成親的日子。

可這會兒，九月心裡卻是忐忑不安，坐在陽臺看著那長長的紅紅的隊伍，思緒一下子回到前世。

那時候的她，何嘗不是一樣緊張？

一早起來精心打扮，等著新郎到來，一起站在高高的結婚蛋糕塔前舉刀……

那時，她以為她擁有了全世界。

可是，一年以後，她卻領略到現實的殘酷……

這一生，真的可以嗎？

九月垂眸，心尖上泛起陣陣惶然，她不知道這一次他們能走多遠。如果有一天，她前世的命運重演，失去了他，她還能好好地過下去嗎？

刺痛在心底蔓延，九月無來由地想哭。

「九月呀，快來快來。」樓下響起余四娘獨有的誇張笑聲，沒一會兒，樓梯被踩得「砰砰」響，余四娘小跑著走進來。「九月呀，打扮好了沒？等著妳接六禮喲。」

「三嬸。」九月忙印了印眼角，把心情藏起來。

「快來快來。」余四娘倒是沒瞧見九月的神情，她這會兒正興奮呢，二話不說就拉住九月的手腕，急匆匆往樓下去。

「三嬸，妳慢些，當心腳下。」九月無奈，只好快步跟著。

「妳呀，虧妳坐得住，這前院都炸了鍋了。」到了樓下，余四娘才略略緩了腳步，鬆開九月的手，興奮得手舞足蹈。

「妳都不知道，那箱子一打開，金燦燦的金子呀，足足有六箱呢；嘖嘖嘖……還有那珠子比雞蛋……不對，比鵝蛋還大；那錦羅，摸上去就跟水一樣柔滑……」

余四娘一邊說一邊比劃，一臉陶醉，好一會兒才垂了嘴角嘆口氣。「唉，妳三嬸我呀，活這麼大歲數，到今兒才明白自己是白活了。」

「三嬸說笑了。」九月只是笑，伸手挽住余四娘的手臂。「三嬸也很幸福，三叔什麼都聽妳的，還有幾位堂哥都孝順，幾位堂嫂也個個都是能幹的，以後妳就等著享兒孫福吧。」

「那倒是。」余四娘一聽，頓時笑了起來。「我這輩子雖然沒有享過有錢人的福，可比起妳娘和二嬸，我值了。」

「三嬸也是有福氣的人。」九月輕笑。

余四娘打開話匣子，回憶當年。「自我進了祈家，還真沒受過什麼苦，妳三叔處處讓著我，進門一年就有了，妳奶奶一向喜歡孫子，這麼多年來，我也是沾了三個兒子的福，才被妳奶奶這樣縱著，現在他們都出息了，媳婦都好，孫子孫女也好，呵呵，我這輩子呀值了！」

九月深以為然。

「瞧我這張嘴，今兒可是妳的好日子，我都說的什麼……」余四娘總算意識到自己話多，忙笑著拍拍嘴巴，拉著九月往外走。「走走走，外面等著呢，我們家九月又能幹又懂事，一定能過得比我們好百倍千倍的。」

「謝謝三嬸。」九月微笑著道謝。

「來嘍來嘍。」剛剛拐出遊廊，余四娘就笑著喊道：「主角來嘍。」

門口堵著滿滿的村民們，院子裡堆放著密密麻麻的紅箱子，箱子都被打開了，媒婆笑得合不攏嘴地站在前面，遊春手捧著一個雕花盒子，笑看著九月。

這一瞬，九月僵住了。

他今天穿著一身藍袍，銀色的隱繡花樣在陽光照耀下，如漾開水紋般晃了她的眼，他就那樣捧著盒子，溫柔地笑看著她。

眼前似乎只剩下他一人，腦海中有關與他的相遇相知如電影片段般閃現——

那一天在落雲山小屋裡的相遇……

那一天他倒在她草屋裡的再遇……

那一天他誤打誤撞吻上她時的心悸……

他為她下廚、為她暖腹、為她做著他這個身分不可能做的任何事……

一幕幕如此清晰，九月浮躁的心頓時安寧下來，看著不遠處的他，眼眶微紅。

「哎喲，這孩子，高興得都傻了。」余四娘看到九月突然停下發呆，而門口那些人又一直關注著這邊，她忙笑著打圓場，暗地裡扯了扯九月的袖子。「哎呀，我的傻閨女，發什麼愣呢？接了那六禮，這事才算成呢，快去快去，莫誤了時辰。」

九月回過神，看了看她，淺淺一笑。

遊春看著九月一步步走近，他眼中的柔情更濃。遇見她只是偶然，卻不想他的心就在這偶然中淪陷。還有幾天，她就是他真正的妻了，一想到這兒，他的心就變得熱切，他真希望，清晨一睜開眼就是那一天。

九月緩步到了遊春面前，嫣然一笑，雙手接過遊春遞過來的盒子，她知道這盒子代表的意義，除了所謂的六禮，這裡面應該還裝著他的一切，他把他的家業和他一起擺到她面前。並不是她重視那些身外物，而是她真真切切感受到他的心意，因為在乎，所以才會想生死相託，而她也是如此。

「好！」也不知道誰起鬨，在九月接了盒子時，大聲地叫起好來，接著便是一陣叫好聲、道喜聲。

九月抬眸，一瞬間心跳怦然，臉如朝霞般紅得一塌糊塗。

她雖臉紅，卻也沒有忸怩地躲了去，她輕咬著下唇，帶著笑意朝眾人福身，坦然接受祝福。

遊春送來的十里紅妝，沒出一天便傳得遠近皆知，附近幾個村子甚至還來了不少看熱鬧的人。

九月得知消息後，哭笑不得。

連續兩天，余四娘和陳翠娘一起幫著祈祝等人重新檢視嫁妝，幾位堂嫂也客氣，商量著給九月添了兩箱子。

祈豐年看過遊春的聘禮，二話不說，拿出剩餘的所有賞賜，反正那些東西對他來說也沒什麼用，又不能拿出去賣，更不能當飯吃，乾脆給女兒撐撐場面。

郭老更不用說，手一揮，黃錦元便帶著人去拉回了好幾車……當然，這是他早早就準備好的，只不過是取回罷了。

再加上九月自己準備的，林林總總加在一起，竟隱隱有攀比遊春的勢頭。

「這些瓦片是幹什麼的？」所有東西歸整齊全，九月發現了九個擺著瓦片的盤子和九個擺著土坯的盤子，不由好奇。

「這個呀，代表著鋪子、房子，一瓦一屋嘛，這土坯代表的則是田地。」祈祝笑著介紹。

「我不要這些。」九月立即搖頭，姊姊們出嫁的時候可沒這些，獨她一人例外，也太說不過去了吧。

「九月，妳就別推辭了。」祈喜拉著九月的手，她如今已有了身孕，整個人看起來更加豐潤，笑容也越發的甜。「這九間鋪子呢，爹出了兩間、二姊出了兩間，餘下我們幾個一人一間，都是我們的心意，妳不收，是不是不想認我們這些姊姊？」

「八姊，我不是……」九月嘆氣。

「我們也不能讓人家小瞧了去。」祈夢笑道。「再說了，我們有今天，沾了妳極大的光，跟妳給我們的相比，真不算什麼。」

九月撇嘴，正要說話，祈巧便開口了。「而且遊家拿出那陣仗來，已經弄得人盡皆知了，我們要是落了後，丟的不是妳的臉，是我們祈家的臉，丟了我們祈家的臉也就罷了，最重要的是還讓外公和皇上沒面子，那才是最要不得的。」

祈巧說罷，笑嘻嘻地看著九月，她就知道九月不肯受，早想好拿什麼話去治了。

「哪有這麼嚴重……」九月無奈地瞪了她一眼。

「這事就這樣定了。」祈巧瞥了她一眼，笑嘻嘻的一錘定音。

九月還沒來得及反對，眾人已經很有默契地散開，商量著正日那天的席面去了，獨留九月站在大廳中，看著滿屋紅彤彤的箱子，長長一嘆，心裡說不出是感動還是酸楚。

她也知道，祈巧說的根本就是拿來堵她嘴的，因為她們都知道她最在乎的就是她們。

於是，足以媲美十里紅聘的嫁妝在這一日浩浩蕩蕩地出發了，阿安派了一位懂禮的去了遊家，自己跑到這邊親自主持，五子喊齊了要好的兄弟們，幫著祈菽等人一起抬嫁妝過去，祈稻和祈稷也早一天趕回家，參加九月的婚禮。

祈願一家子也在這一天到了大祈村，正巧遇上嫁妝出門，陳老爺二話不說，派出帶來的家丁加入抬嫁妝的陣容，自己也硬跟著去了遊家。

男女雙主都這樣龐大的陣容，在康鎮還是頭一遭。

尤其新郎官還是人人敬仰的遊大人的遺子，新娘更是眾人熟知的福女，康鎮上一片歡騰，甚至有人掏錢去買了炮竹跟著隊伍一路慶賀。

這些九月自然是不知情的，她被「禁足」了，幾個姊姊輪流上陣，為她護膚，祈祝幾人當然沒那麼在行，於是祈願和大腹便便的祈巧就成了主事，指揮姊妹們摘花磨豆，磨著九月整日裡泡澡護膚。

九月無奈，又不忍拂了姊姊們的好意，只好受著這甜蜜的折磨。

總算，熬到了成親前夕。

一家人熱熱鬧鬧地用過晚飯，九月便被幾個姊姊們簇擁著回到小樓。今晚，就是祈喜也不打算回去了，要住在這兒陪九月。

「九月，妳坐好，有話要問妳。」祈巧再過不久便要分娩，可她卻依然步履輕盈，做事索利，一上樓就把九月按坐在凳子上，自己拉過凳子坐在正對面，其他幾位也笑嘻嘻地圍上來。

「什麼話？」九月驚訝了一番，瞧她們這架勢，晚上必有招要出呀？

「妳和他……不對，妳跟他出去幾次還在外留宿了是不？」祈巧搶著問。

「那是因為……」九月一聽，納悶了，怎麼這會兒問起這個來了？

「我們不是問原因，我們想知道，妳吃虧了沒有？」祈巧打斷她的話，直指主題。

「吃什麼虧呀？」九月這會兒突然明白過來了，不由失笑。「他是君子。」

「妳聽懂我們說什麼了？」祈願有些疑惑。

「姊姊們呀，他對我極好，怎麼可能讓我吃虧呢？」九月樂不可支，尤其看到幾位姊姊一本正經地看著她，她便笑得更歡了。

「妳還笑。」祈祝坐在九月身邊，嘆了口氣，瞧著九月這樣子就似完全不懂，要知道，她當年可是什麼也不懂就嫁了，結果險些鬧了笑話。「九月，妳……」說到這兒，她又覺得不好啟齒，轉向其他幾人苦惱地說道：「還是妳們說吧，這事我說不好哇。」

「大姊，妳不用說了，我懂。」九月哈哈一笑，拍了拍祈祝的手。

「唉。」祈願看看這個、看看那個，從懷裡取出一本小冊子，塞到九月懷裡。「自個兒看看吧。」

九月好奇，立即翻開小冊子，她對這個還真好奇，不知道古人們都是怎麼「性教育」的。

小冊子封面倒是沒什麼特別，普普通通的藍皮書衣，翻開後，入目的居然是……

九月只瞧了一眼，便瞪大眼睛，這麼赤裸裸的春宮畫，她前世都沒見過，沒想到她來到這兒後成親前的晚上，她的二姊居然甩出這樣勁爆的東西。

「姊姊們，妳們是不是每個人都有這樣的小冊子呀？在哪兒買的？」九月脫口問道。

「什麼東西？」祈祝伸頭瞅了一眼，立即滿面通紅，瞪著祈願問道：「二願，妳哪來的這東西？臊人……」

九月又把目光轉向其他幾位姊姊。

祈巧倒是淡然得很，伸手拿過小冊子翻了翻，輕輕一頷首。「畫得還行，二姊想得周到，我們都省事了。」

祈夢和祈喜卻是羞紅了臉，瞅了一眼就躲開了，倒是祈望，頗有興趣地拿著小冊子翻了翻，讚了一句。「哎喲，這樣也行？改天得試試。」

頓時惹得姊妹們一陣笑鬧，倒是掀過了九月被姊姊們追問的事了。

「九月，妳好好看看。」一陣鬧過之後，祈願語重心長地說道：「這男人女人就這麼一回事，如今遊公子對妳一往情深是不假；可以後，這夫妻相處之道，妳也不能小覷了，他畢竟……家大業大。」

九月失笑，看了看她們，鄭重點頭。「我懂妳們的意思，我會做好的。」

「妳懂就好，我們也希望你們夫妻倆能和和美美的，一輩子這樣走下去。」祈巧嘆了口氣。「妳也別怪四姊以前多事，四姊在楊家時看多了勾心鬥角，縱然是楊三爺那樣重情重義的人物，屋裡也有幾房如夫人……四姊是不想看到妳以後過得不開心。」

「四姊，我明白妳的心意，姊姊們是為我好。」九月莞爾，看著幾人真摯說道：「我相信子端不是那樣的人，而我，姊姊們也該相信妹妹的本事不是？」

「噗——不害臊。」祈喜坐在九月的另一邊，聽到這話，頭一個噴笑出來，伸手戳了戳九月的額。

第一百七十八章

成親，對九月而言，已是隔了一輩子的記憶，每每想起那時的緊張，她都以為自己再不會像以前那樣，她總以為再來一次，她必定能坦然處之。

可隨著時辰接近，九月發現，她緊張了。

天微微亮，院子裡初初有動靜的時候，她便醒了。

姊姊們昨夜陪她聊得挺晚，這會兒還沒有起來。九月起身，坐在梳妝檯前，看著鏡中模糊的嬌顏，突然心頭惶惶似沒有著落，在鏡前坐了一會兒，她又站起來，在屋裡踱了幾圈，卻想不起自己要做什麼事。

窗外只透著微微的亮，屋裡還有些濛濛的黑，初春的清晨還帶著絲絲的涼意。

九月卻忘記披上外衣，她看看屋裡，好一會兒，才想起去拿了外衣披上，接著又開始整理被褥，一貫做事有度的她，此時竟有些無頭緒起來。

沒多久，樓下便有了動靜，她聽到姊姊們的聲音，昨夜，她們都睡在樓下幾個房間裡。

九月站在樓梯上，往下張望了一下，又覺不妥，便又回到臥房。

看著一點一點亮起的窗，九月突然停下腳步，有些迷茫地想——一會兒該做些什麼呢？

所幸過沒一會兒，祈祝出現在樓梯口，看到九月，她有些驚訝，笑道：「九月起來了？」

「大姊。」九月回頭，就像個迷路的小孩看到親人那般，陡然鬆了口氣。

祈祝到了九月面前，細細打量了一番，含笑問道：「怎麼？緊張了？」

「嗯。」九月老老實實地點頭，她確實緊張了。

「妳先坐坐，廚房可能已經在煮熱湯了。」祈祝安撫地拍拍九月的肩，笑著下樓去了。

九月安靜地等著，她聽到祈願在問：「九月起來了？」

「是呢，她緊張了。」祈祝帶著笑意的聲音出了院子。

再接著，樓梯傳來腳步聲，祈願和祈望走上來，笑著問好，陪著九月開始挑首飾打理嫁衣。

直到此時，九月才覺得自己緩過來一些。

她默默地接受姊姊們的一切安排，香湯沐浴，淨臉淨手，換上裡裡外外的紅。

此時天已亮了，阿安安排的喜娘和全福老人已經被接了進來，開始替九月開臉梳頭。

細細的線在臉上滾過，留下密密的疼，卻也讓九月清醒起來，前世並沒有這樣古老的儀式，所以她沒有體會過這一分痛，這一分痛，猶如春日細雨，滾過她的臉龐，滲入她的心房，匯聚成密密的甜意。

今晚，她將成為他真正的妻。

九月心頭的惶惶被全福老人手中那根線纏去，心境一變，眉宇間那絲絲縷縷的憂慮亦消散無蹤。

由著她們折騰了近兩個時辰，九月總算妝扮好出來，祈喜目露驚豔。「九月真美。」

九月朝她笑了笑，看了看鏡中的自己。

不得不說，喜娘的手藝很好，將她原本清麗的容顏點綴得嬌豔如花，濃淡相宜的柳眉、熠熠生輝的杏目、不點而紅的朱唇，映染著頰邊淺淺的紅暈，襯得滿臉喜氣。

九月嫣然一笑，看向祈祝。「姊姊，替我謝謝這位喜娘。」

「放心，都有賞。」祈願笑著接話，她帶著的丫鬟立即給喜娘和全福老人一人送上一個紅包。

妝扮好沒一會兒，余阿花幾個妯娌齊齊來了，每人手裡都端了一碗送嫁麵。

「新娘子今兒真漂亮。」張小棗一看到九月就笑了，真心地讚了一句。

九月看著她們每人手裡的碗眨眨眼，為難地說道：「這麼多……」

「又不用妳每碗都吃完。」錢來娣輕聲細語地說道，她多帶了一個空碗，這會兒幾人把麵放到桌上，她便每個碗裡都挾了一小口，加了湯料送到九月面前。「快吃吧。」

九月也知道今天她的飲食必定要節制了，也不推辭，端過麵吃了起來。

「郡主。」九月的碗剛剛放下，喜娘正要給她重新補妝，樓梯口上來一個人，帶著喜悅的笑，匆匆走了過來。

「青浣！」九月一看到她，一陣驚喜。

「還有我呢。」青浣身後跟著舒莫，她的肚子也很明顯了，後面還跟著周落兒。

「莫姊、落兒。」九月開心地朝周落兒招招手。

周落兒偏著頭看了她好一會兒，才眨著眼睛上前。「姨好漂亮。」

「落兒也知道什麼叫漂亮？」祈巧笑道。

「知道啊，姨今天當新娘子，新娘子最美了。」周落兒鄭重地點頭，引得眾人一陣發笑。

「青浣，你們怎麼才回來？」九月其實想問葛石娃有沒有回來。

「前些日子鋪子裡忙，出來晚了，還好趕上了。」青浣比以前越發沈靜，在眾人的催促下，她簡單地提了提和葛石娃離開以後的事。

他們出了康鎮之後，便直接去了縣裡，租了間屋子住下，葛石娃也沒立即去尋活兒做，而是在縣裡轉悠了幾日，後來他便開始做小攤子，從別人那兒收貨做香熏燭，再擺到小攤子上賣，前幾天剛剛盤下小攤子，生意還算不錯。

「這麼厲害。」祈巧等人連連讚道。

九月卻淺淺一笑。「這才是石娃哥的手段。」

幾人正說著葛石娃和青浣的情況，前院便傳來一陣震天的炮竹聲。

退到門邊的喜娘和全福老人齊齊笑道：「新姑爺上門了。」

新郎官上門，九月出門的時辰也不遠了，祈祝等人紛紛起身，笑著商量一會兒怎麼去攔門，為難遊春。

九月原本有些擔心，可一想到當時她們聯手為難水宏的情景，不由笑了，姊姊們都是有分寸的，而遊春的處事能力猶勝水宏好幾倍，她有什麼可擔心的？

想到這兒，她反倒坦然起來。

隨著時辰推移，不斷有人過來給九月添妝祝福，她倒也不無聊。中午時，炮竹聲再響起，客人們該入席了，祈祝帶著人出去入席，青浣卻硬是留了下來。

「青浣，你們過得可好？」屋裡只剩下九月和青浣，九月才問起青浣的日子。

「好著呢。」青浣笑得嬌羞，手撫在小腹間，大大方方地報喜。「我有了，這次也是因為這個，才晚了幾天回來。」

「真的？」九月瞪大眼睛，驚喜地問。

「嗯。」青浣點頭，微微有些變黑的臉泛著幸福的光輝。「他說，第一個孩子姓葛，以後有第二個孩子，就姓祈。」

「真的？」九月又收到一個驚喜。「他想通了？」

「我覺得是。」青浣點頭。「他其實心裡很渴望得到公公的關注，只不過這麼多年來的遭遇，讓他無法低頭。如今這樣的話，也算是鬆了口，在我看來，是最好的結果。」

青浣語氣中帶著淡淡的哀傷，她心疼葛石娃，不希望他再糾結下去，他擺脫不了那些年，如今能鬆口提及讓第二個孩子姓祈，已然是很大的讓步了。

九月鄭重點頭，這確實是最好的結果了。「只要你們過得好，怎麼樣都行。」

青浣甜甜一笑。「我們會的。」

「讓我摸摸唄，沾點喜氣。」九月看到青浣的手一直護著小腹，心裡一陣羨慕，前世她還沒做過母親，不知道這一世何時能有孩子？

「好，也讓我們沾沾福氣。」青浣大方地挪開手，由著九月去摸她的肚子。「祝郡主早生貴子。」

「噗——」九月被青浣逗笑，也應了一句。「會的。」

兩人笑作一團。

獨處的時刻很快就結束了，小丫頭來報。「郡主，王爺、老太爺還有老爺到了。」

九月便在青浣的相扶下，緩步下樓。一會兒席面散去，遊春過了攔門關，她就得直接出門了，這會兒要向長輩們拜別。

天下父母心，做父母的，看到自家女兒即將出門，難免有所感慨。

九月來到樓下，祈豐年看了一眼便別開頭，微紅著眼。這個女兒是他最愧疚的，如今她有個好歸宿，可他，哪有什麼資格對她說教？

郭老和祈老頭倒是笑盈盈地看著九月。

九月上前，朝三人跪了下去，這三拜，她如今拜得心甘情願。他們是她的家人，出嫁前拜別長輩，理所當然。

祈老頭看著九月連連點頭，右手有些笨拙地抬了抬，看得出來，老人很高興。

郭老倒是說了幾句勉勵的話。

短暫的話別之後，九月又被請回樓上，外面再次響起報時的炮竹聲。

當紅紅的蓋頭遮去視線，九月的心提了起來，分不清這一刻，到底是忐忑還是期待。

遊春在院外遭遇了比水宏還要猛烈的圍攻，九月靜坐樓臺，聽著小丫鬟來回稟報新進度。

新姑爺如何氣度、新姑爺如何巧舌如簧、新姑爺如何……

九月聽得好笑，遊春不是個多話的人，他巧舌如簧？

「新娘子出門子嘍——」沒多久，樓下傳來媒婆高亢的聲音，緊接著，樓梯那邊就傳來腳步聲。

「來了來了！」小丫鬟跑得熱鬧，回到九月身邊提醒。

那腳步聲……九月側耳聽了聽，心有疑惑，她怎麼聽著像遊春呢？可是來揹她出門的不應該是她家兄弟嗎？葛石娃沒有認回來，那麼今天便有可能是祈稻他們……

正疑惑間，蓋頭下的邊緣出現一雙皂色新靴，上方是紅紅的錦袍，今天能這樣打扮的，也就遊春一人了。

九月的嘴角不由自主上揚，她倒是忘記了，他曾經說過要抱她進門，而且以他那吃味小氣的性子，便是她親哥來揹，估計他都不會給機會。

「九兒。」遊春近乎癡迷地看著九月，紅紅的蓋頭掩去她的容顏，他卻能輕易想像到蓋頭下該是如何風華，心裡被填充得滿滿的。今天是他們的好日子，馬上她便是他真正的妻，從今以後，她的天將由他一手撐起。

九月被丫鬟們扶起來，遊春上前一彎腰便抱起九月，這一瞬，九月頓時心安，透過紅蓋頭的邊緣，她只看到他完美的下巴，她微微一笑，攀住了他的肩。

遊春抱著九月緩步下樓，圍觀的人含笑，紛紛讓出通道來。

出了院子，炮竹震天地響了起來，歡樂的鑼鼓更是喧天熱鬧著。

遊春將九月抱進轎子，扶著她坐穩後，輕輕握了握她的手才退出去。

接著，喜娘送了柄如意塞到九月手裡。

九月不知其意，倒也安靜地握住。

阿安今天充當司儀，隨著他的聲音響起，花轎被緩緩抬起來。

一路晃悠悠地行著，九月聽著鼓樂聲。

過了許久，花轎停下，轎簾被掀開，遊春出現在面前，一邊的媒婆提醒他踢轎門（注），他卻沒有理會，直接傾身拉起九月，將她抱出轎。

今天來的客人特別多，看到這一幕，不由齊齊喝彩。

遊春抱著九月跨火盆，站在院門口時，他停了一下，低低地對九月說道：「九兒，到家了。」

到家了……九月心裡一酸，幾不可見地點點頭，整個人往他身上倚了倚。

遊春實現了他第一步的承諾，抱著九月進了他們的新家。

行禮的大堂上，已布置妥當，與別人不同，遊春如今無父無母無長輩，這高堂的位置空著，正中間的案上卻擺滿遊家所有人的牌位。

九月看不見周遭一切，只能跟著感覺隨著遊春行動。

繁冗的儀式過後，九月被送進新房，這才安靜下來。

一天下來沒吃多少東西，脖子也被頭上的首飾壓得痠疼。

九月微微晃了晃脖子，猶豫了一下，正打算掀起蓋頭看看，便聽到門被人推開，不少腳步聲進了門，她只好又忍住。

「新郎官揭蓋頭嘍——」有人起鬨。

九月聽著這聲音，竟又無端緊張起來。

喜娘在邊上說著祝福的話，她竟半個字都沒聽進去，直到眼前遮擋的紅色被掀開，她才抬頭。

眼前，是他含笑的眸。

這便是她今生的良人……

有些被動的，她順從地跟著遊春喝交杯酒、剪髮結髮、吃生餃子。

周圍笑聲不斷，她卻只聽得到他的笑聲、看得到他的笑顏。

被他催眠也不過如此吧？九月甜甜地想。

總算，所有該行的儀式都結束了，眾人在齊孟冬的招呼下去前院入席。

「九兒，妳若累了，先歇會兒。」遊春低聲叮囑了一句。

九月點頭，柔柔一笑。

遊春依依不捨地離開，今天來的客人太多，雖然有齊孟冬他們幫著招呼，卻也不能不出去露面。

屋裡只剩下九月一人。

她倒是隨意，之前遊春就說過，這院子不會讓下人進來，這會兒倒也給了她自在。

注：古代迎娶時，花轎到了新郎家，新郎需踢轎門，以示壓制，代表新娘往後會百依百順。

九月起身，第一件事不是去拿桌上的點心吃，而是坐到梳妝檯前，她一向喜歡輕便，今天這麼多首飾壓得她很不舒服。

正卸著釵環，門口跳進來一人。「九月師嫂——我來了！」

進來的是魏藍，她如今已顯了懷，卻依然蹦蹦跳跳的，齊天礙於這是新房，方才已經跟著齊孟冬幾人走了。

「大師嫂。」九月回頭，忙站了起來。

「這些不舒服吧？」魏藍腳步輕快地到了這邊，看了看九月的頭髮。「來，我幫妳。」

「你們什麼時候回來的呀？」九月坐著，在魏藍的幫忙下卸去首飾，解開頭髮重新綰了個簡單的髮髻。

「昨兒才來的，大師兄管得可嚴了，一路上不准騎馬，不准馬車走快了，反正，這個不許那個不許，快煩死我了，然後就回來晚了。」魏藍抱怨著，說罷，盯著九月興致勃勃地問：「聽說你們家可好玩了，今兒四師哥被人為難了是不是？早知道我就早些回來，到妳家去，也為難為難他。」

九月不由莞爾，魏藍的性子好玩，別看這會兒說要為難遊春，但以前可沒少幫他。

「對了，妳餓不餓？我之前成婚的時候，沒經驗，差點餓扁了，那時候我都不知道藏個小點心什麼的，也沒有人管我……」魏藍喋喋不休，一邊拉著九月到了桌邊，給她倒了杯熱茶。「來，先喝點熱的，吃些點心，我去讓人給妳送熱水。」

「謝謝。」九月也不客氣，她還真餓了。

魏藍高高興興地又跑了出去，兩刻鐘後，九月吃了幾塊點心，喝了兩杯熱茶，倒是緩過了勁，整個人也舒坦許多。

這時，魏藍也回來了，身後跟著三個丫鬟提著熱水進來。

讓人把水放進隔間的洗漱室裡，魏藍曖昧地朝九月眨眼，也跟隨丫鬟退了出去，還體貼地帶上門。

九月沒注意到魏藍神神秘秘的笑容，累了一天，她又不需要出去招呼客人，便迫不及待地想要去泡個熱水澡，也好解解乏。

隔間的洗漱室裡，水已兌進浴桶，魏藍還在水裡撒了些花瓣。九月不由無語，她從來不用這些洗澡，可這會兒她可是新娘子，哪好意思出去跟人說換水？

想了想，她只好拿了勺子舀去漂浮在水面上的花瓣，又打了些水出來淨了臉，這才褪盡衣衫，坐了進去。

溫溫的水沒至肩膀，一天下來的疲乏在溫熱中漸漸消去，九月滿意地仰頭，閉上眼睛長長地呼了口氣。

結婚真的不容易，古代的婚禮更是不容易，一天下來，雖然只是坐著有人服務，卻也累得不輕，不過幸好拜了堂，她不用跟著出去敬酒……

「九兒，怎麼睡著了？」遊春喝到一半，把客人丟給齊孟冬等人，自個兒溜了回來。

守在門外的魏藍已經悄悄告訴他，九月在泡澡，所以他進門沒看到九月也不意外，直接尋到這邊，只不過看到九月就這樣泡在熱水裡閉目休息，讓他有些吃驚，忙上前喊醒她。

「你回來了。」九月睜開眼，有些恍神，她剛剛好像真的睡著了？居然沒聽到他進來。

「妳呀，不怕著涼了？」遊春伸手撫了撫她的額，直接脫起衣服。

「你幹麼？」九月脫口說道，心跳一下子變得激烈起來。

遊春三下兩下褪去衣衫，長腿一邁，坐進浴桶，桶中的水頓時溢了出來。

九月避開目光，整個人已被他撈進懷裡，水中傳來的溫熱讓她不由自主一僵，下意識地抬頭，唇已被擄獲……

紅燭搖曳，濃情繾綣，終守得一生一世一雙人。

——全書完

番外一　天要下雨兒要出來

陽春三月，春暖花開，這本是踏青尋春、輕鬆愜意的季節。祈家院子裡，卻一天比一天緊張起來。

算算日子，九月已經過了預產期，家裡一切都準備妥當，郭老甚至還從京都請回文太醫，穩婆也是從京裡尋了一流的回來供著，可九月的肚子卻一點動靜也沒有。

十個月的肚子，已讓九月睡得很不舒坦，時常因為睡姿不適無法入眠，連翻身都困難。遊春幾乎足不出戶，外面所有事情全推給下屬，一天十二個時辰專程陪著她。文太醫每天早晚給九月診脈，叮囑九月一天幾個時辰在院子裡溜達走動。

轉眼又過了幾日，九月如往常一樣，在樓前閒逛，身邊跟著老母雞般護著的遊春。

「當心些。」遊春緊張兮兮地提醒，不放過一丁點小石子。

「拜託，你這樣我都不敢走了。」九月又是好笑又是無奈，乾脆停下腳步，看著遊春。

「妳看得見腳下嗎？萬一摔倒怎麼辦？」遊春不理會，繼續打量著面前的地。

這地方他幾乎一天挑好幾遍，居然還能挑出小石子來，九月真心服了他。

「摔倒不正好，他不出來，摔一下說不定就出來了。」九月漫不經心地說道。

「混說什麼！」豈料，一向縱著她的遊春卻沈了臉低聲斥喝道。

「好嘛，我說錯了。」九月一愣，也知自己說得過了，忙討好地拉住遊春。

遊春沈著臉，看了她好一會兒，才無奈地一嘆。「不許胡說。」

「絕對不說。」九月連連點頭。

遊春這才放過她，扶著她繼續散步。

過了午後，陽光漸漸地暗了，天空的雲慢慢聚攏，不到半個時辰，天竟黑沈下來。

「這天氣真是奇怪。」藍浣抬頭看了看天。

「是有點奇怪，這又不是六月，這天怎麼也說變就變。」九月站在樓前，看著天上那越滾越濃的烏雲，皺了皺眉，她不喜歡這天氣。

「天要下雨，這也不是什麼奇事，進去吧。」遊春扶著九月往樓上走，在他看來，天要下雨再自然不過了。

回到樓上，九月卻莫名煩躁，她拉開門窗，走到走廊上，此時外面烏雲聚往樓頂，就好像往她頭頂上匯聚而來似的，天似乎低了幾分，壓得人心頭沈沈的。

「只是要下雨而已，去歇會兒吧，我給妳揉揉腳，等妳起來，天就晴了。」遊春細細打量著九月，心裡有些疑惑，她從來沒為天氣變幻而多愁善感過呀，今天這是怎麼了？

「我這心裡悶得慌。」九月還在抬頭張望。

烏雲鋪天蓋地，擋去原本的光亮，白天竟似黑夜般深沈。

「這樣的天本就容易煩悶，來，進屋去，看不到，自然就會舒服些。」遊春柔聲勸道，拉著九月進去，順勢便把門關上。

藍浣已經送上了燈。

「多點上幾盞。」遊春見九月愁眉不展，忙讓藍浣把屋裡的燈全部點燃。

沒一會兒，屋裡燈火通明。

「坐。」遊春扶了九月到榻上坐下，自己坐到一邊，替她揉起雙腿。這半天下來，她的腿又有些浮腫了，偏偏連文太醫都說這是沒辦法解決的事情，看到她受罪，遊春便心疼不已，暗暗決定就要這一個孩子，不論是姓郭還是遊都沒關係。

「郡主，喝點熱茶，會舒服些。」藍浣體貼地送上一杯茶。

九月接過，抿了一口。

「轟！」突然，一聲驚雷在樓頂上方炸開，九月心裡陡然一驚，一口茶直接噴了出去，手上一顫，茶杯也摔在地上。

「九兒！」遊春忙伸手撫著九月的背，她今天的狀態很不對呀，想了想，抬頭對藍浣說道：「快去請文太醫。」

「我沒事。」九月搖頭，臉色卻有些不好看，她只覺胸口悶悶的，連肚子也脹得厲害，手一摸，肚子竟硬硬的。

不會是缺氧吧？九月模糊地想著，忙放鬆下來，開始深呼吸。

「很難受？」遊春卻是誤會了，緊張地看著她，連連吩咐道：「快，請文太醫。」

「欸。」藍浣忙應下奔出房門，樓梯踩得噼噼啪啪地響。

「轟隆隆！」雷聲一陣接一陣的，一聲比一聲響。

九月只覺得肚子又脹又硬，她緊鎖著眉，看著遊春有些不確定地說道：「子端，他好像……要出來了……」

「什麼?!」遊春竟傻住了，瞬間蹦了起來，衝著樓下大喊。「藍浣，快！快去請穩婆！」

「啊？」藍浣剛請文太醫等人過來，她愣了一下，立即反應過來，直接就往外面衝，邊跑邊喊。「快來人啊，郡主要生了——」

頓時，整個院子都沸騰了起來。

人家十月懷胎，九月這胎卻差不多要十一月了，他們早就天天盼著這小祖宗快出來，今天總算是有動靜了。

九月已經在遊春的安撫下躺下，只是肚子一陣緊似一陣的脹，讓她躺得很不舒服，她也不敢亂動，只好忍耐地躺著，有節奏地深呼吸著。

「啪！」驚雷炸開，九月心尖一顫，肚子又是一抽。

怎麼回事？九月皺眉，她從來不怕打雷，可今天的雷怎麼總讓她心神不寧呢？

文太醫很快就上樓來了，身後跟著穩婆。

「郡馬請迴避。」穩婆一上來就趕遊春出去。

「待文太醫把了脈我再下去不遲。」遊春很不情願，可又無可奈何，只好退一步。

文太醫已經開始給九月把脈。

外面的雷聲，一聲緊過一聲，可是打了這麼久的雷，雨卻是半點不下來。

九月也顧不了別的，只是儘量調整呼吸，她這是要生了嗎？為什麼肚子都不疼呢？只是發脹，就好像孩子在她肚子裡翻筋斗似的。

文太醫說了什麼，她不知道，遊春何時跟著文太醫下樓，她也不知道，祈祝、祈夢、祈望幾人什麼時候上來的，她也不知道，她只是閉著眼睛，調整呼吸，她不想寶寶有事。

「呀！生門開了！」她倒是聽到穩婆一聲驚呼。

要生了？可她為什麼肚子不疼呀？九月很疑惑，微微睜開眼睛，她看到身邊坐著祈望。

「九月，別怕，我們都在這兒呢。」祈望一直關注著九月的臉色，見她睜開眼睛，忙安撫道，拿著布帕給九月擦汗。

九月點頭，竟脫口問道：「下雨了嗎？」

「還沒呢。」祈望一愣，笑道：「妳管它下不下雨做什麼？又淋不著妳。」

九月又點點頭，緩緩閉上眼睛，這會兒她居然還有心思想著——光打雷不下雨……都打這麼久的雷了……

突然，肚子一陣抽疼，腿間一股暖流奔流而下。

「羊水破了！」穩婆欣喜地喊道。「郡主莫胡亂用力，聽我說，憋氣——用力……」

九月聽得模模糊糊，這光景，她似乎在作夢？

眼前，四通八達的通道，讓她有些眼熟，她站著不動，可腳下的路卻自己往前起來，就好像自動傳輸帶，路在縮短，一間間的門出現在她面前……

那是她前世工作的地方！她怎麼到這兒來了?!

九月大驚，她不是在生孩子嗎？她要是回來了，她的孩子怎麼辦？

可是，腳下卻似膠著了般，動彈不得。

一間一間的屋子裡，忙碌的工作人員來來往往，但誰也沒看她。

九月心急不已，卻沒有辦法掙扎，這時，她看到了年輕的自己……不，是剛出社會的自己，那時的她，一樣害怕。

九月無端平靜下來，眼前就像播放電影似的，把她工作的那些年情形一一展現。

後來的幾年，她專注於禮儀師的工作，倒是很少再做遺體修復，可此時為什麼都展現了？是因為她心裡在意嗎？因為這件事，她前世婚姻破裂獨居八年，還承受著種種異樣的目光。

她是在意的，九月恍然。

這時，九月一抬頭，竟發現面前站滿那些被她修復過的人，她猛地一驚，冷汗都流下來了，這是……

面前的這些人，面色如常，甚至可以說，被她化得比生前還要精緻出眾，他們一個個笑著朝她伸出手，奮力一推——

路飛快地縮了回去，九月大驚，偏偏又無從反抗，被推入一團黑暗中。

「九月，妳不能睡！」耳邊傳來祈望焦急的聲音。

九月抬了抬沈重的眼皮，她怎麼了？

「九月，來，含著這個。」唇間被塞了一片東西進來，是老山參。

「九月，聽好了，妳不能睡。」祈望的語氣中竟有隱隱的顫抖。「孩子快出來了，妳不能放棄啊，遊春還在樓下等妳；外公、爺爺還有爹都在樓下等妳，妳可不能睡，我們的九月一向是最厲害的，這次怎麼可以輸給八喜呢？」

她怎麼了？九月迷迷糊糊地想著，她只覺得無力。

這時，指尖傳來針扎般的刺疼，九月瞬間清醒，她在生孩子，怎麼能睡著？

也不知是因為她的清醒，還是文太醫的針起了作用，此時此刻，肚子竟傳來撕裂般的痛，她明顯感覺到肚子在下沈。

「轟！」屋外的驚雷再一次炸開。

九月也完全清醒過來，憋了氣拚盡全力地用勁。

「哇——」雷聲中，嘹亮的嬰兒哭聲驟然響起。

「恭喜王爺，是小郡主，母女平安！」穩婆報喜的聲音響起。

九月只覺得渾身一輕，沈沈的疲憊洶湧而來，她緩緩閉上眼睛，陷入黑暗前的一瞬，她似乎看到一道光亮撕裂開滿天烏雲，豆大的雨傾盆而下！

女兒呀……

——本篇完

番外二　奶娃們的大姊大

時隔五年，大祈村裡已完全變了樣，村中道路鋪上青石板路，五族宗祠前的空地也搭起戲臺，相隔不遠的空地修起了學堂，各家各戶的房子也紛紛翻了新，目光所及之處，當年那些殘破的老屋子已然消失不見了。

此時，正是盛夏的晌午，驕陽似火，青石板路上隱隱升騰著熱浪，村中幾乎看不到幾個人。

遠處的知了爭鳴，不停叫囂著夏日的煩躁。

就在這時，一個院子的角落冒出一個小蘿蔔頭，大大的眼睛左右滴溜溜一轉，隨後轉身揮揮手，自個兒帶頭衝了出來，貼著牆角飛快地往宗祠的方向跑去。

後面，不知從哪裡冒出來兩、三個和她差不多大的男孩，另一邊房屋旁也出來幾個小奶娃，晃著小腿飛快地跟上。

一路暢通無阻地來到宗祠前的戲臺，為首的女娃攔著幾人，自己先在四周打探了一番，才跳出來，招手說道：「快來，沒人。」

其他幾個這才紛紛跑出來，將女娃圍在中間。

最大的也不過六、七歲，最小的兩個瞧著只有三、四歲，齊齊睜圓了眼睛等待女娃發話。

「小糯，妳真的會跳了？」最大的女孩是祈望家的小女兒楊子月，今年七歲，卻乖乖地聽從那小女娃的安排。

「當然會跳了，不信妳問小離，他昨晚上看過我跳完的。」中間的小糯很肯定地點頭，指著那個最小的男娃兒說道，說完還徵求小男娃的贊同。「弟弟，你看到的，對不對？」

小男娃似懂非懂，卻聽話地重重點頭。

「瞧吧，我說的是實話。」小糯朝其他幾人抬了抬下巴，頗有氣勢地說道：「來吧，不要廢話了，省得一會兒有大人來，又打斷我們的事。」

「好。」一群人奶聲奶氣地回道。

「老規矩，伍小樂，你站這邊。水晨，你在小樂邊上。棗姊姊和子月姊姊在對面，方哥哥和小離在這邊，還有小合，跟小離一起。好了，等我把圖鋪好，你們就站上去，然後伸出雙手。」小糯拉著眾人的手一一安排位置，安排好後，她不大滿意地看了看，又把幾人推開了些，這才撩起衣服前襬，掏啊掏的，掏出一個布包，費了一番勁，她才把布包抖開，鋪在中間的地上。

那布上赫然畫著八卦圖，只是線條有些扭曲，字跡也歪歪斜斜，有些地方也不知是被汗浸濕還是倒上什麼水，已然模糊不清。

「啊！小糯，妳偷太爺爺的圖！九姨知道會罵妳的。」楊子月看到這布鋪開，就吃驚地掩口驚呼。

「這不是太爺爺的圖，這是我自己畫的。」小糯抬高下巴，隨後低頭看看圖，滿意地拍拍手，站了起來。「好了，把你們的手伸出來。」

說罷，又往懷裡掏呀掏，掏出一枝筆來，然後跑到戲臺角落，在地上扒了一會兒，找出一個小陶罐來。

抱著小陶罐，她飛快地回來，邊開蓋子邊指使道：「快點。」

眾孩子們點點頭，紛紛挽起袖子，伸出雙手。

小糯抱著陶罐子，拿著筆沾了沾，筆尖便染了紅紅的朱砂，開始在這些白白嫩嫩的小手上畫東西。

一圈下來，眾人的手掌上都多了一個歪歪斜斜的奇怪圖案。

「好了，這是平安符、這是驅邪符、這是……」小糯邊畫邊說，顯得極內行。

「姊姊，娘畫的平安符不是這樣的。」小離呆呆地看著手上的符好一會兒，開口質疑。

「你還小，不會懂的，快站好。」小糯拍拍小離的腦袋，把筆和陶罐子放好，看了看幾人。「好了，你們都站好了，我要開始跳祈福舞了喔，不要打擾我。」

說罷，到了戲臺邊，抱著臺柱子就爬上去，小小的身影來到戲臺中間，擺開了架勢。

沒一會兒，她便有模有樣地舞了起來。

戲臺下的孩子們則圍成一圈，高舉著手看著她，背她而立的幾個更是吃力，又要保持手的姿勢，又要回頭看熱鬧，半晌，就是滿頭的汗。

九月尋到這兒的時候，看到的就是這樣好笑的場面，七個孩子一看到她，紛紛放下手，把手藏在身後。

「噓！」九月朝幾人做了個手勢，目光落在戲臺上，小糯正全神貫注跳著祈福舞，雖然有些動作偏了，但大致卻是沒錯。九月不由吃驚，卻不敢隨意出聲驚擾了小糯，因為這舞講究的就是一氣呵成，若是中途停下，小糯勢必會摔倒。

小離偏著頭打量九月，見她好像沒有生氣，慢慢地湊了過來，抱著九月的腿仰望著她，奶聲奶氣地喊了一聲。「娘。」

九月低頭，只見淺綠長裙上被印上一團紅色，而小離正仰著頭眼巴巴地看著她。

「噓，看姊姊。」九月心裡一軟，彎腰抱起小離，坐到後面椅子上，拿出手帕給小離擦拭手上的朱砂。

其他幾個孩子見狀，也鬆了口氣，紛紛聚過來，坐在九月後面安靜地看著小糯跳舞。

小糯沒察覺到臺下的變化，她沈浸在自己的感覺裡，舞步越來越快，漸漸地有些凌亂起來。

九月皺了皺眉，這孩子偷偷看她的那些書籍，她不是不知道，只是她萬萬沒有想到，自己跟著外婆學五年才學會完整的祈福舞，這孩子竟然幾個月就全記下來了，不得不說，她很驚訝，也有些後怕。

她以前是一步一步學過來的，小時候沒少摔跤，便連現在，她一個大人整套跳下來，也是極費體力的，更何況一個五歲的小孩子……

「少夫人。」就在這時，藍浣急步走了進來，喊了一聲，她嫁給了黃錦元，如今夫妻倆都跟著郭老。

「娘。」小合看到藍浣，立即撲上去，在她的裙子上留下一團紅色。

藍浣忙蹲下去抱起小合，卻沒有先檢查自家兒子的情況，反而笑著對九月說道：「公子回來了。」

「哪個……」九月有些不解，家裡哪來的公子？藍浣喊遊春可從來都是少主的，便是齊孟冬幾人，藍浣也會在公子兩字前加上稱謂，說得清清楚楚。

「啊……」九月的話還沒問完，臺上的小糯聽到她們的聲音，一分神看到九月，心裡一緊張，腳步大亂，整個人一歪，從戲臺上栽了下來。

「小糯！」楊子月等人嚇得驚叫，個個傻眼地站在那兒。

九月一回頭，頓時嚇得魂不附體，這戲臺可是有一人高呀。

就在小糯即將摔到地上之時，黑影閃過，及時抓住小糯的後襟，把她提了起來。

九月這才鬆了口氣，幸好外公在小糯身邊派了暗衛，不然這臉朝下地栽下來，什麼後果真的難以預料了。

「郭凝諾！」九月沈了臉，嬌喝道。

郭凝諾是小糯的全名，滿月時，皇帝親自取的名，當時就封了小糯為凝福郡主，上了皇家玉牒。

幾個孩子都知道，九月只有真的生氣時，才會喊他們的全名，一個個把手藏在後面，退後了幾步。

小糯縮了縮脖子，偷瞄了九月一眼，反手抱住暗衛的胳膊，兩三下就跳到暗衛的背上，趴在那兒低聲哀求。「侍衛叔叔，小糯好累喔，沒力氣走路了，你揹我回去好不好？」

這暗衛也是長年跟著郭老的那些人裡選出來的，和九月也混得極熟，此時聽到這話，忍不住看了看九月的臉色，為難了，小郡主的話要聽，福德郡主的話更要聽呀。

「下來！自己走回去！」九月是動了真怒，這麼大熱的天不休息，拐帶了這群孩子來這兒，這會兒犯了錯還敢逃避？

「小郡主，您還是聽郡主的，要不然……」暗衛忍了笑，低低勸道。「花園裡的草又該除了。」

小糯聽到這話，立即從暗衛背上跳下來，她才不要除草呢，從小到大每每犯錯，她娘親都不罵不打，只會讓她去拔草鋤地種菜種花……她才五歲好不好？就讓她拔十幾次草、種了十幾次的菜了。

「娘，別這樣嘛，我回去就是了。」小糯訕笑著，腳下一步一步地往外挪。

「回來，把這些東西全給我帶回去。」九月指著地上的八卦圖和朱砂罐子，面無表情地說道。

「好嘛，帶回去就帶回去。」小糯見避不過去，只好乖乖上前，把東西收拾起來，抱在懷裡，垂頭喪氣地跟在九月身後。

「藍浣，剛剛妳想說什麼來著？」九月走在後面，看著這群孩子乖乖回家，才算想起藍浣匆匆趕來的目的。

「石娃公子回來了。」藍浣抱著小合，笑著說道。

小糯抱著陶罐和八卦圖氣呼呼卻又有些忐忑地走在前面，她為即將到來的懲罰感到氣憤和不安。家裡任何一個人都把她當寶貝似的寵著，只有娘親，居然讓堂堂的凝福郡主去拔草鋤地種菜種花……太過分了。

偏偏她卻不能反抗，因為每每這個時候，家裡所有寵她的大人們都會站到娘親那邊，笑看著她一個人辛苦……唉，今天又逃不了了。

小糯低著頭，小腦袋飛快地轉了起來，不知道家裡來的客人是什麼身分，娘親好像很高興的樣子，或許她能沾些客人的福氣，讓她免於懲罰？

想到這兒，小糯的短腿邁得更快。

後面的孩子們不知究竟，也加快腳步跟上去。

「娘，快快！」小離被九月抱在懷裡，看到前面那些哥哥姊姊都走了，不由著急，拍著九月肩膀催促著。

小糯一陣急走，撲著進了院子，果然正廳裡坐了好多人，也多了好幾個她不認識的人。

「小糯，來，見過妳舅舅、舅母。」遊春也早一步聞訊回來，見小糯進門，招呼她過來見禮。

小糯眨了眨眼睛，把手裡的東西往門邊一拋，跳著進了正廳，朝葛石娃和青浣盈盈下拜。「見過舅舅、舅母。」

「這是小郡主吧。」青浣看著酷似九月的小糯，有些激動，上前扶起小糯，上下打量。

「真乖。」
「她乖，是因為她做錯事啦。」九月從門口進來，笑著接話。
「郡主。」青浣多年沒見到九月，如今看到，眼角竟微微濕潤，鬆開小糯便迎了上去，到了跟前，直接曲膝行禮。「拜見郡主。」
「行了，一家人還來這套虛的，妳呀，出去這幾年，也學會那些了？」九月放下小離，拉起青浣往裡走，藍浣一手牽著小離，一手牽著小合跟在後面。
走到門口，九月看了小糯一眼。「自個兒去領罰，晚飯之前把自己收拾乾淨了再出來。」
「啊——」小糯垮了臉哀號，眼睛偷偷地往郭老和祈老頭那邊瞟，至於她的親爹遊春就站在她身邊，她壓根兒就沒想到要求救，因為每一次，他都是頭一個站到她娘親身邊的。
「又犯什麼錯了？」郭老看著好笑。「這次是拔了哪家的雞毛？還是毀了哪家竹籬笆？」
「太爺爺，我什麼都沒做！」小糯抗議，噘了嘴，那些都是什麼時候的事了？她都忘記了好不好？
「她跑去戲臺那邊偷跳祈福舞，從臺上摔下來了。」九月回了一句，轉頭看向葛石娃，五年不見，昔日憨厚黝黑的少年已經變成沈著穩重的俊朗男兒，此時穩穩坐在那兒含笑看著她，竟讓她有種錯覺，似乎看到了年輕時的祈豐年，眉宇間卻又有葛玉娥的影子……「哥，你終於捨得回來了？我還當你把我們大家都忘記了呢。」

「怎麼會呢……」葛石娃憨憨地笑。「這不是回來了嘛。」

「輝兒，來見過姑姑。」青浣朝祈豐年懷裡的小男孩招招手。

小男孩和小糯差不多大，憨頭憨腦的。

小糯見自家娘親暫時忽略自己，眼珠子一轉，慢慢地挪了出去。

遊春回頭看了她一眼，卻沒有阻止。

小糯朝他扮了個鬼臉，飛快地竄出門去，抱了門邊上扔的那些東西，往後面小樓跑。

楊子月等人齊齊進了正廳，給葛石娃和青浣見了禮，也紛紛出來，往後面跟去。

「子月，帶著妳輝弟弟一起去玩，照顧好他，別讓小糯欺負他，知道嗎？」九月見輝兒一直看著這群孩子，便招呼楊子月帶他出去。

「好。」楊子月乖巧地點頭，過去拉住輝兒的手，一起出了大廳。

小糯回去自己的屋裡，放好東西，換上她受罰時穿的衣服，提了她的小鋤頭，跳著出了門。

雖然沒能逃脫懲罰，可難得的是，娘親說了到晚飯時收拾乾淨再出去，這就說明，她的懲罰只到晚飯時，這會兒日頭都偏西了，她只消去裝模作樣一、兩個時辰，這事就過去了。

「小糯，我們要做什麼？」幾個小伙伴圍了上來，自動領任務。

「不用了。」小糯很豪氣地揮揮手，眼睛一瞟，看到楊子月牽著輝兒出來，她立即有了主意，朝最近的伍小樂和水晨招手，在他們耳邊嘀咕。「去把他帶過來，我要問問他是誰？打哪兒來的？來幹什麼？快去。」

「好。」伍小樂和水晨連問也不問，直接答應下來。

小糯滿意地點頭，看了看楊子月身邊的小男孩，撇撇嘴，哼著小曲，扛著小鋤頭去了菜園。

她以前很不明白，為什麼自家園子裡種的是花、外祖家的院子種的是菜，可現在她明白了，這菜園子，除了外祖拿來鍛鍊身體之外，就只有一個用處，那就是給她娘親懲罰她的，好在她還有這麼一大群講義氣的兄弟姊妹們，每回她一受罰，都是一大群人幫著幹活。

不過，今天她卻不想讓他們動手了，她要看看那個新來的傻小子是不是也和他們一樣有義氣，值不值得成為他們當中的一員。

小糯打著小算盤，進了菜園子。

沒一會兒，伍小樂和水晨就完成了任務，牽著輝兒到了她身邊。

楊子月有些擔心，看著小糯提醒道：「小糯，妳娘說了，不讓妳欺負輝弟弟的。」

「我什麼時候欺負他了？」小糯不滿地撇嘴，看著輝兒，不客氣地問道：「你叫什麼名字？幾歲了？從哪兒來的？來做什麼？」

「我叫祈晨輝，五歲，從很遠的城裡來的，爹說，回來看太爺爺和爺爺，還有姑姑。」祈晨輝倒是老實。

「很遠的城是什麼城？」小糯一臉嫌棄，沒等祈晨輝回答，就揮揮手。「算了算了，反正你說，我們也聽不懂。」

祈晨輝一點也不怕她，反而坦然地打量她。「我都說了我是誰，妳呢？」

「我？你想知道嗎？」小糯偏著頭看他。

「嗯。」祈晨輝重重點頭，他看得出來，這群人都聽她的，讓他很是好奇。

「你幫我拔完這些草，我就告訴你。」小糯很有氣勢地指著一旁的田地。

「好。」祈晨輝轉頭看了看，居然真的點頭，挽著袖子就過去拔草。

「小糯，九姨說了，妳不能欺負他的。」楊子月有些擔心地再一次提醒。

「我哪裡欺負他了？」小糯撇嘴。「他是自願的，因為他想知道我叫什麼，這是公平買賣。」

「可是……」楊子月皺了皺眉，她覺得小糯說得不對，又不知道怎麼反駁，只好站在一邊頻頻看向菜園。「妳別讓九姨看到又要罰妳。」

「姑姑為什麼要罰妳？」那邊的祈晨輝聽得好奇。

「你想知道呀？那就把那邊的草也拔了，我一塊兒告訴你。」小糯甜甜一笑。

「喔，好的。」祈晨輝點點頭，邁著小腿在田間奮鬥，沒一會兒，他又抬頭問道：「我娘從來不罰我，每次她一生氣，我就哭，她就不生氣了，妳為什麼不哭呀？哭了就沒事了。」

「小屁孩才哭呢，我可是小糯，再說了，我娘跟你娘不一樣，哭沒用。」小糯帶著淡淡的憂傷，走到祈晨輝身邊蹲下去，撐著下巴說道：「我娘可厲害著呢，好女不吃眼前虧，跟她硬著來只會自己吃虧，所以最好的辦法就是順著，自己另外找辦法……」

「妳想到辦法了嗎？」祈晨輝的問題一個接著一個，一雙小手居然也沒有停頓。

「當然想到了，有他們呢，他們可都是講義氣的。」小糯一指楊子月等人，有些自豪。

「我說什麼就是什麼，可好了。」

「那……我可以和他們一起幫妳嗎？」祈晨輝向來都是一個人，難得看到這麼多年紀相仿的夥伴，頓時嚮往不已。

「可以呀。」小糯爽快地點頭。「不過你得把這些全拔完了，我們才允許你加入。」

「好。」祈晨輝高興地應著。

九月和青浣並肩站在正廳門口，看著菜園子裡忙碌的祈晨輝，以及站在邊上指手畫腳的小糯，不由啞然失笑。

——全篇完

2016年4月出版

君愛勾勾嬋

文創風 394～395

老天待她，看似有心垂憐，實是無情作弄，要不怎會重生一回，又欠了前世冤家的救命之恩，而代價竟是再一世勾勾纏?!

美人嬋娟，君心見憐／杜款款

前世，她雖有皇后命，卻遭到篡位者三皇子韓拓的強娶，
不久便因頑疾未癒而香消玉殞了……
如今重生一回，本以為能憑己之力改變命運的軌跡，
哪曉得當她受困雪中險些小命不保，
竟遇上前世冤家──靖王韓拓，還承蒙他出手相救。
結緣莫結孽緣，欠債莫欠人情債，果真是所言不假，
平日他百般癡纏也就罷了，還讓皇帝親爹下了賜婚聖旨，
聖意難違啊，她只能既來之則安之。
嫁作靖王妃，枕邊人是戰功顯赫、能力卓越的王爺，
無論是朝廷動盪還是外患來襲，夫君總會牽扯其中，
可萬萬沒想到，戰場前線竟傳回了丈夫的死訊，
她不但成了下堂棄婦，還被人虎視眈眈覬覦著，
唉，為夫守節，難不成只剩青燈古佛一途了？

文創風 423

福氣臨門 6 完

國家圖書館出版品預行編目資料

福氣臨門 / 蒻曉著. --
初版. -- 臺北市 : 狗屋, 2016.06
冊 ; 公分. --（文創風）
ISBN 978-986-328-604-2（第6冊：平裝）. --

857.7 105006111

著作者 蒻曉
編輯 余一霞
校對 黃薇霓 許雯婷
發行所 狗屋出版社有限公司
地址 台北市104中山區龍江路71巷15號1樓
電話 02-2776-5889～0
發行字號 局版台業字845號
法律顧問 蕭雄淋律師
總經銷 知遠文化事業有限公司
電話 02-2664-8800
初版 2016年6月
國際書碼 ISBN-13 978-986-328-604-2
原著書名 《祈家福女》

定價250元
狗屋劃撥帳號：19001626
網址：love.doghouse.com.tw E-mail：love@doghouse.com.tw